上今日子的
薦文

西尾維新
NISIOISIN

譯／緋華璃

目次

第一話

今日子小姐的鑑定

1

所謂人生的轉捩點，沒人曉得會出現在何處。人生在世，有時會看到好像是自己人生的未來，但那完全是一種錯覺。

像我，親切守的人生便是如此──老實說，當我找到工作，而且還是如願進入大型保全公司就職時，在高興到幾乎把過去找工作時臥薪嘗膽般的苦頭忘得一乾二淨的同時，明明什麼都還沒開始，就以為自己的人生「正處於巔峰」也是事實。

接下來的人生都已經注定了。

我甚至以為，接下來在我的人生裡，既不用再換座位、也不用再重新分班、更沒有畢業這回事。從此以後，我可以一直從事「守護某些事物」的工作。畢竟這是將我取名為「守」的祖父，以及把我生得身強體壯的父母最大的期望，我也打從心裡為自己沒有辜負他們的期待感到驕傲。但另一方面，想到我已經做完可能是人生最後的選擇，爾後面對未來就只能把這條路走到底，難免又感到一絲拂不去的寂寥。

只不過，我想得太天真了。

人生可不是找到工作就能一切注定。

接下來還有無數的變數……所有看得到的未來，都只是海市蜃樓般的幻想。不，若是海市蜃樓，或許在哪裡還有個實體。但是關於將來的展望，有沒有都還說不準呢。

因此——由於沒人曉得人生的轉捩點會出現在何處，所以遇上什麼事都不需感到失望。人隨時都可以改變，隨時對於未來充滿期待。無論長到幾歲，無論是什麼樣的一天，都是冒險的開始。

問題是，那個轉捩點也可能是「轉劣點」——為了不被絆住腳步、被人扯後腿，我們必須時時刻刻小心翼翼地往前走。萬一以為電視上的事件或事故「與自己無關」，可是會吃苦頭的。像我這種黃毛小子，振振有詞地主張這種論調可能一點說服力也沒有，但我還是想提醒各位，這並非從書上學到的華麗詞藻，而是我從苦不堪言的親身經歷中學到，並且引以為戒的教訓。

希望我的提醒能避免各位在未來的人生栽跟頭。

這麼一來，我才有資格得到各位的安慰，說我是個就算身陷惡劣困境也能積極尋求突破的男人。

2

總之，在說明整件事以前，想先向各位介紹三名登場人物——他們為我只不過是找到工作就已如仙人般開悟的人生，帶來了想像不到的轉捩點。我這話是說得客氣，說直接一點，這三個其實是讓當時正走在一帆風順人生道路上的我大栽跟頭的人……不，我還是不要說得那麼直接好了。

第一，他們並非基於惡意要把我的人生搞得天翻地覆；第二，他們都是客人。客人即上帝——倒也沒這麼誇張，但客人就是客人，不該成為我口出惡言的對象。

話說回來，他們也不是我的客人——不是我需要保護的對象，而是我分派到某家美術館的客人，是那種若非被公司指派，像我這樣的男人大概一生無緣的所謂現代美術館的貴客。而且，其中一位嚴格說來並不是客人，但要算是造訪美術館的人也沒錯。

第一位是白髮的女性。

雖然稱不上頻繁，但她來美術館的次數也算是不少，把所有的作品看過一遍便打道回府。其中，她對掛在我負責戒護的展區內有一幅畫異常執著，會花一個小時左右駐足在那幅畫前，目不轉睛地盯著看。

我有點好奇她在其他展區是否也會採取同樣的行動，向同事打聽後，好像只有那幅畫會讓她花那麼長時間欣賞。

那麼她或許是為了欣賞那幅畫才來美術館的吧！如前所述，我完全沒有美術的涵養，就連她看的那幅畫有什麼過人之處也不理解，不過，看到有人這麼如癡如醉地打量自己的保護對象，感覺還不賴。

自己保護的事物有值得保護的價值，這讓我感到很自豪。不過為這種事沾沾自喜也實在很奇怪，就像她看著那幅畫而入迷那樣，我也常常望著她欣賞畫的背影而著迷。

事實上，站在那的她也確實像幅畫。

另一方面，我很清楚像她那樣一直站著不動有多累。再怎麼感動，再怎麼渾然忘我，一直維持動也不動的站姿，其實是很消耗肌力的。扣掉休息時間，每天得站上六個小時的我可以打包票。

話說，有時在電車上打算讓座給老人，反而把對方氣得暴跳如雷，這種經驗我也有過好幾次。不過，我的確太沒有想像力，才無法理解老人不想被當成老人看待的心情，所以挨罵也是無可奈何。所以我設定的標準是「有沒有把白髮染黑」。會刻意將白髮染黑的人，應該是為了讓自己看起來年輕一點。當然凡事都有例外，不能一概而論——但是從這個標準來判斷，就沒有理由讓我吝於對那名滿頭美麗白髮的女性釋出善意。

我想告訴她這家美術館的無障礙設施做得很好，只要按部就班地申請，就能借椅子來坐，所以便向她搭話。可是先不討論這麼做是否逾越保全人員的職責範圍，這個行為本身就是個錯誤。

從我站崗位置望去只能見到嬌小背影的她，非但不是老婆婆，年紀甚至與我相去不遠，看來可能只有二十多歲。她用藏在眼鏡底下的知性雙眼，一臉詫異地往上瞅著我。

「呃，呃……」

叫住了她卻不知該說什麼的我，只能詛咒自己的莽撞。事情演變成這樣固然出乎我預料，但這裡畢竟是美術館的一角，要說這沒什麼好意外的話還真的是沒什麼好意外的。美術館是超越我這種呆頭鵝的價值觀，擁有獨特審美觀的人會來的地方，不只褐髮或金髮，就算出現滿頭白髮的女性也沒什麼好奇怪的。但不管是用染的，還是戴假髮，她的白髮都太自然了……

仔細想想，至少就我的記憶所及，她從未穿過同樣的服裝出現在美術館裡。例如今天的套頭針織衫搭長裙，再圍著一條披肩的打扮，我也是第一次見到。那頭白髮或許是時尚的她新潮穿搭的一環。但畢竟我也不是從小說裡走出來的名偵探，要我憑這點線索推理出全貌，難度也太高。儘管如此，我連她的臉都沒看清楚就出聲喊她，也的確太冒失了。

當我看到她回過頭來，那張完全是個可愛小姑娘的臉……感覺真是糟透了。急著想要彌補過失的我，看起來就像美人在前，手腳都不知該怎麼擺的登徒子。但是在這種情況下，要誠實告訴她「我以為你是位老婦人」，也很難說是種美德。

「您、您很常來呢。這麼喜歡這幅畫嗎？」

一時心中百轉千折，煩惱了半天，脫口而出的竟是這句——雖是宛若美術館人員才會說的話，但我其實是外聘的保全。

「很常來……我嗎？」

滿頭白髮的女性微側螓首。

「哼……」她像是事不關己般自言自語。

表情與態度則彷彿是聽我說了才知道這件事。

「您很常來啊……而且每次都像靈魂出竅似的一直站在這幅畫前。」

「是喔。」

「明明已經看過好幾次的畫，卻每次都能帶來初次鑑賞時的感動……

看來這想必是一幅跟您的感性很契合，很棒的畫吧？」

「是喔……」

真是含糊不清的回應。

不過我的說法也相當模稜兩可，既是「想必」又是「……吧？」的，所以我們算是半斤八兩。但這也等於承認我根本看不懂這幅畫──事實上，掛在那裡的畫，該說是抽象畫嗎？在我眼中就只是一張塗滿了藍、白、綠、咖啡色等顏料的畫布。

貼在作品旁邊牆壁上的牌子寫著作者姓名、製作年月日、素材及畫法，以及斗大的標題「母親」二字，但是這幅畫到底哪裡像母親？我完全看不出來……雖然以半瓶醋的知識脫口說出抽象畫什麼的，但我也不確定這是不是抽象畫。

「是嗎？我來過這家美術館好幾次了嗎？而且每次都站在這裡老半天嗎？呵呵。不過，要說這也難怪倒也難怪呢！」

「欸……」

有什麼好笑的？我基於禮貌對嘻嘻竊笑的白髮女性回以微笑——但是我的思緒已經纏成一團亂麻。對藝術的感覺比較敏銳的人，在日常生活的對話中也擁有獨特的品味嗎……

「我每次都在這裡站多久？」

她的問題愈來愈奇怪了。

如今冷靜回想起來，雖說這家美術館的名氣沒有大到來參觀的人絡繹不絕，但也不能離開工作崗位太久，既然知道對方不是需要照顧的老婆婆，就不該再和她扯下去了，可是她悠哉自在的態度，完全具有足夠讓我想和她再聊一會兒的威力……儘管她的問題令人百思不得其解。

「大概都有一小時吧……彷彿忘了時間的流逝，渾然忘我地看著畫。」

「彷彿忘了時間的流逝，渾然忘我地看著畫。」

她重複我下意識講出的話，然後嫣然一笑。

「一小時左右嗎？呵呵呵，差不多。今天一定也會花那麼多時間站在這裡吧——這幅作品的確有花上這個今天的一小時來欣賞的價值。」

「這、這樣啊。」

雖說「這個今天的一小時」這句話有些拐彎抹角，總之原因並非「是我朋友的作品才看那麼久」之類的老哏，還是令我鬆了一口氣。請容我老話重提，能有人保證自己的保護對象值得保護，還是很開心的。尤其是像現在這樣，我其實並不清楚保護對象的價值時就更不用說了。

縱然當個保全無法選擇保護的對象，但我們終究不是設備而是人類，自然有喜怒哀樂。既然如此，比起憤怒，當然希望用喜悅來提升士氣。

而說到價值或價格，白髮女性接下來說的話更是直截了當，甚至足以引起爭議——只見她以打從心底讚賞，充滿感情的口吻這麼說。

「因為，這幅作品可是值兩億圓呢。」

兩億圓。

這是現代日本上班族一輩子的平均薪水，也是中樂透的頭獎金額，不用說也知道是一筆鉅款。當然，這裡是美術館，不會真把價格寫在作品概要的牌子上，要是表明那是兩億圓的作品，大家看畫的目光都會為之一變吧。

在我眼中原本只是不知所云的畫，這會兒也突然宛若散發出異樣光芒……不，原本就不該用價錢來衡量藝術作品的價值吧……只不過，是她先用價錢來判斷這幅畫的。

「這幅畫值兩、兩億圓嗎……」

「是呀。看也知道啊。」

她一臉訝異地回道，使得我陷入彷彿受到「你負責保護這幅畫，卻連這點也不知道嗎」的被害妄想之中。也是……就算被罵準備不周，我也無從反駁，我得好好反省才行。

「很棒吧。兩億吔。有兩億圓能幹嘛呢？感覺可以一半存起來，另一半啪地一口氣花掉。根本不用看標價，想要的衣服全都可以買回家呢。」

「是、是喔……」

由於她講得飄飄然、暈陶陶，讓我差點忽略了這話的內容實在是俗不可耐……不，我是沒啥意見，但繪製這幅畫的畫家想必不希望作品被這樣只以價錢來評斷吧？或該說，她根本只在講錢（沒在評作品）。不過既然畫壇是個沒有定價的世界，直接把價錢當成判斷價值標準也是理所當然吧……

「你不覺得繪畫的世界真的很棒嗎──CP值這麼高。」

「C……CP值……嗎？」

「沒錯。不管是畫材還是什麼，成本不就那麼點嗎？可是有的畫卻值幾十億、幾百億──與小說家或漫畫家不同，作品完成後，也不用花印刷或裝訂的費用。相反地，正因為沒有投入成本大量生產，價值才會水漲船高，真是值得學習的獲利模式啊。」

「……」

雖然原因跟剛才不同，但又讓我無言了。

什麼獲利模式的，大概是最不適合在美術館裡說出口的單字吧。雖然當時我被分派到的那家美術館的確也非免費入場參觀，要說是營利事業也沒錯……但是說話也可以委婉一點嘛。她的說法簡直像是付費入場來欣賞兩億圓的鈔票──佇立在兩億圓前良久，度過一個小時忘我的時光。這已經不只是俗不可耐，而是個怪咖了，而且還是非常怪的那一種。

「怎麼？我讓你不舒服了嗎？還請放心，我心裡清楚得很。我並不曾忽略館方為了保護這『全世界只有一幅』的稀有價值，也付出了許多管理維持成本一事喔。」

不知她是如何解讀可能寫在我臉上的疑惑，特地又補上這麼狀況外的一句。不，該說是狀況外嗎？又覺得有點裝傻的味道。

感覺一直被她把話題扯遠，用些似是而非來敷衍搪塞。可是給她這麼一說，身為保全，過去甚至曾被無情責難是「擾亂美術館景觀」的我，卻因此感覺自己的存在得到認同，而單純覺得很高興。百感交集。

「不管怎麼說，兩億圓實在好好喔。兩億圓真是太棒了。相當於兩億圓的兩億圓，就只有兩億圓而已了呢。能看到如此美麗的兩億圓，真的覺得今天一整天都能打起精神了。」

「呃，可以請您不要兩億圓、兩億圓地一直喊嗎……啊，請問您從事什麼行業？」

我提出這個問題其實是想轉移話題，但也不是沒來由的一問。因為我突然想到這人也許是個畫商之類的。

如果她是畫商，也難怪會開口就用價錢來衡量美術品的價值，應該說，她反而必須是如此。因為嚴格地做出正確的價值判斷，就是她獲利的基礎。雖然著實不覺得氣質溫柔婉約的她會是能幹的畫商，但很有可能從事類似的工作。這樣頻繁（而且理所當然到她自己都不記得常常來？）出入美術館的行動，如果原本就工作的一環，也就沒什麼好奇怪的。

然而，我又猜錯了，看樣子只要是在她面前，我就會亂了方寸——推理全部都失準。

「我是偵探。」

她泰然自若地說，遞給我一張名片，名片上則印著「置手紙偵探事務所所長　掟上今日子」。

「今日子小姐……是嗎？」

突然直呼女性的閨名實在很沒禮貌，但是我真的不會念「掟上」這個姓氏，所以也沒辦法。而她非但沒把我的無禮放在心上，還自己報上姓名。

「是的，我叫今日子，掟上今日子。」

拜她自報家門所賜，我才知道「掟上（OKITEGAMI）」的讀音，得救了……不，她其實是察覺到我不會念，才故意這樣提點我吧。

說到推理，這才是偵探的推理能力——等等，會推理的偵探不是只有在小說裡嗎？現實中的職業偵探，工作內容不就頂多是調查跟寫報告……不過話說回來，她是「所長」啊。

「您、您好了不起啊。」

我只能說出這種感想。

雖然用頭銜來判斷一個人，比用價錢來判斷一幅畫還要庸俗，但是眼前這位穩重的文靜女性，實在跟「所長」那樣拘謹的頭銜不搭。

「喔，不，沒多了不起的。只是一家私人事務所。正確來說是所長兼會計兼行政兼打雜小妹。」

她謙虛地說——今日子小姐在這個年紀是一家事務所的所長，豈會不厲害？「置手紙（OKITEGAMI）偵探事務所」這行號也是從她的姓「掟上（OKITEGAMI）」來的吧，由此可知，顯然她並不是有名無實的老闆。

「以保護委託人利益這點來說，我算是親切先生的同業。因此，如果有需要我幫忙的地方，請儘管開口。」

今日子小姐說完，低下那頭白髮，深深行了個禮。這樣看來，她似乎還身兼行銷業務。這樣似乎也能理解她會有點（其實還滿大一點的）錙銖必較的理由了。不過，我認為偵探與保全的工作其實有天壤之別……硬要用「保護」來連結也實在太牽強了。

咦？等等。我應該還沒自我介紹，她怎麼會知道我的名字？啊，大概是看到我別在制服胸前的名牌吧。這也是偵探特有的敏銳觀察力嗎……可是「親切」這個姓也和「掟上」一樣讀音很特別，絕非一看就念得出來。

「那我就先失陪了。打擾你了。我想再欣賞這幅兩億圓……這幅作品一會兒，所以親切先生也請回到工作崗位上吧。」

「啊……好的，還請您慢慢欣賞。」

我完全錯失了告退的時機，所以今日子小姐能主動畫下句點，老實說真是幫了我大忙。該她說是大器嗎？總之是個乾脆的人。

我行了一禮，離開現場，回到我的工作崗位。而她也果然照她所說，仔細端詳那幅畫一番之後，逕行離去。

這是她和我的第一次近距離接觸，當然，光這樣並無法稱得上是人生的轉捩點，也無法得到任何教訓，頂多只能得到「跟人搭訕前，得先搞清楚對方是誰」的小小警惕而已。

把事情整理成「工作時有點閃失」，當作是一個無傷大雅的小錯，寫入記憶就好。類似這樣的失敗經驗我可多得是——我既非完人，總會犯錯的。

只不過，關於今日子小姐，還有個必須先補足的小故事……雖然她在那之後，也經常來看那幅兩億圓的作品，當然，我再也不曾向她搭訕。

畢竟保持安靜本來就是美術館的規定。我也一如平常，謹守自己的職責，只是從後方看著她欣賞畫作時如畫的背影。除了今日子小姐的時尚穿搭總是變化多端，這套既定流程總是一成不變。但在那天，卻發生了異常。

異常來得非常突然——但並不是今日子小姐外表產生極端變化（像是頭

髮變黑，或是穿著我曾看過的衣服來）而造成了什麼不同。

那是持續觀察出現在那家美術館裡的今日子小姐，一直看著她背影的我才會察覺的異常——簡單地說，原本以為將永遠不變、總是相同，甚至絕不可能有例外的既定流程，突然沒有任何預兆地失控了。

今日子小姐居然頭也不回地從那幅畫前走過。她總是在那幅畫前站上一個小時，那天卻只瞥了一眼就走過去——幾乎沒有停下腳步。

「請……請等一下。」

我下意識地想留住她。

我很清楚這次跟上次不一樣，跟我的職務一點關係也沒有，是完全找不到藉口開脫的越權行為，但我還是無法不叫住今日子小姐。

附帶一提，這天的今日子小姐穿著藍色的牛仔褲，在白襯衫上頭繫了皮帶，讓我再次體認到她是個穿什麼都好看的人。不過，此時此刻我最想知道的，並不是今日子小姐家裡的衣櫃到底有多麼巨大。

「你、你不看嗎？這幅畫。」

「啊？」今日子小姐看似摸不著頭腦地回答。

她的臉上像是寫著「你是誰啊」的四個大字——看樣子，她已經忘了我。大概每個穿制服的保全看起來都一樣吧，所以也不能怪她。

只是，想到之前才看今日子小姐展現過的敏銳觀察力，總覺得應該記得我的長相……或許不若其知性氣質，她的記性其實不太好。

我並非有什麼企圖才向她搭話的，所以今日子小姐對我的印象深淺其實一點都不重要。問題在於今日子小姐對那幅畫的印象深淺——為什麼過去從無例外地總是駐足欣賞的那幅畫，唯獨今天卻頭也不回地從畫前走過？

我對這點在意得不得了。

至今那麼執著的對象——直接以「兩億圓」代稱也無妨的對象——居然毫無徵兆就突然看膩了，會有這種事嗎？

「我看啦……怎麼了？」

今日子小姐似乎對我有些提防……該說是雞同鴨講嗎？她似乎完全不明白我想表達的意思。仔細回想，上次剛開始交談時好像也是這樣……

「呃……不，我是說，你不用仔細端詳它嗎？你平常不是都會花更多時間欣賞它嗎？今天怎麼就只有……」

我這樣說簡直活像個跟蹤狂在自曝——我邊說邊深自反省。居然上前去像是要糾正她沒照既定流程走，我的這番行動已經完全不是保全，根本才是需要警戒的對象。

雖然我的態度十分可疑，就算把女生嚇得落荒而逃也不奇怪，但今日子小姐非但無所畏懼，反而很感興趣的模樣。

「哦？」

甚至還微微一笑。

那正是「名偵探發現充滿魅力的謎團」時可能會浮現的微笑。與平常穩重大方的氣質恰恰相反，說是充滿了攻擊性也不為過的表情。

「真有意思。能請你再說得詳細一點嗎？」

「詳、詳細一點嗎……那個，因為……今日子小姐平常會花很多時間欣賞的畫，為何唯獨今天看都不看一眼就走過去呢……」

當對方已經忘記自己以前說過的話，我也不好主動提及。因此，我直接跳過那些枝枝節節，只講重點。雖說今日子小姐的反應彷彿就連「平常花時間看那幅畫」的事也不記得，實在讓我覺得很不對勁……

說著說著，不禁覺得「每次來到美術館都看同一幅畫看到出神」其實才更奇怪，但今日子小姐本人在意的似乎不是這點。

「嗯。你在意的點是『為什麼我唯獨今天對這幅畫視若無睹』對吧？但我在意的卻是『我以前為什麼會被這幅畫打動呢？』……你以前也跟我說過話吧？」

冷不防地來這麼一句。

被識破曾向她搭話，一直只是顧左右而言他的我覺得好像自己做了什麼壞事。雖然我對自己的演技本來就沒什麼信心（毋寧說是沒自信），但她是怎麼識破的呢？

「啊，呃……因為我還沒報上姓名，你剛才卻叫我『今日子小姐』，所以我想我們曾經交談過。」

「原來如此……」

自掘墳墓。我真是笨蛋，居然會犯這麼基本的錯誤，偵探的敏銳觀察力果然令人心悅誠服。但是話說回來，這個問題的起源根本就是她自己忘了曾經跟我講過話，簡直就是放火的還來救火的感覺。

「是，有的。當時你還針對這幅畫滔滔不絕地發表了高見，所以我才覺得更難以釋懷……」

「滔滔不絕嗎？以我這人的個性來說，應該不是對繪畫技巧有高見，而是對這幅作品的價錢高談闊論吧？」

以我這人的個性來說——明明是談到她自己，卻好像在講別人的事。看樣子，今日子小姐似乎有把「過去的自己」當成別人來看待的習慣。

「嗯，這個嘛……」

要說「是的，正如你所說」還頗難以啟口，但她那天口口聲聲都在喊那幅畫的市價，要回答「不是，並非如此」也很不誠實。煩惱了半天，又想不到怎麼糊弄過去，我只好誠實回答。

「你說這幅畫值兩億圓。」

我在這節骨眼把價錢拉低到一億圓或五千萬也沒啥好處，反過來，特地灌水也毫無意義。

「兩億圓。哦……這幅作品嗎？」

今日子小姐邊說邊往那幅畫前面站。

她站的姿勢、站的位置，儼然就是平常那如畫般的今日子小姐。明明與之前沒有任何不同，但從她身上感受到的氛圍，卻又與之前完全不同。

那並不是欣賞畫作的眼神。

而是大搖大擺前去干預那幅畫內幕的視線。

就像偵探那樣，打算毫無顧忌地揭開他人不為人知的私生活。

不對——不是那樣。

不是「就像偵探那樣」，她本來就是偵探。

「呵呵。當然，這幅畫是很棒，畫家的靈魂都貫注在裡頭了，但要價兩億圓有些言過其實了，三百萬……不，事實上大概只值兩百萬吧！」

今日子小姐如此說。

我嚇了一跳，那幅畫的價錢居然暴跌到百分之一……如果是買來投資，暴跌成這樣，大概要上吊了。

到底發生什麼事？

依我所見，那幅畫並沒有肉眼看得見的損傷，例如畫布受損、顏料剝落之類的——如果換個人來鑑定，的確有可能鑑定出不同的價格，可是說這幅畫值兩億圓的不是別人，正是今日子小姐。我完全搞糊塗了，只能想到這價差是來自今日子小姐的內心變化，並非畫作有什麼不同。

「不，我心中並無變化。我可以保證，我的變化可是少得可憐呢。」

「是、是嗎……」

她說得這麼信心十足，我也只能接受——應該說是無法反駁。

「請容我確認一件事，親切先生。」

今日子小姐直呼我的名字。

這也是看到我胸前的名牌，而不是想起我的名字吧。

「這幅畫真的沒有不同嗎？跟我以前看到的，真的一模一樣嗎？」

「一……一模一樣的。」

被她這樣反覆追問，害我也不安了起來。我哪有辦法保證是不是一模一樣啊。

只是即使再把畫看一遍，我依舊找不出任何不同的地方。雖說身為保全，我的工作是監視有沒有可疑人物，並非欣賞繪畫（反而更不該去留意作品的好壞），只是從我的工作崗位看過去，那幅畫就掛在自然而然會映入眼簾的位置，所以如果發生重大變化，我應該會注意到。

既然如此，難道不是畫作本身，而是畫作幕後的人事物產生了變化嗎？說句不得體的，所謂的藝術作品，作者一旦亡故，價值很可能會三級跳。既然有時是三級跳，當然也有暴跌的可能性吧。例如後來才知道這幅畫的作者其實是別人……如果是那樣，即使畫本身沒變，價格也可能會有所不同。

不過，要是出現那種新聞，在價格漲跌以前，展示那幅作品的美術館肯定已經引起大騷動了。就算身為局外人的保全，想必也會有所耳聞。

搞錯長期展出畫作的來歷若是事實，一旦公諸於世可能會遭到撤展，甚至是讓美術館暫時休館的嚴重醜聞。

「嗯，說的也是。不過背景產生變化也是一條很有力的線索。所謂的藝術，就是要把相關的一切全部考量進去——」

「……但也有人說，要把作者和作品分開看待啊。」

「啊哈哈。如果當成娛樂，或許可以把作者和作品分開看待，但是做為藝術，很難完全獨立吧。畢竟藝術多少有些以藝術家為核心的成分。」

可是那些現在都已經沒有關係——今日子小姐如是說。

沒有關係嗎？

然而感覺從剛才開始，今日子小姐講起話來似乎已有把握，莫非已經對這看似沒有不同的畫作卻有了不同價格的理由？她心裡有了個底嗎？

我鼓起勇氣問她。

「嗯……我的確是心裡已經有個底。不過沒有證據，只是毫無根據的猜測而已。」

今日子小姐證實了我的猜測。接著她離開畫前，對我行了一禮，說了句「那我先失陪了」就要走人……

「等、等等，等等等等！請你等一下。」

「還有什麼事？」

「你、你不告訴我嗎？你上次說值兩億圓的畫，為何今天說只值兩百萬的原因……」

「我以前說這幅作品值兩億圓應該是真的，但，今天就只值兩百萬。其間顯然有一億九千八百萬圓的差異——但若要在此解釋這件事，也實在太不風雅。這裡不是解謎處，而是暢談藝術的場所。而且，我今天休假。」

如果你無論如何都想知道——今日子小姐遞出名片。跟我以前收到的名片一模一樣，是置手紙偵探事務所所長——掟上今日子的名片。

「請提出委託，我可不會免費推理的。」

3

如此這般，原本價值兩億圓的畫有一天突然貶值成兩百萬，這個謎團在我心中成了懸案，在美術館中迴繞不去。

好奇歸好奇，但我也不覺得這是要大費周章委託偵探，不惜花錢也想知道的謎底。孤陋寡聞的我雖不清楚偵探業的行情，但也絕不便宜吧。我可不認為以我所剩無幾的資金，請得動家裡有那麼多衣服的今日子小姐。

而且，不管是兩億圓還是兩百萬，都只是她訂出來的價碼，合該都是她的片面之詞——這個謎團幾乎可以說是她本人搞出來的。

我雖不至於認為這是新形態詐騙，要當作是身為偵探的積極拉客行為，倒也不無可能……然而如果說會有人被唬住付大錢，又覺得不太可能。

當然也可以向我的雇主，也就是這家美術館的相關人員詢問關於這幅畫的詳細資料，但是這麼做，或許會反被追究為什麼要問這種問題。這麼一來，自己在工作時和客人聊天這種擅離職守的行為可能就會曝光。我想，還是盡量避免吧。

所以我也只能抱著滿腹疑問，隔天一如往常地看著那幅一如往常的畫繼續工作。在那之後，我又在美術館裡見到好幾次今日子小姐的倩影，但她已不再駐足停留於那幅關鍵畫作前面了。

我也不再向她搭話。

當然，她也沒有向我搭話……或許又把我給忘了。

因此，我和她的第二次接觸——當我想起自從收進制服口袋裡就不曾拿出來過的那兩張名片，是意外發生以後的事了。

接下來，則要介紹為我的人生帶來轉捩點的三個人當中，第二位人物——用「人物」二字來形容或許太隆重了，因為他是個十歲左右的少年。

雖說從小孩身上得到教訓，身為大人是有點沒面子，但他是所謂的天才兒童，所以我也毋須感到自卑。天賦異秉的人往往具有資質平庸的人看不順眼的特質，那個少年也不例外，對我的態度始終狂妄。從這個角度來看，我對他真的沒什麼好印象，但還是不得不承認他很有才華。

那「畫圖」的才華——真不是蓋的。

在第一次和今日子小姐說上話，被告知那幅畫值兩億圓之後沒多久，我遇到了這名少年。記得那時候美術館剛進了一幅館長費盡心思弄來的新作，為了其展示方式還在館內引起不小的騷動。

當人潮都聚集在新作前，使得我負責的區域比平常還要閒散時，那個頂著光頭，帶著素描本的少年出現了。當然，他是付了該付的費用（兒童票）來參觀的人，所以輪不到我說三道四。小孩也跟大人一樣，擁有享受藝術的權利……只不過，他的行為大有問題，凡是保全都不能放任不管。

不，其實我也不太確定。身為負責維護美術館一角、某個展區的一介保全人員，那真是難以判斷的問題。

禁止飲食、在館內要保持安靜、請勿伸手觸摸作品、禁止拍照攝影——這種程度的行為，由於館內的各個角落皆已有明文規定，保全可以毫不猶豫地上前阻止，也會特別注意是否有這些行為。尤其現在隨著手機普及，拍照已經變成日常生活的一部分，委婉阻止不以為意想拍照的客人，可以說是我的主要工作。

可是，遇到這種狀況時該怎麼辦呢？

當有人站在一幅畫前，打開素描本，舞動手中的鉛筆開始臨摹時——

「……？」

由於那孩子太堂而皇之地臨摹了起來，甚至讓我有種「這很正常」的錯覺。實際上，館內也的確沒有任何一處寫著「請勿在此畫畫」。

這裡是美術館，所以來訪者在鑑賞時，會感覺藝術情懷被喚醒，突然想拿起畫筆也不奇怪……才怪。而且，那孩子一開始就拿著素描本之類畫材來美術館，顯然是存心來畫圖的。

再說當時也不是小學生該來的時間……我也不記得是星期幾了，但我確定那天是平日的大白天。我四下張望，心想會不會是小學生的課外活動，卻沒看見其他像是來參加課外活動的小朋友，當然也沒看見帶隊的老師。

話雖如此，我的工作並非輔導小孩——雖然不去學校卻跑來美術館讓人覺得事有蹊蹺——嗯，我也不知道是怎樣。臨摹畫作雖然感覺是在鑽禁止拍照攝影這個規定的漏洞，但冷靜想想，還是不能視而不見。

對方畢竟仍是個小孩，我也不是沒想過就放過他好搏個溫馨——反正那天別說是今日子小姐，整個區域也沒有其他客人，不會有任何人感到困擾，而且光是看著小朋友努力作畫的模樣，不禁讓人會心一笑。

但當我還在猶豫是否要請主管或雇主協助處理，心想總之先看看狀況而走近他時，剛才還在笑的心都涼到凍僵了。

因為他畫在素描本上的「臨摹」已經大大地超出「臨摹」這個詞彙的定義，如果要從我的字典裡找出適合的詞彙，只能用「複製」二字來形容。不，嚴格說來，就連「複製」也不夠貼切。因為掛在牆上的那幅畫是用油畫的顏料描繪的，就算我無從判斷畫的是什麼，也知道是由藍、白、綠、咖啡色等色彩構成的——反觀少年，他使用的工具只有一枝鉛筆。

要完全重現那幅畫是不可能的。

可是，就像水墨畫那樣，少年似乎試圖只用深淺不一的黑色去重現眼前的抽象畫（？），而他的企圖幾乎是成功了。

我這完全是外行人的感想，從畫家的角度看說不定會覺得被侮辱——如果把色彩鮮艷的畫作拿去黑白影印，可能就是他畫的那樣。少年臨摹的程度就是如此細緻。

因為影印機是機器，我完全可以理解它能精密複製畫面。但看到人類徒手描繪就畫成那樣，老實說，我只有「毛骨悚然」四個字可以形容。

我甚至還感覺得出來少年那張圖，與用影印機影印那幅畫的差異……並不是我太敏感，而是不管再怎麼遲鈍的人都能察覺。

擔任美術館的保全之後，我才知道畫作這種東西並非是完全的平面。光是把顏料層層塗抹在畫布上，就會產生凹凸不平的效果。只要把顏料一層一層地塗上去，那個部分就會隆起，抹上薄薄一層的色彩，還能營造出由高處往低處流動的效果——當然，還有下筆的力道。

用力將筆按壓畫布時、用輕柔的筆觸讓筆尖接觸畫布時，給畫面帶來的印象和損耗也都不一樣，而這些又都會隨著歲月改變。若以淺顯易懂的方式來比喻，用筆畫的圖，其實也是一種雕刻……這點跟用CG描繪的畫作可謂天差地別。

所謂「不可能複製」指的也正是這個意思——所以無論攝影技術再怎麼進步，人們還是會去美術館欣賞原作。因為畫裡還是有著平面印刷或出現在螢幕裡的影像無法表達的真實感動，以及不用觸碰也能感受到的觸感。

那名少年的素描本裡，就有這些的感動和觸感。他只用一枝鉛筆，就重現出包含筆壓在內的凹凸質感。成果不僅讓人嘆為觀止，甚至還會想將這份驚艷與別人分享。

因此，就算只有黑白兩色，就算他用的是鉛筆而不是油畫的顏料，就算成品有所差異，但就我看來，感覺還是完整的重現。

已經不是年紀還小、不懂美術館規定的小孩自以為躋身藝術家之林，得意忘形地跑來看圖仿畫的那種水準了。

這個小孩到底在做什麼？

換個角度想，這可是比拍照更過分的行為——因為他竊取的不只是畫作本身，似乎還抽取了畫作的靈魂。身為負責這個展區的保全，要對他的行為視而不見，至少我是很難做到——因為那一天的我已經從今日子小姐口中得知那幅畫價值「兩億圓」了。

這讓我覺得好像目睹了兩億圓的名畫被偷走的場面……大膽的手法就連亞森．羅蘋恐怕也要自嘆弗如。

「你在做什麼？」

大概是太糾結了吧，我喊他的音量比想像中還要大聲。嚇得少年發出「哇」的一聲，連素描本都掉在地上。

而之所以鉛筆還在手上，是因為他拿筆的方法不對，握筆的姿勢簡直就像幼兒一樣。不過他就是用這種握法，以飛快的速度畫出那麼逼真的畫，所以斷定他的握法「錯誤」，其實有些教育者的傲慢。倘若這孩子主張他那種像是在拿劍的握法才是對的，或許我們也無法反駁。事實上，正因為他用這種方法握筆，才沒讓鉛筆落地。

「怎、怎樣啦……咦？大叔，你什麼時候在這裡的？」

專注畫圖的他，似乎完全沒有注意到走近他身邊的我。那尚未進入變聲期的略高嗓音、夾槍帶棍的口氣，他果然就跟外表一樣，還是個小孩子。

雖然我還不到可以稱為大叔的年紀，不過，我在他那個年紀的時候，說不定也是這樣稱呼超過二十歲的大人。

「不要突然這麼大聲啦！想嚇死我嗎？」

「啊，嗯……抱歉抱歉。」

我邊道歉邊撿起少年腳下的素描本。因為過去不太有機會遇到這種狀況，所以不太清楚該怎麼和小孩相處。美術館也不是經常有人帶小孩進來的地方——更不是小孩會一個人來的地方。

也因此，明明我是站在必須糾正對方的立場，卻不由自主地道起歉來，甚至還因此鬆了一口氣——看到少年表現出的幼稚態度，讓我確切感到自己並不是在跟妖怪打交道。

可是我很快就明白，那種感覺只是一種錯覺……我不確定用「錯覺」來形容對不對，總之，當我拾起素描本時，不經意瞥見了裡面的內容。

雖然只是順勢瞥見翻開的幾頁，沒能一頁一頁仔細地看個清楚，但僅是如此，源自直覺的威脅就瞬間刺穿了我的胸口——無關理論，是第六感讓我知道少年無以名狀的繪畫實力。

不光是他剛才在這裡畫的圖，少年之前畫的鉛筆畫，每張都具有令觀眾為之傾倒的十足迫力。或許不全然是臨摹作品，但是就算我以後看到那些被臨摹的本尊，感覺恐怕也不會受到這麼大的衝擊了。

這股衝擊甚至大到讓我不禁覺得「落地時沒折到素描本真是太好了」。

我把素描本撿起來還給他，一邊打量少年的全身上下……光頭、T袖加短褲，露出曬黑的皮膚，膝蓋附近有些擦傷，腳下踩著涼鞋。

光看這樣，就像馳騁在原野上的健康棒球少年，至少從他的外表完全感受不到藝術家的氣息，也沒有像是電視上那些「天才少年」的感覺。難道說拿掉節目效果之後，所謂的「天才少年」就是這樣嗎？不過仔細想想，才華或資質這種形而上的東西，在電視節目裡卻能用肉眼可見的方式呈現，本來就蠻奇怪的……

「有什麼事啦？大叔。我可是很忙的。」

他毫無懼色地說。別說是毫無懼色，他的態度簡直是沒大沒小。也罷，要求小學生（？）講話要通達禮數也太強求了……而且能畫出這種圖畫的少年，到底要以什麼理由來對我有禮也是個問題。

「你不可以在這裡畫圖，可以請你把素描本和鉛筆收起來嗎？」

「欸？有這種規定嗎？寫在哪裡？」

果不其然，少年不滿地說道。要是他肯識相地就此收手，該有多麼輕鬆寫意啊。但世事果然無法盡如人意。

「是沒寫，但會造成其他客人的困擾……」

「其他客人？」

少年環顧四周。不巧因為是平日的白天，館內還不見其他客人的身影。我不禁好奇，要是今日子小姐在這裡的話，她會說什麼呢？

「那，有其他人來的話，我就不畫了，這樣總可以了吧？」

少年說完，繼續用筆芯在素描本上塗抹。這麼輕易地就讓他做出結論來也很傷腦筋。如果因為對方是小孩——或因為他是個天才就敗下陣來，我還當什麼保全？

「我這在跟欣賞畫作時做個筆記沒兩樣吧！這樣也不行喔？」

「這個嘛……」

我被他堵得啞口無言。

如果他在這裡立起畫架、攤開畫布，使用顏料來描繪的話，以常識判斷當然可以加以限制……要是真的這麼囂張，就算沒有明文規定，一看也知道是不行的吧！

只是，他用的是鉛筆，素描本也只是可供隨身攜帶的大小。若連這樣也要管，要管的會多到沒完沒了。

其實，倘若我是看到他以外的小孩——或者是大人——在畫作前運筆如飛的臨摹光景（我之前沒有這樣的經驗，所以用假設的），應該會再三煩惱之後當作沒看見，或是認為這件事無法由我判斷，而和上面的人商量吧。

這次之所以會自作主張先採取行動，主要還是因為他的畫功好到令人毛骨悚然的地步……正因為畫得太好，反倒無法視而不見。但是，這到底該怎麼說明才好呢？「因為你畫得太好，所以請不要繼續臨摹了」嗎？不，理論上是說得通沒錯，但總覺得這麼說有點像是在欺負小孩。

這跟要求跑得快的小孩要配合大家的速度一起跑沒什麼差別……可是也不能因為這樣，就把班上跑得最快的小孩當成課程的基準。

比如跟他說「在書店裡抄寫店家要拿來販售的書本內容是不對的吧？同樣的……」喔，也不能說是同樣的，美術館和書店是性質迥異的設施……硬要說的話，應該拿圖書館來類比。可是如果在圖書館，抄筆記反而是受到鼓勵的行為……嗯，這樣還是只能告訴他「總之就是不行」了。

進退兩難的我，只好從另一個角度進攻——採取「不要在這種地方畫圖了，乖乖上學去吧」大作戰，跟少年這麼說。

「你不用上學嗎？」

不過，我也隱約意識到其中肯定有什麼隱情，即使沒有隱情，這樣的孩子想必也很難融入一般學校裡……

「不去也沒關係呀。所謂的義務教育，指的是父母有義務要讓孩子去上學，又不是小孩有義務要去學校。」

他說得沒錯，但也只不過是孩子氣的強詞奪理。要是這種理論說得通，做人何須如此辛苦。

「那，你爸媽呢？他們上哪兒去了？沒跟你一起來嗎？」

「就你看到的這樣啊！你很煩吔。」

少年邊說邊繼續畫圖。只見素描本慢慢染黑，兩億圓的畫逐漸完成。

既然無法阻止他，我也只能靜靜地看著他把畫完成，畢竟不能對小孩子使用蠻力。對方可是連我身高一半都不到的矮個子小男孩，只要我想，隨時都可輕易地搶下他的鉛筆，但要做到這麼過分，到時演變成美術館的責任問題，那就本末倒置了——反而會什麼都保不住。

「就我看到的這樣……所以他們沒陪你來嘍！你叫什麼名字？」

一確定這已經不是自己能處理的問題，我就這麼問他。心想總之就把來龍去脈寫成報告，跟雇主報告這件事。

這孩子擁有這麼高超的技術，說不定在美術館裡早就很有名，只是我剛好不知道罷了……如果是這樣，或許館裡早就有怎麼因應的SOP。

少年依舊沒停下作畫的手，沒好氣地回答。

「我叫剎井陸。」

「長頸鹿？」

「……」

彷彿對我的回問感到失望——彷彿不知道自己名字的人很沒教養似地，他默不作聲地把素描本翻到下一頁，寫上自己的名字。

「**剎井陸**」

與作畫筆觸形成明顯對比……應該說是完全不能比的超難看毛毛蟲字，讓我費上一番工夫才看懂在寫什麼。

「喔，原來你是剎井小弟啊。」

「是你問我，我才告訴你的，別叫得那麼親熱好嗎？我一點也不喜歡這個名字喔！不管是剎井，還是陸。」

剎井小弟虛與委蛇地回答，又把素描本翻回上一頁，粗魯的動作彷彿是在抗議我打亂了他的節奏。不過，翻頁的動作固然粗魯，但鉛筆的筆觸還是和剛才一樣精確——彷彿腦子裡有兩個指揮系統。

他說自己既不喜歡剎井，也不喜歡陸這個名字，那到底該怎麼稱呼他才好呢……正當我不知該如何反應的時候，剎井小弟說道。

「大叔，你呢？在問別人的名字之前，應該自己先報上名來吧。」

我不認為剎井小弟會對我的名字有興趣，這大概是想對我打擾到他「畫圖」的作為來個以牙還牙吧。不同於今日子小姐，他的觀察力似乎還沒敏銳能到從名牌看出我的名字。雖說畫家和偵探是截然不同的行業，不也是需要觀察力的嗎……不，剎井小弟根本沒正眼瞧過我，沒看到當然不知道。

「我姓親切喔。親切守。」

「嗯……國字怎麼寫啊？」

「就是親人的『親』、切兩半的『切』，我還滿喜歡這個名字的。」

「把親人切兩半有什麼好喜歡的……啊，就是待人親切的『親切』嘛！真是的，故弄懸虛。」

剝井小弟總算回頭注意到我的名牌，像是想通什麼似地點點頭，再次翻動素描本，在剛才寫上的「剝井陸」底下另外用毛毛蟲字寫上了「親切」兩個字。看樣子我的姓似乎成功地讓這個天才兒童留下深刻的印象⋯⋯但是他似乎對「守」這個稀鬆平常的名字視而不見。

然後剝井小弟一臉「你可以退下了」的表情，重新回頭「畫畫」。而我也沒其他話好說或問他，只能選擇回到自己的工作崗位，用無線電向主管報告事情的來龍去脈，靜候指示，等能正式判斷的人下達正式的判斷。

說來今日子小姐也很不尋常，看來美術館還真是會有千奇百怪的客人前來之處⋯⋯可能也輪不到我來講什麼，但或許前途似錦的藝術家，都是這樣培養出來的吧。不，從少年似乎很意外我沒聽過「剝井陸」這名字的反應來看，說不定這孩子並非只是在這家美術館有名，搞不好他早在美術界享有盛名。雖說「藝術與年齡無關」這句話總給我一種只是講好聽的印象，可是據說畢卡索也是真的從六歲的時候就開始畫畫了⋯⋯

這時，我突然想到一件事，停下了腳步。雖然我已經沒有該要問他的事，也沒有該跟他說的話，但心中卻有個問題想藉此機會請教，希望他能指點迷津。

那個受制於面子和靦腆，讓我不好意思問今日子小姐的疑問——這幅畫到底在畫什麼？

標題雖為《母親》，但這幅畫到底哪裡像「母親」？究竟是蘊藏什麼意義的抽象畫（？）呢？我完全看不懂……或許這原本就是要讓人看不懂，要我們就自己看到的去理解就好，外行人還妄想去解釋才是會錯意……雖然曾這麼想，但自從幾天前今日子小姐告訴我這幅畫值「兩億圓」之後，我就十分在意——這幅莫名其妙的畫會值兩億圓，實在讓人難以釋懷。

總覺得，起碼讓我知道這幅畫在畫什麼吧……或許只要查一下馬上就能知道，但我想要知道的，並不是一查就知道的部分。

我希望能由真正理解這幅畫的人告訴我。

曾想過若有機會，想請教雇主這個問題。但我心裡也有數，這個機會大概永遠也不會出現——剛好，現在眼前出現了這位剝井小弟。

正常情況下，實在不該問小朋友這種問題（尤其不該跟他討論到兩億圓這種金錢上的話題）但如果是具有這般高超的臨摹技術……連凹凸細節都能忠實重現的剝井小弟，想必對這幅畫有非常深入的理解吧。

但我也不抱期待——不回答我也罷，總之就這麼問他。

「我問你，你知道這幅畫的標題為何叫做『母親』嗎？」

「什麼嘛。大叔看不懂嗎？」他反問我。

我原想含糊帶過這一點來問出答案的，但是這種大人的投機取巧，對小孩似乎行不通，我只好老實承認。

「嗯，我看不懂。」

或許誠實真的是上策，剝井小弟以冷淡的語氣應了一聲「是喔」之後，接著把素描本翻到下下一頁——剛才那頁只寫了「剝井陸」和「親切」好像就沒用處了。這樣使用素描本固然浪費，但想必有他自己的堅持吧。只見他在全新的空白頁面上，龍飛鳳舞地用鉛筆迅速描繪著。

「看，這樣就很好懂了吧？」

他讓我看的畫確實很好懂。

加上陰影的圓形……就連外行人，不，不管是任何人怎麼看，絕對都看得出來那個球體是在教科書或圖鑑裡經常見到的太陽系第三顆行星，也就是地球。

只花了短短幾十秒，也沒有用到任何工具，就能徒手描繪出地球，讓我再次見識到剝井小弟的畫功了得，可是……地球？

我放下素描本，抬頭看著牆上的那幅名為《母親》的畫。也就是說，所謂的「母親」是「大地之母」的意思嗎？塗滿了整張畫布的顏料是在暗示著地球嗎……不，即使如此我還是看不出來。

「這就是所謂的抽象畫嗎？」

「我不曉得大叔口中的抽象畫指的是什麼，但這是風景畫啦！」

「咦？風景畫？」

「嗯。嚴格地說來不算是，但風景就是風景。因為畫的是風景啊。」

這麼大的規模，我是沒想過要用「風景」二字來形容，但要說是風景，地球的確也算是風景。然而，剝井小弟畫在素描本上的這個圖案也就算了，展示中的那幅畫，我實在是看不出到底哪裡是風景……

「啊，這……這是地球的特寫嗎？」

「就是呀。」

剝井小弟在說這句話時，已經又動手畫起圖來了。我也不好要求進一步的說明，但在謎底揭曉之後，反倒覺得自己怎麼會看不出來才真是個謎，好丟臉。

藍色和白色和綠色和咖啡色。

交織在一塊，宛如大理石花紋的圖案，是海和雲和樹木和大地——這是從宇宙看到的地球，將其中一部分裁切出來，以特寫的方式表現。

既然如此，這確實不是抽象畫，而是風景畫。

不，作者本人選擇這樣的藝術表現手法，或許是有更深刻的意圖吧。會刻意將地球描繪成這樣，再以「母親」命名，應該有我這樣的粗人絕對想不到的創意巧思，所以也輪不到我胡亂批評。

當我明白箇中玄機後再來看這幅畫，似乎可以用比剛才還要釋懷許多的感覺來欣賞。而在這幅畫前佇立良久的今日子小姐，她之所以會說來說去都只在說這幅畫值多少，想必是對她而言，這幅畫在畫什麼簡直明明白白，根本不用多說。

說得極端一點，這幅畫就像是用高性能的攝影機或顯微鏡拍攝物體的特寫，問別人「這是什麼？」的謎題一樣……但是作者不可能看得到地球，所以也不難理解剝井小弟會說這幅畫「嚴格來說不是風景畫」。

「作者是看著衛星照片之類描繪的嗎……」

「也可能是完全憑空想像吧。幹嘛沒事看照片去限制自己的想像力。」剝井小弟如此回答我的喃喃自語。「或許作者本身就是太空人。」

「這、這有可能嗎？」

「當然不可能。我說什麼你就信啊。」

明明是自己起的頭，卻又沒好氣地把話說得如此難聽……此時，剝井小弟用力地闔上素描本。

「啊，抱歉，害你分心了嗎？」

我這句話真不合邏輯。我原本就是要阻止他在這裡畫畫——所以打從一開始就是要干擾他，有什麼好抱歉的。話說回來，憑我的程度似乎也沒本事妨礙天才兒童的創作熱情，只見他冷冷地說：「畫完而已啦。」

畫完了？難怪最後感覺好像在陪我聊天，原來是因為已經畫得差不多而行有餘力……可是只要一個小時（真巧，跟今日子小姐站在那裡的時間差不多）就能完成臨摹嗎？

「可……可以給我看一下嗎？」

「可以啊。」

剝井小弟一臉「讓你看圖是沒問題，只是要再打開已經闔上的素描本真麻煩」的表情，慢吞吞地翻到那一頁，交給我。

我舉起素描本，和那幅畫兩相對照——進行比較。像這樣仔細一看，彩色與黑白的畫作果然有很多細微的差異，很難說是完美複製——但重現的程度也算是異常地精密了。

比起佩服，我更想安撫自己被他那橫溢的才華嚇到的小心臟，另一方面也不禁懷疑，既然他有這麼大的本事，為什麼還要臨摹？雖說又是外行人一廂情願的印象，可是所謂臨摹，對畫家而言應該只是練習吧？既然這麼會畫，為何不直接前進到下一步……我把素描本翻到其他頁，擅自欣賞起剛才幫忙撿起本子時匆匆瞥到的其他畫作。

「這些全都是看著範本畫的嗎？」我問他。

「嗯……該說是範本嗎？還是樣本呢……總之是有原型啦。我到處去美術館……」

要說明好像蠻困難。

也可以明顯地感受到「跟外行人解釋也沒用」的氛圍——的確，我也不覺得自己具備只要稍加說明就能懂的體會。

「你不畫自己的作品嗎？呃，我不是指自畫像……」

「我聽得懂啦。我當然也會畫自己的作品……可是，老師說我還不到那個水準。」

老師？大概不是學校的老師，而是作畫的師父吧。這麼狂妄的孩子也會向前輩學習啊？想到這，多少感到溫馨，可是這個少年的畫功明明已經這麼了得，居然還說他不夠水準，這老師還真嚴格。

「我覺得你很有天分喔！」

我不禁口出類似打氣，或說是像在安慰他的話——但是被我這般大外行安慰，也只會感到屈辱吧。

「那還真是謝謝你。」剃井小弟敷衍地道了聲謝，接著又說。「大叔，你認為天分是什麼？」

我從未想過這個問題，要是他沒問我，我可能一輩子也不會去思考這個問題吧。天分是什麼？雖然是非常了無新意的答案，我想天分就是上天賜予的才能——其實也就是父母、或者是祖先的遺傳吧？

以我為例，這副強健體魄就是我的天分，就連工作就是靠它才找到的。

不過，這畢竟是外行人的意見。

跟剃井小弟……正確地說，是和他「老師」的意見差了十萬八千里。

「我老師說，所謂的天分，是擁有可以比別人更努力的資格……因為我是天才，似乎必須比一般人更努力百倍，所以我才沒有時間去上學呢。」

「……」

「給你添麻煩了，大叔。我在這裡的努力已經結束，所以不會再來了，你大可放心。萬一有什麼問題的話……」

我一下子不曉得該怎麼回答，少年抓住我的手。我還以為他要和我握手，結果並不是。他居然用鉛筆在我手上寫下一串數字，但是由於鉛筆不好在皮膚上寫字（更何況他的字實在很潦草），我好不容易才認出那是一組十位數……喔，是電話號碼啊？

「你可以打這個電話。不過……說不定在不久的將來，我會主動打電話給你。」

「……這是你家的電話號碼嗎？」

「嗯，算是我家吧……總之是我監護人……哎唷，這不重要啦。」

剝井小弟似乎懶得再說下去，一把搶過還在我手上的素描本，把鉛筆也收起來，準備離開。但他才踏出第一步，卻又指著牆上的畫說。

「……大叔，我想我們不會再見面了，所以關於這幅畫，你可以老實回答我一個問題嗎？」

「咦？當然沒問題……可是，我是外行人喔！」

「我就是想聽聽外行人的意見，我想知道外行人完全不用腦的感想——剛才我們不是提到太空人嗎？」

「啊，嗯……但那是你開玩笑的吧？」

「是啦，這畫家並不是太空人……不過，是加加林吧？說『地球是藍色』的那個人。（註：全名爲尤里・亞歷克賽耶維奇・加加林（Юрий Алексеевич Гагарин），蘇聯太空人，是人類史上第一位進入太空的人）」

「嗯……我記得好像是。然後呢？」

「那句話就是個很好的例子。除了加加林以外，也有許多太空人看到地球，然後大家說的都一樣不是嗎？什麼美麗的行星有的沒的。大叔，你對這點有什麼看法？」

「什麼看法……不就是這樣嗎？沒必要大家刻意串供吧！」

我不是太空人，所以不敢說自己有同感，但是只看衛星照片，感想應該也大同小異。倘若時代進步到任何人都能上太空，任何人都能像以前的太空人那樣，親眼見到地球的全貌、知道地球有多美，人類污染環境及破壞自然的行為可能就會戛然而止——我認為這種說法，其實也有一定的道理。

然而，剝井小弟對我這番只能以「平凡無奇」來形容的回答，顯然是置若罔聞，在之後的發言內容，更是跟我的意見完全相反。

「我啊……第一次看到地球的衛星照片時，第一印象只覺得很髒。」

「很……很髒？」

「沒錯，髒死了。」

剝井小弟很不屑地說道。

「覺得各種顏色全都混在一起，搞得亂七八糟，看來就像和稀泥似的，怎麼會髒成這樣……我完全不能理解太空人為何會用美麗啊、漂亮啊、甚至是蔚藍等形容詞來讚美這顆行星……換成我，肯定一看到就吐了。我在看到那張照片的瞬間，幼小的心靈就決定死都不要當太空人。」

如果要用「小孩故意講這些桀鶩不馴的話來調侃大人」來解釋，他那冷嘲熱諷到極點的語調也實在是太真切了。他並非陶醉在自己與其他人格格不入的價值觀裡，這孩子真的無法理解太空人說的話。就像我完全聽不懂他在說什麼……

「這種感覺，也是我畫風的原點。因為是素描，只要用黑色的鉛筆就能畫，顏色這種東西太噁心了。比起五顏六色還是黑白好……就像梵谷先生，記得他眼中的景色好像也和一般人看到的不一樣？我大概也是那樣。既然如此，這也是天分吧！」

關於梵谷的視覺，眾說紛紜，因為很有名，就連我這個門外漢也略知一二。比起這件事，稱梵谷為先生的少年之所以用鉛筆作畫，我還以為是為了不要超出美術館內所能容忍（可能是吧）的範圍，原來他不用畫筆，甚至連彩色鉛筆也不用，是因為他打從心底討厭「顏色」這種東西。

「我只是想——其實，我們根本永遠都無法知道，別人看到的風景，和自己看到的風景是否一致吧。臨摹仿畫要畫多少都能畫，但視野究竟是無法分享的。你還真能輕易地與太空人產生共鳴啊。好羨慕喔。」

不過天才只要稍加努力，應該就能夠追上你們這些凡人吧——少年畫家最後促狹地丟下這句話，離開了美術館。

4

雖然少年說不會再來了，但身為保全，也不能對他說的話囫圇吞棗，想當然耳，我還是向主管報告了那天發生的事——包括剝井小弟寫在我手上的電話號碼。

沒有糾正他就放他回家，或許會讓我也跟著挨罵，但也不能因此就放棄自己的職守。儘管我已經做好心理準備，但上頭的人非但沒有把我叫去，也沒通知我「下次那個小孩再來的時候要怎樣處置」。

這麼一來，簡直像是我呈上去的報告被吃案了，令我難以釋懷。然而，剝井小弟確實如他宣言，後來再也沒來到美術館，所以我也免於再次陷入進退兩難的窘境。

剝井陸。

雖然他說我們不會再見面，但我後來仍和他再會，只是地點並非這家美術館——這裡請容我先賣個關子。接下來終於要為各位介紹，成為我人生轉捩點的三個人當中的最後一位。

實際上，手段最凶殘，害我狠狠絆了一大跤的就是這個人，所以我或許不該賣關子，應該一開始就先介紹他才對，但凡事總有先來後到。

正因為先遇見了今日子小姐和剝井小弟，所以我和第三個人的相遇才會變成那樣——

人與人之間的緣分還真是奇妙。

當然，之後的事情也是必然發生所以發生——無論我有沒有扯上關係，都一定會發生吧。我不會自以為是地說那件事會發生都是因我而起，我人再好也沒有好到或跑去負起所有的責任。

雖然我曾經把今日子小姐誤認為需要照顧的老婆婆，但第三個人的確是個貨真價實的老人——雖然他把白髮染黑，但是仍拄著手杖來美術館，所以一定不會錯的。只不過，就算我想對他釋出善意，他也散發出一股不讓人靠近的氣場。一言以蔽之，就是很頑固的感覺。

他也不例外地——在那幅畫前停下腳步。

站在那幅今日子小姐駐足良久、剝井小弟振筆臨摹的那幅畫前——話雖如此，但當時剝井小弟已經不再來美術館，今日子小姐也不再放慢腳步，總是從那幅價值「兩億圓」貶值到「兩百萬」的畫作之前迅速走過。

我仍舊必須站在崗位，所以不管我願不願意，那幅畫都會一直映入眼簾。只不過，在這個位置站崗的我看來，起初一幅原本「不曉得在畫什麼的抽象畫」先是變成「兩億圓的名畫」，在我明白那是一幅「地球的風景畫」之後，不知何故價格又突然暴跌成百分之一的「兩百萬圓」——歷經這些曲折之後，我已經不曉得該怎麼面對那幅畫了，感覺真是難以自處。

因此，當那位穿著和服的老人在畫前停下腳步的時候，不可否認我其實有些期待，不曉得這次又會發生什麼事？會不會再來個一百八十度的大逆轉呢？這絕不是工作時該有的心態，關於這點我理當深自反省，但即便如此，那時老天對我的懲罰未免也太重了。

令人跌破眼鏡的災難……不，要說災難，那幅畫，那幅《母親》受到的災難或許比我嚴重多了。

先是被天才兒童破哏不說，還被白髮美女殺價殺到只剩下百分之一的那幅畫，最後竟被神祕老人的手杖敲得支離破碎。

「啊……！」

當我反應過來時，老人已經用手杖給那幅畫第二擊。天可憐見，描繪在畫布上的地球就像遭到電影中的殞石直擊，四分五裂。

「住……住手！你在做什麼！」

突如其來的狀況讓我先是愣在原地，回過神來也只在瞬間，到我衝上前去，前後還不到兩秒鐘──但就連那麼短的時間，老人也善加運用，以那一大把年紀難以想像的靈活身手，完全不放過已經從牆上掉落在地面的畫──

用手杖拚命往死裡打。

老人揮杖的動作敏捷到讓人懷疑他並非因為腰腿不好需要手杖，而是早有預謀，出門的時候才會帶著手杖——不過，現在可不是佩服他的時候。

我從背後架住老人時，那幅畫已經連同畫框全成了無法修復的狀態。即便如此，他似乎還不滿意，以一點都不像是老人會有的蠻力抵抗我。雖然感覺稍不留神就可能被他甩開，但畢竟對方是個老人，我能做的也只有從背後架住他……總不能使勁地把他壓在地上。

「放開我，沒禮貌的傢伙！」

然而，老人仍然情緒亢奮——非但沒有冷靜下來，還用後腳跟一再偷偷踢我的小腿。老人穿的不是鞋子，而是木屐，所以銳角的部分撞擊在小腿脛骨上的痛楚可不是開玩笑的。

畫都從牆上掉下來了，警報當然也隨之響起。引起這麼大的騷動，支援想必很快就到，但是我實在沒有自信能在救兵來到之前不使老人受傷。

「你……請您冷靜一點，到底怎麼了？」

「你還好意思問我怎麼了？」

我只是隨口問問，也沒期待能跟老人溝通什麼，沒想到居然獲得回應。

「你們居然連這麼不要臉的事也做得出來！可惡啊！」

老人瞪著我——我不禁被他震懾住，差點乖乖聽話放開他的手。

「總、總而言之請您先冷靜下來。只要您停止施暴，我就放開……」

「少囉嗦，給我叫敷原出來！」

敷原？我還在想敷原是誰，就想起美術館的館長叫這個名字……這個人要叫館長出來？要分是非曲直的話，應該也是館長要叫這個舉止瘋狂的老人過去才對。不過，這個人居然直呼館長名諱的傲慢態度，反而實在讓人無法忽視……

老人的歇斯底里也實在太威勢驚人乃至威嚴逼人，一個不小心可能就會聽從他的要求跑去叫館長。但如果他說什麼我就照辦的話，還要保全幹嘛？儘管需要保護的對象已經遭到破壞，有沒有保全都已無能保全，可是我也不能因此就放棄自己的職守。

「您有話可以跟我說……」

「開什麼玩笑，跟你這種眼睛長在屁股上的外行人說有什麼用！」

「眼睛長在……說我眼睛長在屁股上……」

如果他是在生氣跟外聘的保全講再多也沒有用，這我能理解，但說我眼睛長在屁股上是什麼意思？趁我感到疑問的空檔，老人甩開我一隻手，掙脫我的箝制，接著一手杖就揮過來。他那讓人感覺不到年事已高的活動力實在令人咋舌，而同時我也很想問個水落石出，到底是什麼樣的衝動，讓他瘋狂至此。我抓住他一把揮下的手杖。

「您、您跟地球到底有什麼過節啦！」

聽我這麼一喊，老人突然安分下來——不再使勁掙扎，腳也不再亂蹬。這比翻書還快的態度大翻轉反倒讓我差點跌倒。

「放手。」

老人這次冷靜地說，但我怎麼可能因為對方不再抵抗，就放開犯下如此暴行之人……可是他已經先我一步扔下手杖，看來是想表達棄械求和之意。

我幾乎已將人架在半空中，當他放棄掙扎以後，卻也因為這樣的姿勢，我才突然清楚感受到老人又瘦又輕的體格，在情急之下關閉的敬老模式才又重新啟動。

猶豫了半晌，我終於放開他如枯枝般——不過從剛才的暴力看來，應該還是很勇健——的身體。當然，我沒有放鬆警戒，以便一旦他又抓狂，隨時可以採取應變的措舉。

「哼。」

不過，我的擔心似乎是多餘的，恢復自由的老人只是把凌亂的和服整理好——這樣看他，就算不拿我這大個頭去比，老人的體形也真的很瘦小。只是那銳利的眼神，實在讓人難以忽視——該怎麼說呢？他只是因為我的插手而放棄抵抗，但完全沒有投降的意思。

「地球？你看得懂這幅畫？」

「呃……」

他拋出的問題只讓我更加不解……什麼意思？啊，是因為我剛才一急結果脫口而出的那句「跟地球到底有什麼過節」嗎？

只是若問我懂不懂畫，我只能說我不懂。那句話是我從剝井小弟口中現學現賣的。

如果告訴我這幅畫值兩億圓，這幅畫在我眼中就有兩億圓的價值；如果告訴我這幅畫是地球，這幅畫在我眼中就是地球；如果告訴我這幅畫只值兩百萬，那這幅畫在我眼中就只值兩百萬——我的眼光就是這麼短淺。

不過，現在雖然已經冷靜下來，但考慮到老人剛烈的脾氣，我想還是不要老實回答比較好。雖說這是跟誠實相去甚遠的應對……

「略、略懂。這是從宇宙看地球的風景畫……對吧？所以才以『母親』為題……」

「……」

我還真敢拿個孩子的說法現學現賣——但似乎奏效了。

「原來如此啊。」老人意味深長地頷首。「看樣子，你的眼睛也不是完全長在屁股上嘛……既然如此，那就更要說你真是個笨蛋了。眼光明明還不差，怎麼會笨成這樣……」

「咦？欸？這、這是什麼意思？」

「……好吧。」

老人完全不回答我的問題，毫不客氣地將我全身上下打量了一番。

「小鬼，你叫什麼名字？」

小鬼……自從我的身高超過一百八十公分以後，就再也沒有人這樣叫過我了，所以乍聽之下，我還不曉得他是在說我。結果能從別在胸前的名牌知道我叫什麼名字的，只有今日子小姐了……那這個名牌豈不是一點意義也沒有嗎？

「我叫親切守。」

「這樣啊。那麼，阿守，我出個題目考考你——」

明明是一個束手就擒的狂徒——等會兒就要交給警察處置的犯人，老人卻以威風堂堂的態度說道。我對他那種高高在上的態度覺得很感冒，但是不知道為什麼，我又對他的「題目」很好奇。

我在期待什麼呢？

我不知道……雖然還不知道，但老人已經指著碎落一地的畫布說道。

「你來為這幅畫估個價。」

「……咦？估價嗎？」

「沒錯，大概就行了。把尾數拿掉，直接說個你想到的價格。」

老人像是在估量我值多少般凌厲地盯著我，命令我說出眼前的慘狀值多少——我一片一片地檢視散落在地上的畫布碎片。

價格……被這麼一問，我第一個想到的當然是今日子小姐——那個滿頭白髮的女性。她起初鑑定這幅畫值兩億圓，但是過了一段時間，卻彷彿忘了這件事，又改稱這幅畫只值兩百萬。

就像拿剝井小弟的說法現學現賣那樣，我現在也應該拿今日子小姐的意見來擋吧……但就算我想這麼做，今日子小姐也有不同兩種的意見。

是值得她站上一個小時的兩億圓？還是只瞥了一眼就走過去的兩百萬呢……這時要說出哪個價錢當價格才是正確的？先不管正不正確，這個性格古怪的老人出的問題真的有正確答案嗎？總覺得不管怎麼回答，都會被他找碴說是錯。該不會是他已略有所感，我口中的「這幅畫是地球的風景畫」並不是我自己的答案……所以才會出題考我？與其說考我，其實是要拆穿我的不懂裝懂——若是如此，我就更不能傻傻地掉進他的陷阱裡。

既不能原封不動地借用今日子小姐的答案，但想老實地陳述自己的意見，我也沒有任何意見可陳述。

「怎麼啦？答不出來嗎？不知道就說不知道。」

答不出來是事實，不知道也是事實，但是要我老實回答不知道，畢竟與老人相比我還年輕氣盛——我也是有口氣要爭的。

認真思考。

不是去鑑定——要去推理的。

若以今日子小姐的訂價為依據，答案有兩億圓和兩百萬圓兩個選項——考慮到合理性，這時應該選擇後者。

這是時間順序的問題，當然要選擇後者。

並不是鑑價兩億圓那天的今日子小姐和鑑價兩百萬那天的今日子小姐哪個比較值得信任的問題，而是應該要以「哪個才是最新情報」來判斷。

如果今日子小姐在那之後又改變意見則另當別論，但是後來她便不曾在這幅畫前停下腳步。要是畫作的價值漲回兩億圓的話，今日子小姐應該會跟以前一樣，停在這幅畫前長達一個小時之久。

察覺到某些我懵然未知的變化，判斷畫作價格暴跌的今日子小姐。以其身為偵探的敏銳觀察力，假設這幅畫後來又有什麼變化，一定不可能逃得過她的法眼——只是，硬要雞蛋裡挑骨頭的話，今日子小姐並不是每天都來這家美術館。事實上，最近她已經一個星期沒來了，誰也不能保證這幅畫在這段時間沒有發生任何變化……

要是能知道今日子小姐是基於什麼根據改變評價，就不用在這裡進退維谷了，可是她並沒有告訴我，所以我也遲遲下不了決定。說來，她說她不會免費推理——

早知如此，是否當初就應該正式委託她，請她告訴我呢？不，當時還不曉得事情會演變至此。話說回來，今日子小姐訂出的價錢也不見得絕對正確，那只是她個人的意見，這個老人不見得會滿意她的答案。

與其亂說話去刺激到他，讓他又開始失控抓狂，還不如沉默是金……或是老實說不知道，才是成熟的判斷呢？雖然這會令人很不甘心、很不能接受，但事實上我的確不知道這幅已經變成碎片的畫值多少錢，儘管幾個月來這幅畫始終在我視線的一隅，但我依舊沒發現它有什麼不同——

不……等等。

不同？

說到不同——比起過去這幾個月來，此時此刻才是有了大大不同吧？眼下不就發生了和剛才的狀態完全無法相提並論的極端巨變嗎？在老人的杖擊之下，連畫框也被砸得粉碎的這幅畫——就算直到昨天的價錢是兩億圓也好、兩百萬也罷……

當畫變成滿地碎片的此時此刻。

已經沒有任何價值了。

館方為了保護其稀有價值，也付出了許多管理維持成本——今日子小姐曾經這麼說，所以我這麼答道。

「……零圓。」

「……」

「變成這樣，已經沒有價值了……不僅如此，在現在這個時代，就算不要錢，也不見得有人會收下。」

當然，作者描繪這幅畫的苦心、熱情並不會因此就變得毫無價值——反之，正因為物體本身已遭到破壞，這些形而上的東西或許才更有價值——但是以作品而言，已經完全失去物質上的價值了。

所謂變化，既是為經年累月產生的變化，同時亦為瞬間之變化——我也不是想強調世事無常，但本來就沒有任何東西能夠永遠保持相同的質量。

就像人生的轉捩點隨時都會出現，東西的價值、社會的價值觀也會不斷變動——沒有人能永生不死，也沒有東西能永不毀壞。

當老人用手杖敲下去的那一瞬間，這幅畫就已經沒有價值了。這價值的喪失也證明了無論是兩億圓還是兩百萬——這幅畫在那一瞬間之前，的確有著誰也不能撼動的明確價值。

於是乎，老人不懷好意地——非常邪惡地——笑了。

「哼。臨場反應還挺快的嘛……就算你及格吧！」

老人把手伸向我。

似乎是要我把手杖還給他……我雖然有些猶豫，但仔細想想，認定這根手杖只是他帶來破壞作品的根據實在很薄弱。萬一他真的腰腿不好，我這從老人手中搶走手杖的行為顯然說不過去。我把手杖還給他。老人一接過去，馬上就拄在地上，將身體重心移至枴杖重新站穩，看來我的判斷並沒錯。

言歸正傳。聽老人的口吻，感覺我的回答絕對不是一百分的答案……不僅如此，看來還只是賣弄小聰明，勉強算搆到及格的分數。

是啊，說是臨場反應也的確是臨場反應。

眼下是就算他勃然大怒地罵我「這是什麼爛答案」也不奇怪的情況，但老人已經完全冷靜下來，大概只能算我運氣好吧。事實上，我的臨場反應似乎也讓老人靈機一動。

「那我就先告辭了。我只是弄壞一幅不值錢的畫，當然不用賠償吧！」

他裝傻充愣地說道。接著便拄著手杖、順著動線要離開……慢著，這種歪理怎麼可能說得通!?我急忙繞到老人面前，張開雙手擋住他的去路。

「怎樣啦？說那幅畫零圓的可是你喔！」

「我……我是這麼說沒錯，但這樣說不過去吧！總之，請您待在這裡不要動，我馬上去請人過來。」

「你啊真是說不聽的傢伙。我一開始不就叫你找敷原來嗎？只要告訴他和久井來了，他就知道了。」

「和、和久井先生嗎？」

「對啦。趕快去叫他。」

「好、好的……」

總算知道這個老人的名字了，而且從他的口氣聽起來，老人好像認識美術館的館長。

這麼一來，他那始終傲慢的態度也就說得通了——這個老人該不會是美術界的泰斗吧？他的確是有那個架勢……可是，美術界的泰斗會這樣大鬧美術館嗎？用常識來想，一般人是不會這麼做的，但事到如今，我完全不認為這個人的行為能用常識去解釋。

這時，其他展區的保全和美術館人員終於察覺狀況有異而紛紛趕到——在我向他們報告這件事的來龍去脈時，和久井老翁似乎被帶到另一個房間，一轉眼已不見他人影。

保全裡沒人認識他，但美術館員工之中似乎有認識和久井老翁的人，看他們對老人的態度畢恭畢敬到顯然已經超過敬老尊賢，我更確定他果然不是普通人物——不管怎麼說，這件事是在我負責的展區發生的，身為負責人的我只得忙著收拾殘局。

大概要到明天才能知道老人到底是何方神聖，到底是基於什麼動機才做出如此破壞行為吧……那天我雖有體認事態重大，但心態還是頗為樂觀。

可是我做夢也想不到……

自己會因為那天發生的事而丟了飯碗——所以我才會說這件事是我人生的轉捩點。

或許該說是最終點。

5

歸根究柢，是我把這個世界看得太簡單了——不只看得太簡單，甚至還有失輕重吧。又不是有什麼生命中不能承受的，到底是多想過極簡生活啊。唉，雖說我也不是討厭活得簡單輕鬆，但也沒想到會因此失去所有。

不能否認我心中有淡淡的期待，假使那個和久井老翁和館長很熟——畢竟他似乎受到特別的禮遇——或許就可以大事化小、小事化無吧。

身為那個展區的保全，就算免不了受到懲處，但頂多就是換個展區，最壞的情況也頂多是罰我在家反省幾天……沒想到，我竟然被炒魷魚了。

真不敢相信，我那麼憧憬，而且也費了好大一番工夫才找到的工作，只因為一瞬間的大意就失去了——簡直就像是做了一場噩夢。

但是冷靜下來想想，身為保全卻沒保住應該要保護的物品，被炒魷魚也是應該的。更何況，我就在那麼近的距離，卻無法阻止曾經一度價值兩億圓的畫作受到破壞，雇主還有什麼理由繼續僱用我呢？

館方沒要求保全公司賠償就已經要謝天謝地了……是我腦袋進水，才會以為公司會保護我。

不過，只要熟讀勞動合約，聘請律師奮戰到底，或許仍能夠扭轉劣勢。幸好這個國家表面上還是很保障勞工權益的，有心抗爭應該可以抗爭到底。

問題是，我沒有那個心。

畢竟整件事是因為自己的疏忽而起，心裡已有些過意不去，也不覺得以我那弱不禁風的小心臟，有本事承受得住和曾經望穿秋水才擠進去的公司對簿公堂的壓力。

光是想像就令人提不起勁來。

再說，雖然是炒我魷魚，但公司卻讓我以自願離職的方式離開——也付了我離職金。既然如此，我就應該用這筆錢找下一份工作，才是積極進取的人生態度。

業界本來就會互通消息，我幹的好事一定轉眼間就會傳得人盡皆知吧，以後要在這個行業找到工作可能不太容易了……

可是話說回來，最讓我在意的，其實是公司付給我的離職金——能拿到離職金，我已經很驚訝了，而且老闆在支付時不但沒有東扣西減，還給了我好大一包紅包。

別說是討厭色彩的剝井小弟看到會覺得髒又噁心，想到那紅包，就連我也不太舒服，或說是總覺得心情不是很舒坦。

若說是怕我因為失業而流落街頭才多給一點，當然應該要千恩萬謝，但我看事情的角度已經沒有這麼天真了。

我只覺得這筆離職金內含了封口費——之所以這麼說，因為明明是在規模絕對不算小的美術館裡，發生展示中的畫作遭到破壞的大事，消息卻完全沒有見諸報端。不論是美術館的名字，還是和久井老翁的名字，當然連我的名字都沒有出現在報紙上，也沒有出現在電視上。

不過，所謂藝術，對世人而言的確是非常小眾的文化，若說缺乏爆點也真的是沒什麼新聞性，所以我當時也沒怎麼放在心上。正確地說，當時的我正處於失業這個人生最大的災難漩渦裡，所以也沒有心情想太多。

然而隨著時間過去，回頭重新審視當時發生的事，再想到公司匯給我的離職金，這件事果然很不對勁。

幕後似乎有一股巨大的力量在運作，讓這件事大事化小、小事化無……該不會是私底下被搓湯圓搓掉了吧？只是沒讓我知道而已……

事到如今，再說這些都已經太遲了，當時沒有想太多，事後只能徒呼負負的感覺原來就是這麼一回事啊——為了粉飾太平，必須有一隻代罪羔羊出來背黑鍋，很榮幸的，我就是那隻被選中的代罪羔羊。

畢竟造成那麼大的損失，總要有人出來領罰——超額的離職金，或許就是公司要表達對我的歉意。

雖然沒有任何證據，但是這麼推理下來，一切就都說得通了。只要讓負責那個展區的我一個人引咎辭職，就可以讓一切圓滿落幕。

可喜可賀，可喜可賀。

我不知道是否真的可喜可賀，可是活像抽到下下籤的感覺卻怎麼也揮之不去。而縱使如此，公司對我釋出了最大的誠意也仍是事實。

事情過去就過去了。

不過為了轉換心情，繼續前進，有件事我一定要搞清楚。

我不怪美術館和保全公司，也不怪和久井老翁，但還是很想知道自己為什麼會遇上這麼倒楣的事——如果不搞清楚，下次再發生同樣的事情、再遭到同樣的對待，還是無法應付。

最重要的是，那個老人為何會那麼執拗地要砸爛那幅畫——還有，那幅畫究竟值多少錢？話說回來，那個老人到底是何方神聖？為何所有人都想隱瞞這場騷動？

謎團未免也太多了。

我才不要懷抱這些令我束手無策的謎團，去面對未來的人生。

我需要一根手杖。不是用來粗魯地把畫作搗爛的手杖，而是讓我在迎接人生轉捩點之時，能夠站得穩、撐得住的手杖……想到這，我又想起了那名滿頭白髮的女性說過的話。

「我是不會免費推理的——」

沒錯。

一切事物都有其適切價值，不管是繪畫、工作、離職金——還是解謎。

原本我不覺得有必要花錢去解開那幅畫的謎團，但如果這就是想要省點錢的結果，我已經遭到報應了。都怪我把應該弄清楚的謎團束之高閣，隨著時間的發酵，那個謎團才從高閣掉下來砸到我的頭……倘若當時我肯認真尋求價格變動的解答，就不至於落到這步田地了。

當然，說這些都已經無濟於事，何況當時的我根本沒有錢能付給身為專業偵探的今日子小姐，所以想再多也沒用……不過，現在的我有那筆錢。

天上掉下來的——意外之財。

若說是賠償金——金額也太大。

當然，這筆錢是我在找到下一份工作前很重要的活動資金，不能隨便浪費，應該小心翼翼地揣在懷裡，直到黑夜過去、黎明來臨。

我比誰都清楚這一點，但還是拿出了兩張名片。一直放在我的制服——匆忙之間錯失了歸還時機的制服——口袋裡的那兩張名片。

置手紙偵探事務所所長——掟上今日子。

我第二次的求職活動，大概就是從打電話給她的那一刻開始。

6

「讓你久等了，我是掟上。你就是委託人親切先生嗎？初次見面。」

出現在咖啡廳裡的她如此說道——已經許久不曾像這樣與她面對面了，但今日子小姐那一頭白髮依舊非常好認。

可是她卻說「初次見面」，難道是又忘了我嗎……我給人的印象這麼薄弱嗎？不過，這已經是我們第三次的對話了，只要好好解釋，今日子小姐一定會想起來吧。

今日子小姐這天穿著淺藍色的襯衫搭外套、緊身裙搭絲襪、再加上包鞋，打扮非常正式，跟她逛美術館時的穿搭風格大為不同……因為今天是來工作的關係嗎？

或許她是個把工作與私生活分得很開的人——像我就是分不太開吧。如果脫下保全的制服、一整天都不用上班，就會覺得好像迷失了自己……所以才因此錯失把制服還回去的時機吧。

「是的，敝姓親切。還請多多指教。」

我今天沒別名牌……已經成為失業者的現在，當然也沒有可以遞出去的名片，所以我只能站起來自報家門。

「哈哈，跟在電話裡講的一樣，你的體格非常壯碩呢。我一眼就認出來了！親切先生，你平常鍛鍊身體嗎？」

今日子小姐胸無城府地微笑著，並這麼恭維我一番。她散發的氛圍和以前在美術館裡說話的時候毫無不同。

我還以為既然她會用打扮來切換工作與私生活的模式，說話方式可能也有不同，但我似乎猜錯了。

「並沒有特別練什麼……不過，因為工作的關係……呃，現在已經沒工作了……」

在電話裡尚未聊到細節。正確地說，是委託過程太過順利緊湊，根本還沒有機會聊到細節。我才下定決心，打電話到置手紙偵探事務所，就馬上預約到當天傍晚的時間。

請到我指定的咖啡廳等候——電話那頭的她如是說。

我原本想當然耳地認為會與她相約在隔天以後的時間，沒想到進展會如此神速，讓我也有些困惑。但由此看來，置手紙偵探事務所似乎只接受當天的預約……這不就等於不能預約嗎？這樣會有生意上門嗎？我縱有滿腹疑問，但是打鐵趁熱，解決問題當然愈快愈好，於是我便整裝出發了。

等今日子小姐點好餐（與她那滿頭白髮相反，她點了一杯不加糖也不加奶精的黑咖啡），我便開門見山地說道。

「呃，其實我以前也跟今日子小姐說過話……你還記得嗎？」

「咦？」

今日子小姐莫名所以地側著頭——彷彿毫無頭緒的模樣。

「就是……今日子小姐不是經常會去一家美術館嗎？我就在那裡當保全啊……因為沒穿制服，所以認不出來吧？」

今日子小姐沉默不語，直勾勾地盯著我看——怎麼了？難道是在想像我穿上保全制服的模樣嗎？

「我……經常去的……美術館。」

「是、是的。你忘了嗎，就是那幅地球的畫前面……啊，不過那幅畫現在也已經不在了……想起來了嗎？」

「是喔……」

「因為出了點狀況，我現在已經不在那家美術館工作了，今日子小姐最近都沒去嗎？」

「嗯……我也不太清楚。」

「……？」

感覺比我想像中還要雞同鴨講。

對我而言，因為是自己上班的地方，所以會留下強烈的印象，但是對今日子小姐而言，去美術館只不過是日常生活中的一小部分，甚至不會留在記憶裡嗎？不，每次來都花上一小時站在畫前那陣子也該有印象吧！她還曾經拐彎抹角地說那幅畫值得花上「這個今天的一小時」來欣賞。

我不認為她會毫無印象。

黑咖啡上桌，今日子小姐喝了一口之後，開口說話。

「親切先生，請別管委託內容是否與我有關，總之先繼續把話說下去。可以的話，還麻煩你當成是在向初次見面的人說明原委，也暫時忘記我是掟上今日子一事，請鉅細靡遺地告訴我你遇到的災難。」

或許是因為我遲遲沒能說到重點，所以她想幫我起個頭吧。但這句話聽起來還是挺古怪的。

今日子小姐要我連她是今日子小姐的事都暫時忘掉……但記憶怎可能

這麼隨心所欲地重置。算了，這或許是偵探為了客觀掌握前因後果的手法。好像是叫「觀察者效應」來著？我對這方面沒有什麼研究，所以也不是很清楚……不管怎樣，專家的作法輪不到我來說三道四的。

於是我交代了這幾個月之間在職場上發生的事——原本曾想不用提到剝井小弟也無妨，但既然她要求我「鉅細靡遺」，所以我還是一五一十地據實以告——畢竟這個少年帶給我的印象，實在是鮮明到無法忽視。

不過我隱瞞了自己第一次向今日子小姐搭話，是以為她是老婆婆才向她搭話的事實……因為面對面地說出這件事，未免也太沒神經了。可是這麼一來就無法解釋向她搭話的理由——對此我打馬虎眼地說：「因為你的背影太有魅力了，我忍不住向你搭訕。」

雖然這麼說可能會令她覺得像我這樣上班打混摸魚、只顧搭訕的保全，被炒魷魚也是應該的……但我還是寧可隱瞞真相。

「哎呀，你這個人還真糟糕呢！」

幸好，似乎沒給她留下不好的印象，只是小斥一下就放過我。

從那柔和的微笑看來，說不定她早就看穿我的真心了……今日子小姐具備某種會讓我這麼想的氣質。

後來我也在今日子小姐的催促下，繼續交代事情的全貌。像這樣向別人說明之後——仔細想想，這還是我第一次認真對別人說明這件事——雖然講完之後也覺得整件事情還算有條有理……或是說這個體驗其實沒有想像中那麼特別，但總讓我有種「得不到百分之百合理說明」的印象。

今日子小姐又做何感想呢？

我靜待她的反應，只見她拿起在聽我說話時喝空的咖啡杯，唐突地說：

「我要再來一杯，親切先生呢？」

的確，一直說話讓我有點口渴。承蒙她的好意，我點了杯冰紅茶，而今日子小姐第二杯點了雙倍濃縮義式咖啡。而且又是「不加砂糖和奶精」……她的舌頭到底是用什麼做的啊？

「看樣子能幫上你的忙，真教我鬆了一口氣。親切先生似乎還不知道，我算是非常特別的偵探，所以專業領域有所侷限。因此，如果我判斷自己無能為力，就必須介紹同業給你……但是要將你特地託付給我的工作全部推給競爭對手，可會讓我覺得非常愧疚呢！」

在等候飲料送來的空檔，今日子小姐這麼說——專業領域？

「專、專業領域是指？」

「專業領域這個說法可能不太正確。我指的是可以解決的案子與不能解決的案子——我給你的名片上沒寫嗎？」

「我看看，有嗎……？」

被她一說，我拿出為了以防萬一所以一併帶來的今日子小姐的名片。可是，正反面都沒瞧見有印上相關的警告或注意事項。

「有啊！你瞧，寫在這裡。」

「……？」

今日子小姐整個人往我這湊過來指著名片，兩人間的距離意外地近，令我有點臉紅心跳，整個人向後仰，不過仍看到了她指的文字。

「**一天內解決你的煩惱！**」

我沒留意到在「置手紙偵探事務所」的商標底下，居然印有這樣一行口氣頗大的文案。但是，這和她的專業領域有什麼關係？這只是用來表示決心、或是事務所用來爭取信任的廣告詞吧。雖然我覺得「一天內解決」這句話有些誇大其詞……完全不像警告，反而還覺得蠻可靠的。

「不是你想的那樣喔！這句的意思是『只接受能夠在一天之內解決的案子』呢——因為我是忘卻偵探。」

「啥？」

我對這個聽都沒聽過的單字感到困惑。

「忘卻……偵探？」

「沒錯。」

不知為何，今日子小姐似乎有些引以為傲地點了點頭。

「我的記憶每天都會重置——今天發生過的事，到了明天就會忘得一乾二淨。」

7

今日子小姐只有今天。

在對於「忘卻」這個最為人強調的特徵一無所知的情況之下，我就這麼找上了置手紙偵探事務所。不過聽完她的說詞，我終於明白為什麼我們的對話總是雞同鴨講了——今日子小姐不但不記得我，不但不記得去過美術館的事，連昨天以前的事，也全部忘光了。

難怪只接受當天的預約……因為就算接下隔天以後的工作，等到那天來臨，她也記不得約好的事。

這不是健忘、記性不好這種日常小事程度的遺忘，雖然有點難以置信，但是我也想不出今日子小姐有什麼理由要扯這種謊。如果不是真的，根本沒有必要刻意將「無法勝任要花上一天以上的工作」這種缺點印在名片上——對於以持續調查為前提的偵探而言，這幾乎是致命的弱點不是嗎？

「別這麼說，並不盡然都是壞事喔！相反地，多虧有這種特性，大家都很重用我呢。身為偵探，最重要的前提就是要業務保密，所以從保護隱私的觀點來看，再也沒有人比我更可信了。」

「是喔……原來如此。」

這倒是，如果就連調查者本人都忘了，情報就絕不會外洩了……別說是調查內容，就連接受過委託的事、委託人是誰，到了第二天，今日子小姐就會全忘記。

反過來說，縱使今日子小姐得知了不該知道的國家機密，也不會陷入危險——反正只要給她一點時間，她就會忘得乾乾淨淨，所以對方也沒必要冒險殺她滅口。

無論天大的機密都能隨意介入，而且絕不洩密的偵探——今日子小姐會受到重用，也是可以理解的。雖然我是在不知情的情況下找上她，但是聽她說起話來，感覺不管是作風還是態度，都跟一般人印象中的偵探大相逕庭，與那沉靜溫和的氣質恰恰相反。今日子小姐似乎是個很極端的偵探，

談到國家機密之類的話題，使我不禁有些退縮，拿我個人的工作去留來

委託她妥當嗎？只不過有數面之緣，就拿這種芝麻綠豆大的小事麻煩人家，會不會很失禮啊？

「啊，你不用這麼客氣。」

或許是察覺到我的心情，今日子小姐伸手在面前揮了揮。

「不管過去我處理、解決過什麼樣的案子，對於今天的我來說，你都是第一個委託人，這也是第一件工作。能不能搞定另當別論，但我是不會挑工作的。我會忘卻記憶，卻也因此不會忘記初衷。」

除非你覺得我不可靠，否則請不要取消委託——她深深行了一禮。

經歷過切身之痛，我比誰都清楚失去既有的工作有多麼痛苦，而且「不會忘記初衷」的這句話也令我為之動容……仔細回想，我就是因為忘了初衷，才無法阻止那個老人的暴舉不是嗎？

好不容易找到夢寐以求的工作，曾幾何時卻把一切都視為理所當然，還以為自己原本就應該站在那裡。正因為如此，才無法應付突發狀況。

永遠都把今天當成第一天——同時也是最後一天去面對的態度，才是最應該奉為圭臯的工作心態不是嗎？

「不用那麼抬舉我啦，這樣我會很傷腦筋的。因為從無法累積經驗的角度來看，我只是個沒有學習能力的人……但或許我比任何人都適合處理例行工作吧。像是對於同一幅作品，每次都能感動莫名之類的。」

「啊……是這麼一回事啊。」

原來她每次來美術館的時候，都能花上一個小時，不厭其煩地欣賞那幅畫，是因為忘了上次已經看過了。之所以屢次前往美術館，也不是因為特別感興趣，而是因為以前去過的「履歷」已經消失了。

如果一切都是「初次經歷」，難怪感動永遠不會褪色……永遠都能以新鮮的感覺欣賞藝術，也未嘗不是一件好事。

任誰都曾經有過看完一部好看的電影，會希望感動可以從腦海中消失殆盡，再從頭、從零開始品味一遍的欲望吧。今日子小姐只是可以實際地——不管她願不願意——辦到這一點而已。

我第二次向她搭訕的時候，以及今天這第三次的對話，今日子小姐面對我的態度之所以都像初次見面，絕不是因為我給人的印象太薄弱，而是她的記憶已經重置了。而當時她一副不記得自己說過什麼兩億圓的態度，其實也只是真的忘了。

不過，若是經驗無法累積才會一直重複，那麼她曾經聲稱值兩億圓的畫，過了幾天又改口說只剩兩百萬這事就更加說不通。

今日子小姐一度鑑定為「兩億圓」的畫，另一天——另一個「今天」再要她鑑價的話，應該還是會值「兩億圓」才對。

不對……也不見得？

就算今日子小姐的內心世界不會隨著韶光改變，但環境及狀況、對象也每天都有不同——光是天氣，也沒有哪一天的天空是一模一樣的。看到那天的天空，有時會想去美術館，有時也會想「那今天就待在家裡看書」吧。

正因為她連自己一度鑑定為「兩億圓」的判斷都忘了，才能以不帶成見的眼光看出「當天的價格」——「時價」不是嗎？

如此一來，必定是那幅畫有什麼不同，就連等於每天都一直看著那幅畫的我也察覺不出異常細微的不同……

「就算真有不同，但就如剛才提到的，那幅畫已經破壞得面目全非……想確認也沒辦法了。事到如今說這些也無濟於事。回頭想想，倘若那一天、那一刻就委託今日子小姐解謎，事情就不會……」

「別這麼說，純粹只是那一天、那一刻的我心胸太狹窄了。這不是親切先生需要反省的事，反倒是那天的我該檢討。要怪就怪那天的我故弄玄虛、不肯把話說清楚。」

她一直說「那天的我」、「那天的我」，但是就我看來，那些全都是同一個今日子小姐……不愧是能用失憶切割過去的她，還真是敢說……

「更何況，還不算太遲喔！我不是說過了嗎？看樣子能幫上你的忙，真教我鬆了一口氣。」

「欸？」

啊，對了。她的確說過——這件事在她的專業領域之中。

既然如此，想必今日子小姐認為這件事能在一天內解決——真的可能嗎？雖說是「今天」，但現在已經是傍晚了，實在沒剩下多少時間。即便現在馬上去美術館，也趕不上閉館時間。既無法進入現場調查，也無法向相關人員問話……

「不，根本不用離開這裡，因為我已經解開謎團了。」

「什麼？」

「怎麼？你連這個也不知道嗎？你還真敢上門來委託我呀！還是那個故弄玄虛的我跑業務跑出成果了呢？呵呵，看來也不能太小看那一天的我呢！事實上，也有人稱我為最快的偵探……」

今日子小姐雲淡風清地說……最、最快？

這倒也是，如果已經解開謎團，還真是再也沒人比她速度還快了吧！等於我才出題給她，她立刻用心算解出了答案。或許是基於忘卻偵探的特性，不能做筆記或紀錄才用心算吧……不，這一點都不重要。

「那、那麼……今日子小姐已經知道答案了嗎？」

「說不上答案。眼下只是推理。接下來才要求證，但大概不會錯吧！」

「好……好厲害啊！」

以讚美而言，這句話實在太沒創意。面對只能講出這種平庸感想的我，今日子小姐謙遜地聳聳肩。

「哪裡哪裡。多虧親切先生提供詳盡的情報，連細節都栩栩如生，光從你說的話就能想像出現場狀況。只是這樣這麼一來，可能會讓人以為我這個負責解謎的人偷懶。像安樂椅偵探的手法其實不合乎我的主義，我比較想當個勤跑現場，把鞋底都給磨平的偵探……不過這次我已經去過好幾次案發現場的美術館，所以就當作是特例吧！」

聽到她說是因為我講得夠詳細才能解開謎團，即使摻雜了一些場面話，仍然令我心頭為之一熱。和久井老翁雖然挖苦我是眼睛長在屁股上的藝術外行人，但至少身為保全人員的我，眼睛並沒有真的長在屁股上。

不過，既然我本人參不透謎底，還是撕不掉眼睛長在屁股上的標籤……

「可、可是，這樣的話，今日子小姐……」

「怎麼啦？」

「那天你不肯免費告訴我的推理，今天是要免費告訴我嗎？」

如果是那樣就太過意不去了——我正打算接著這麼說時……

「怎麼可能!?」

今日子小姐似乎是大吃一驚，咄咄逼人地把手往桌上一撐！結果反倒是我被她的氣勢洶洶給嚇壞了。

「我還以為你要說什麼呢！我不是這個意思。那天不肯免費告訴你的推理，怎麼可能到了今天就免費告訴你呢？」

「是、是喔……」

「該給我的錢一毛都不能少，一切照規定來。」

我沒有要抓住對方的話柄，藉此殺價的意思，是她主動責難起過去的自己，讓我以為有這個可能性。但是看樣子，她似乎不打算反省那個「心胸狹窄的自己」——彷彿就要這麼心胸狹窄地過一輩子。

從她鑑定那幅畫的時候，我就心裡有數了，但是今日子小姐對金錢的看法似乎比我所想像的更加斤斤計較……看來也不會因為她輕易又迅速地推理出結果就降價。

我當然沒有意見。

仔細想想，如果報酬和工作的速度成反比，反而是一件很奇怪的事。沒漲價就不錯了……這時，點的濃縮咖啡和冰紅茶也送來了。這還是我第一次看到有人喝義式濃縮的黑咖啡……想必很苦，但今日子小姐連眉頭也不皺一下，反而像是在喝拿鐵，姿態十分優雅。

與不知人間疾苦的我不同，嘗遍世間酸甜苦辣的偵探就是不一樣嗎……不，就算能分辨酸甜苦辣，今日子小姐也會忘了那個味道。

「接下來就要開始解謎了，你準備好了嗎？」

「準、準備……需要做什麼準備嗎？」

「不用，倒也沒什麼需要特別準備的。」

忘卻偵探的回答讓繃緊神經的我跌破眼鏡。

「頂多是心理準備吧！」

8

「做為假設，我最先想要揭示的前提是『事物的價值是會變動的』，永恆不變的『定價』在經濟學上並不存在，貨幣的價值也不是絕對的。兩億圓聽起來好像很多，但如果日本的國力再增強一百倍，則會相對使得原本在外匯市場上價值兩億圓的物品，只要用兩百萬圓就能換到。」

「是、是嗎……原來如此。」

同意歸同意，但話題突然變得專業起來，我其實聽不太懂。也就是說，假設換算成美元的話，在匯率為一美金兌一百圓的時代，兩億圓相當於兩百萬美元，但是當一美元等於一日圓時，兩百萬圓也相當於兩百萬美金，所以相對來說，兩億圓和兩百萬圓是等值的嗎？

「理論上是這樣沒錯。」

「所、所以你的意思是說……當你對於那幅畫有了不同評價的那天，匯率產生了巨大的變動嗎？」

「不，我完全不是這個意思。」

我極為慎重地提問，話題卻又被她岔開了——我還以為終於要進入嚴肅的正題，但看來只是暖場用的玩笑話。

真是個難以捉摸的人。

「若是真有匯率變動，我所說的兩億圓和兩百萬的確是同樣意思——但如果匯率有那麼大的變動，身為日本國民，不可能不知道吧。」

「嗯，是呀……說得也是。」

「如果你無論如何都想研究這個可能性，可以去查那一天的匯率……有需要嗎？」

今日子小姐貼心建議。

我只是想附和她說的話而已……不，其實我倒是也認真思考起會不會真的因為這種全球化的理由造成的……可能只是我沒有幽默感而已……

「不用了。所以呢？真正的理由到底是什麼？」

「不要這麼急嘛。一旦我想要開始說明，不管是什麼樣的謎團，不管再怎麼不可思議，都可以用一句話講完。但那才不是最快，而是滑頭。因為不好好按部就班解釋的話，很容易留下禍根哪……還是對你來說，這個委託只要能知道答案就好了？」

「呃……這個嘛。」

「照你所說，這應該是你在考慮迎接下一份工作之前，避無可避的一個過程——若是如此，這過程或許多少流於形式，會讓你覺得有些不耐煩，但請你就當是欣賞偵探的表演吧。」

倒也是。她說的沒錯。

我打電話給今日子小姐，並非僅是因為想知道謎團或謎題的解答……倘若只為了滿足單純的好奇心或純粹的求知欲，應該還有其他的方法。

但我還是——

「……」

「可以了嗎？那我就繼續說下去嘍。回到『事物價值是相對』的話題，這點也不只侷限於金錢的價值吧？就拿我的白髮來說，走在路上肯定很引人注目……即使現在我也能感受到眾人的視線。可是假如聚集了上百個和我一樣滿頭白髮的女性，這種稀少性就會煙消雲散吧？因為聚集而煙消雲散，說來也挺吊詭的……相反地，倘若在那一百人裡混進一個黑髮的人，受到矚目的反而會是那個人吧？」

「多數派與少數派……類似這個意思嗎？」

似乎離主題還很遠，但既然她說要按部就班來，我也不好左耳進、右耳出。如果不能投入感情，當一回事地專注傾聽，只會重蹈覆轍。

並非現在滿意就好了——人要放眼未來。

既然如此，我也不能只當一個聽眾，必須用我的腦子思考。我想，這才是今日子小姐的用意。

「也就是……因為周遭情況改變，價值……還有存在意義都變得不同。需要與供給、市場原理……雖然那是與我無緣的世界，但確實有人買畫是用來投資的。」

「啊哈哈。要是投資的話，看到兩億圓的畫變成兩百萬，一定會大受打擊吧！」

可不是大受打擊就能收場。

不過，雖然今日子小姐在之後對那幅畫視而不見，但要是有那麼劇烈的價格變動，本身就會成為一個話題，如果我是來參觀的人，或許反而會想見識一下。與其說是愛湊熱鬧，毋寧說人類的劣根性，就是會想看看那幅受難的畫……難怪我會馬上受到天譴。

「別這麼說，那是很正常的反應，無須如此自責……因為價格大跌而受到矚目，反而藉此讓價格再度三級跳，這種起死回生大反彈的例子，在市場上也屢見不鮮。」

今日子小姐溫柔地幫我打圓場……真是感激不盡，但現在可不是陶醉其中的時候。

「只不過，親切先生。其實不太可能發生這種事吧。實際上，美術館的參觀人數也沒有從哪一天起突然暴增對吧？逆推回來，也就是並不存在沸沸揚揚的新聞，足以讓那幅畫的市場價格產生變化。」

「是的……是沒有。」

剛才提及匯率漲跌的例子固然是太過誇張，但說來那天和今日子小姐說話時，也曾提到過那幅畫的「背景」。

倘若當時真發生了會讓畫的價值暴跌的事，風波可能會大到讓美術館都得休館吧——我們那時應該已經得出這樣的結論。

把這點也考慮進去的話，似乎就可捨棄「畫作價格是因為外在條件改變而變得不同」的假設了。嚴密地說，當然也可能是被沒有公諸於世、只有某些內部人士才知道的內幕所影響。只是，我不認為那天的今日子小姐會知道這種內幕。

她是因為記不住內幕才受重用的忘卻偵探——所以，今日子小姐那天鑑定出「兩百萬圓」的價格並非基於相對的判斷，而是絕對的判斷。

只看了畫本身，就做出這樣的判斷。

「也不盡然喔！親切先生。」

「咦？」

「因為——請容我再強調一次，單就畫本身要做出絕對判斷是很困難的。即使想用清如明鏡的心、不帶偏見的眼去看，但『客觀審視』也不是想要就辦得到的，就連不會受到昨天以前的記憶牽絆的我也不例外。」

所謂的觀察，就連對專業的偵探也不容易呢——今日子小姐說。

「更何況還牽涉到專業鑑定，這可不是從單一角度就能下判斷。」

「這樣嗎……可是今日子小姐實際上不就手起刀落地做出鑑定了？不管是兩億圓的時候，還是兩百萬的時候。」

「看樣子，親切先生把我估的價錢當成基準了呢……這似乎會讓你產生偏見，請忘了這件事。就你所見，畫本身並沒有變化對吧？」

被忘卻偵探要求「請忘了這件事」還真是有點莫名其妙——但這又是要作什麼呢？

「那麼，接下來就從相對的角度來思考我估的價錢正不正確吧！既然畫作背景和畫作本身都沒有改變，這樣價錢真的會有所不同嗎？會不會只是我搞錯了呢？」

「可是這麼一來，大前提不就不成立了嗎……」

難不成根本就沒有什麼謎團，整件事只是個可笑的怪談。

「這也是一種思想實驗。你就當是暖身吧，把所有可能性都列出來。」

「暖身嗎……」

如果這是為了接受事情真相而作的事前準備，的確不該得過且過——只不過我實在無法放下「懷疑眼前的人很失禮」這種常識。但是仔細想想，為了讓大前提成立，還是應該要先好好檢視這一點。

話說回來，倘若今日子小姐不是忘卻偵探，根本就不用這麼麻煩了。對於「今天的今日子小姐」來說，之前不管是哪天的自己都跟別人沒兩樣，所作所為也與她無關，只是個第三者。

「我只是單純地認為……今日子小姐沒必要騙我。」

「人就算沒必要也會撒謊騙人喔！」

「可是，有人會對只是剛好在美術館萍水相逢的保全人員，撒那種沒意義的謊嗎？」

「也不是沒有因為心儀的男性前來搭訕，想開個小玩笑的可能性吧？想引起對方的好奇心，才故意說出兩億圓那種意味深長的話。」

「原、原來如此。」

她說「心儀的男性」也說得太自然，害我心裡一陣小鹿亂撞，但這正是「巧言捉弄」的最佳範例吧。或許是為了回敬我那句「因為你的背影太有魅力了，我忍不住向你搭訕」的說詞。

「或者是正在專心欣賞藝術的時候被人搭訕，為了掩飾自己的難為情，故意扯到錢的話題上……之類的，想扯個理由，不管什麼都能扯就是了。」

「可、可是，就算這樣，也沒有理由要在這天說那幅畫值兩億圓，隔幾天又說只值兩百萬啊？」

「如果反正都是騙人的，那就只是單純的說多說少而已。因為你一開始聽到的是兩億圓，所以才會覺得少，但兩百萬其實也是一大筆錢喔！」

這倒也是。雖然我的存款餘額因為收到比預期還高額的離職金而大增，但要不是遇上這次意外，也不容易存下那麼多的錢。而一般人為了賺到這筆錢，可得不眠不休地工作好幾個月才行。

「沒錯。要是能得到兩百萬，我什麼都願意做喔！」

「什、什麼都願意做嗎？」

這價值觀也太可怕。

不過，如果是玩笑話，這也的確是能讓人這麼說的金額……相反地，假如自己背了兩百萬的債務，光用想的就快要上吊自殺了。

「啊哈哈。是呀。萬一我不是忘卻偵探，而是個高明的騙子，這就很有可能了。先說這幅畫值兩億圓，第二次再說只要兩百萬，藉此煽動親切先生的購買欲——現在買很划算喔！這樣。」

這麼說來，兩百萬倒是恰到好處的訂價……金額雖高，但只要善用分期付款，像我這樣的年輕人也不是付不出來。

「如果要貫徹懷疑一切的態度，我認為針對這個可能性追根究柢也不壞……要追根究柢一下嗎？」

「啊，呃，不用了……」

看著那滿面的淘氣笑容，讓我差點覺得如果對象是今日子小姐，就這麼被她欺騙也無所謂。但是撇開她的笑容不說，這是詐欺的可能性也微乎其微吧——畢竟我上班的地點是美術館，不是畫廊。縱使勾起我的購買欲，就算再怎麼划算，美術館也不可能把畫賣給我吧。

相較之下，兩億圓和兩百萬都算「感覺是一筆大錢」的金額，要說是今日子小姐依當天的心情隨口扯謊的可能性還高一點。不過，這樣就必須再找理由來解釋為何她原本一直在那幅畫前佇立良久，後來又視而不見……

「很有道理呢。鑑定為兩億圓的那天，可能是進美術館以前看到年薪兩億圓的棒球選手的報導；而鑑定為兩百萬的那天，則是在新聞節目裡看到房租要兩百萬的豪宅也說不定。或許只是受周遭影響，每次對於『巨款』的價值觀才會都不同，並以其為基準估價——我這麼說，你能接受嗎？」

「你這麼說……」

我雖然不能接受，但也覺得理論上是說得通的——只要假設今日子小姐有理由說謊，這個謎團就輕易迎刃而解了。就當心儀男性那部分是個過火的玩笑話，但若說是當她享受逛美術館之樂時，受到保全人員干擾，為了快點趕走這不識相的傢伙，所以信口開河……縱然我不希望事實是如此，但是這倒也不無可能。

不過，就算這樣，也只解決了我內心疑問的前半部——我委託今日子小姐的解謎還有後半段。

若將兩者放到天平上，後半段才是重點。就算今日子小姐的兩次鑑定都只是胡說八道，也完全無法解釋和久井老翁的瘋狂舉動。

當然，今日子小姐的鑑定與和久井老翁的破壞行為可能完全無關……可是要毫無根據就如此認定，又覺得兩者都聚焦在同一幅畫上也太巧合了。

說無關，大概只有本人太奇葩的剝井小弟才能說跟這件事無關吧……

「那麼，暫時把作品值多少的事情放一邊，先來討論之後發生的事，也就是害親切先生丟掉工作的直接原因吧？當我想像如果自己也跟親切先生站在同樣的立場，就不由得一陣心痛，不過此刻就先讓我們站在和久井先生的立場來想想吧！」

「和久井先生的立場……是嗎？噢……」

話是這麼說，但該說提不起勁嗎？光是要找出那個性格剛烈的暴躁老人跟自己的共通點就已經夠困難了，老實說，我實在無法想像他的心情。

畢竟這並不是單純在看故事書——但就算今日子小姐是推理小說裡描寫的名偵探，她也還是必須去推敲那些登場人物虛無縹緲的內心世界。

儘管可能幫不上什麼忙，但我也試著設身處地。究竟是什麼樣的動機，才會讓人想要用手杖敲破美術館裡展示的畫作？那個老人究竟想做什麼？

「沒錯，所以請試著思考這件事。這也是種思想實驗……親切先生，有什麼事會讓你想要破壞掛在美術館裡的作品呢？」

真是個荒唐的問題。

雖說我已經被炒魷魚了，但保全才不會想作這種事……如果硬要我想個動機的話，嗯……倒是有個毫無根據的突發奇想。

「那個老人其實是那幅畫的作者……因為不滿意自己的作品，不能忍受那幅畫展示在世人面前，所以才會一時衝動地敲破它……之類的。」

雖然沒有證據，但如果硬要我舉出一個根據——事情鬧得那麼大，卻只開除了一名展區保全就能了事，顯示犯人和被害人很有可能是同一個人。

就像不滿意做出來的陶器，就把成品往地上狠狠一砸的陶藝家那樣——假設那個老人是有名的畫家，認識館長也就合情合理了。

只是，用不著拿金錢來鑑定衡量價值，原本就比任何人都清楚繪畫這種藝術文化價值的畫家，會把畫作破壞成那樣嗎……這固然令我滿心疑惑，但或許也正因為是看得出價值的畫家，才有破壞畫作的資格——要這麼說也還算合理吧。

不過，無論說法再怎麼合理，即便是創作出那幅畫的本人，也沒資格破壞展示在美術館裡的藝術品。

「說得也是。或許可以求證一下和久井先生是不是畫家……而且就算不是他的作品，像是可能想要給不肖徒弟一個教訓，又或者展示畫作是他視為眼中釘的競爭對手所畫，因為嫉妒而做出瘋狂行徑。」

因為嫉妒競爭對手而做出瘋狂行徑，再怎麼說也太幼稚了吧……然而，單以可能性來說的話，倒也不是全無可能。姑且不論一般人是怎樣，但和久井老翁的確不像是個會因為年紀大就磨平稜角變圓滑的人物。

「可是親切先生，從你拾起那位可愛的天才少年的牙慧，說那幅畫是『地球的風景畫』之後老人就稍微冷靜下來的反應來看，如果說他是因為看那幅畫不順眼才加以破壞，似乎又有點怪怪的。」

「嗯……是有點怪怪的。」

如果他不滿意那幅畫，無論我怎麼評價、無論我認為那幅畫在畫什麼，對他都沒有任何影響吧。相反地，要是我對那幅畫還表示認同，反而可能更是火上加油。

雖然實際上只是現學現賣，但原本以為我的眼睛長在屁股上的老人，就這樣認定我沒他想像中的瞎，因此停止繼續抓狂的話……

「何況就算這個假設成立，和久井先生就是作者的話，親切先生應該會知道吧……畢竟貼在畫作旁邊的牌子上就寫著作者的名字，而你應該已經看過那牌子無數次了吧。」

有道理。如果寫在牌子上的名字是「和久井」，我不可能沒注意到……雖說我根本不記得作者的名字，但如果是相同名字，我一定會察覺的。

「話雖如此，也不能完全抹煞這個可能性。所以假設和久井先生就是畫家，有什麼天大的理由會讓他想破壞那幅畫呢……這麼想的話，破壞的時機還真的蠻奇怪呢！」

「時機……很奇怪嗎？」

「是呀。為什麼他要選在那一天去破壞那幅畫呢？聽你的敘述，那幅畫已經展示很久了，不是嗎？既然如此，為什麼他不在剛揭幕展示之時——而是要挑那一天去搞破壞呢？」

「……」

說來，這個假設的確有個很大的破綻。無論理由為何，倘若是不滿那幅畫被展示，的確該在剛揭幕展示時就立刻來破壞才是。如果是作者本人，原本就不會答應展出不想展示的作品吧……當然，這社會的結構盤根錯節，縱使不滿意成果也得拿出去見人的狀況，不管從事哪個行業都會遇到吧。

但是那幅畫從我擔任那家美術館的保全以前就一直展示在那裡，所以若這假設為真，的確是有種「為何事到如今才來多此一舉」的感覺。

「如果是因為來日無多，或許會想彌補一些心中的缺憾，但是和久井先生似乎還很硬朗對吧？」

看她笑意盈然所以容易忽略，今日子小姐可是輕描淡寫地口出一句鑾難笑的話——來日無多。

打從第一次和她交談的時候，我就已經隱隱約約地感覺到了，像這樣面對面坐著談話，又讓我更加明白，這個人只是用平靜安穩的笑容營造溫和氣氛，但她說的話一字一句都很現實，完全不會感情用事。

或許就是因為這樣，她才能揣度出別人心裡在想什麼——但我不禁有些好奇，這種人為何要當偵探呢？她也有像我這樣「想要守護什麼」的動機嗎……算了，現在可不是鑑定今日子小姐的時候。

「那麼，再暫時保留『和久井先生是否為畫家』這個假設，先來探討他為何要在那個時機前來破壞那幅畫吧——可以嗎？親切先生。」

「就先這樣吧……」

那天並非什麼特別的日子——就只是普通的平日，美術館也沒舉行什麼特別的大型活動。

「回到最初的疑問，應該還是因為展示的畫作有什麼不同吧？換言之，一開始，他對那幅畫在那裡展示一事並無不滿，但隨著時間過去，由於畫作產生了變化，使得他再也無法壓抑破壞的衝動……」

合情合理。

可是，若採用這個說是理所當然也不為過的假設，又會和剛才「其實並未發生從兩億圓跌價到兩百萬的變化（因為是今日子小姐的謊言）」的假設有所衝突。

結果還是推得「畫作產生了變化」——不僅如此，說是「畫作產生了讓價格從兩億圓暴跌到兩百萬的變化」應該會更符合推論，至少更說得通。

「也可能是展示時出了問題。事實上，抽象畫不就經常出這種紕漏嗎？像是美術館沒做功課，把畫掛顛倒而激怒作者之類的。」

「嗯……可是就我所知，那幅畫並沒有換過方向。萬一有這樣的變化，我一定會注意到的。」

「呵呵呵。我們又回到原點了呢！這就是所謂的原地打轉吧。」

今日子小姐似乎有些樂在其中……也對，畢竟她已經知道答案，或許是看我這樣團團轉，覺得很有趣吧。她這心態著實有些惡劣，但我早就親身驗證過，今日子小姐原本就不是什麼好心人。

「就像……今日子小姐也說過的那樣。」

「我說過嗎？」

「說過。」

雞同鴨講。

「你說過管理維持也需要相對應的成本。繪畫與數位檔案不同，難免會隨著時間劣化。這也是繪畫的優點，但在保存和管理上就得煞費苦心……之類的，而那家美術館……」

「哪家美術館？」

「咦？都聊到這裡了，你不可能不知道吧……比如說那家美術館在展示作品的管理上出了問題，呃，像是顏料龜裂或剝落之類……或是來參觀的人在上頭塗鴉，害那幅畫失去價值，身為作者的和久井先生知道了這件事，怒不可遏地闖入美術館……這麼一來，時間順序不就完全兜上了嗎？」

「可是，請容我再重複一次，就你所見，畫作不是沒什麼不同嗎？」

「是沒有……」

但那只是眼睛長在屁股上的一介外行人的意見。我並沒有注意到展示的畫作上是否有細微的傷痕——我的眼睛還沒有銳利到能看出只有專家才會知道的細微差異。

「我其實也不是什麼繪畫的專家。當然，觀察是偵探的工作，但是就算我能留意到從兩億圓跌價到兩百萬的變化，也無法察覺出必須用放大鏡或X光分析才能知道的細微變化。」

「嗯……」

「更何況，你一直在那幅畫的展區監視著，不是嗎？就算沒能察覺到畫的變化，總會知道有沒有人在那幅畫上塗鴉吧？」

這倒是。

實際上，我就沒放過拿鉛筆站在那幅畫前的剝井小弟——直到和久井老翁把畫砸爛以前，都沒有人對那幅畫出手。

如果要我以保全人員的角度做證，我也會說那幅畫的管理狀態並沒有特別糟……就算那幅畫的管理做得不夠好，展示在同一個展區裡的其他作品也處於同樣的條件，但我可沒聽說其他畫也被砸了。脾氣那麼暴躁的老人再多幾個誰受得了……但也或許真的有出事，只是同樣被館方壓下來而已……

「的確，天曉得呢。不過，若是真的有好幾幅展示作品遭到破壞，這家美術館也該關門大吉了吧！」

「就是說啊……這可不是開除展區裡的一名保全人員，就能夠圓滿收場的醜聞。」

話說回來，美術館之所以把事情壓下來私下處理，應該不是為了粉飾美術館的醜聞，而是為了包庇動手破壞的和久井老翁。身為現場的負責人，雖然不想說自己只是不幸被無端牽連，但這次的事，確實是和久井老翁他個人引起的。

「總覺得提出愈多假設，假設之間愈是自相矛盾……到底是該想得簡單一點？還是乾脆一不做、二不休，把所有的可能性都列出來思考呢？」

「不用這麼麻煩，主要的假設都已經到齊了——這樣就足夠了。辛苦你了，親切先生。」

今日子小姐隨口慰勞傷透腦筋的我。一時之間我還以為她在挖苦我，但好像不是那樣。也就是說，我是真的已經按部就班完成了今日子小姐所謂『為了推理的準備』——忘卻偵探身為偵探的儀式，似乎至此告一個段落。

但感覺上，只像是又重新體認這不可思議事件的不可思議之處。

別說是沒有任何成就感，經歷這種反覆拖拉的重重思考，反而更讓我覺得謎上加謎。

「也、也就是說……剛才提出的假設之中有真相嗎？『到齊』指的是所有選項都已經齊全了嗎？」

「真相不在其中。如同我們先前討論過的，全部都不能當真，也沒有重新檢討的必要。就像所有偵探都應崇拜的那位名偵探中的名偵探曾說過的那句『將所有理論上不合理的可能性排除之後，剩下來的答案無論再怎麼不合理，都是真實』——當然也有例外，但這次先不管那些例外。」

「是、是嗎……」

我也聽過那句格言。我直到剛才一直以為今日子小姐是在聽完我說明來龍去脈之後，間不容髮地當場得到答案……但這樣說來，她是在那麼短的時間之內，就完成如此複雜的思考嗎……

看樣子，最快的偵探不只是解決事情的速度很快，就連思考速度也是最快的。在剛才的「儀式」之中，她應該是刻意放慢步調來配合我吧。

「可是……即使截至目前的討論是用來進行消去法，但我也想不出接下來還會剩下什麼。」

「與其說是消去法，這個情況應該說是反證法吧！兩者都是推理小說裡基本的技巧——那麼，就讓我簡單說明一下。」

今日子小姐說完，突然起身移動至桌子一旁，站在平時服務生點餐的位置再後退約一步的地方。

然後她把雙腳打開到與肩同寬，將雙手舉到頭上……這什麼姿勢啊？雖然我還沒被分派到那種地方值勤過，但要說的話，很像是在進入戒備森嚴的設施之際，接受隨身行李檢查時會被要求擺出的姿勢——不管怎麼說，都不是日常生活中會擺出的姿勢。

「怎、怎麼了？這是什……什麼雕像的姿勢嗎？」

我執勤的美術館是以展示繪畫作品為主，雕像大概只有入口處有……而且也沒擺出這麼奇怪的姿勢。

雖然不是尖峰時段，但是我們也沒有為了要密談而包下整間咖啡廳，所以店裡的視線全都集中在突然擺出奇怪姿勢的今日子小姐身上——然而她卻一點也不在乎的樣子。

這個人完全不在乎別人的眼光嗎？

身為保全人員，雖說站崗時散發適度存在感也是工作一環，但是受到矚目還是會讓我渾身不自在……只是如果有「反正到了明天就會忘記」做為前提，說不定我的羞恥心就會麻痺吧。

「不是雕像。我只是想如果看全身會比較容易理解。」

「全身嗎？嗯，的確全身上下都看得很清楚……」

今日子小姐把手高舉到頭上，所以除了背部以外，全都一覽無遺——確實如同展示在美術館的雕像，今日子小姐（看來很滑稽）的姿勢，從頭頂到腳尖全都映入眼簾。

她的服裝很正式，也不算特別暴露，但是不曉得為什麼，那個站姿看起來很性感。也是，如果只是單純站著，應該不會受到這麼多的矚目……

「但看清楚又怎樣呢？呃，今日子小姐，能的話請先坐下來吧……」

「你沒發現嗎？」

「……？」

完全不管我的好心提醒，今日子小姐一臉若無其事地回問我。大概是看我完全摸不著頭緒，她又問得更具體些。

「你沒發現嗎？在美術館見到的我，和現在正和你說話的我，有一個很大的不同嗎？」

「哪裡不同……」

記憶會每天重置的今日子小姐，應該不會隨著時間的經過而產生不同不是嗎？當然，還是會有頭髮留長、指甲變長這種細微的差異……但是，那些都稱不上是很大的不同吧。

「看不出來嗎？請你仔細地看喔！」

「仔……仔細看嗎？還是看不出來啊！但是……真的有什麼不同嗎？呃……啊！」

不快些回答，今日子小姐就會持續扮演店裡的笑柄。在這種狀況下，心裡愈急，愈是什麼都想不出來。可是一旦想到，答案就再簡單也不過了。不只簡單，那也是我看到今日子小姐走進咖啡廳時，第一件想到的事。

「服裝……嗎？」

「沒錯。你答對了。」

我終於趕在店員就快來阻止她的時候提出這個答案，這個毫無意外性的回答似乎即為解答，只見今日子小姐乾脆地放下雙手，坐回椅子上。

我鬆了一口氣。

話說，如果答案是服裝，根本不用特地站起來，直接坐在椅子上問我，說不定我還能更快想到答案……縱使不論「到了明天就會忘記」的特性，今日子小姐也太沒有戒心了。

真是太危險了，光是看著都替她捏一把冷汗。

言歸正傳，服裝——不僅限今天，今日子小姐穿衣打扮的確很有品味，在那家美術館裡的時候也是，從未看她穿著同樣的衣裳前來。我還曾經想過她家的衣櫃到底有多大啊……但這又如何？

「又如何呀……那，我問你。親切先生，你如何能判斷穿著不同衣服的我是同一個人呢？」

「什麼？」

「我全身上下可供指認的地方，幾乎有九成都跟你上次見到我的時候完全不一樣呢！但你還是可以認出我是同一個人，你究竟是以什麼為根據作判斷的呢？」

可供指認的地方幾乎有九成都不一樣……這麼說的確也沒錯。雖然像今日子小姐這樣，每次都以不同打扮現身的人也很極端。

「畢竟你又沒有遮住臉，從體形……還有如果是今日子小姐的話，還可以從頭髮顏色來判斷。」

「臉、體形、頭髮顏色——也就是從我本身，而不是那些能拆卸下來的配件來判斷。就算換衣服，我還是我。」

「是的。」

我沒打算講些什麼富含人生哲學的大道理，不過大概是這樣沒錯。要是換套衣服就能變成別人的話，那人生可就輕鬆了。

「可是親切先生，你在我們剛見面時有這麼說吧？『因為沒穿制服，所以認不出來』……制服難道就例外嗎？」

「啊……嗯，因為保全人員就是靠制服讓別人能一眼辨識啊！或該說保全制服就像是個記號，讓任何人只要穿上它就會看起來像保全……但不止是保全，制服這種服裝的效果不就是這樣嗎？」

「沒錯，正是如此。穿在身上的衣服有時候會規範一個人——不管穿什麼，我就是我，但也可能會因為今天要工作，所以就穿得很正式，要是放假可能就會大著膽子穿上短褲也未可知。」

「短……短褲嗎？」

好難想像。

可是，話題怎麼扯到這裡來？她不是要給我解決問題的提示嗎？檢視今日子小姐的穿著確實是很有趣，但好像不適合在工作場合討論這個……

「還不懂嗎？我的意思是說，就算我沒有變化，但隨著我的穿著打扮不同，也能呈現出各式各樣的我呢——這就是所謂『改變造型換心情』吧？相反地，如果永遠都做同樣的打扮，雖然讓人覺得一成不變，卻能保持不變的價值。這點不只是人類，繪畫也是同樣的道理。」

「同樣的……道理？」

我懂她的意思了。

不過這個假設不是已經討論過，也被否定掉了嗎？

即使畫作本身沒有變化，價值也會因為作者死掉或作者其實另有其人等諸如此類的時空背景不同，而產生相對的變動——從這裡再延伸出去，就連「同一個時代有哪些畫家？」「彼此之間如何切磋琢磨？」「又是在什麼樣的情況下描繪出那幅畫？」這些背景故事，都會影響市場價格。

只是，倘若真的發生了那麼具有戲劇性的改變，我就在美術館裡工作，不可能完全不知道——剛才我們應該已經達成這個共識了才是。

「即使如此，今日子小姐還是要說是背景不同嗎？」

「不是背景。不在其後，而是在上下左右……吧？」

「……？」

今日子小姐東拉西扯，終於讓我的腦筋打結了。上下？左右？她是指展示在同一展區裡的其他作品嗎？因此產生相對的價格變動嗎？不，左右也就算了，哪來展示在上下的畫啊……而且在我負責的展區裡，也沒聽說過更換作品的事。

「今日子小姐，請你別再賣關子了，就告訴我答案吧。求求你。」

雖然很丟臉，但我也只能舉雙手投降。

「為什麼那幅畫的價錢會從兩億圓變成兩百萬呢——明明就是同一幅畫，金額為什麼會有這麼大的不同呢？」

「額之所以不同，是因為額不同了呀。」

「我是說——」

「額之所以不同，是因為額不同了呀。」

今日子小姐像是要岔開話題般，跳針似地重複同一句話，讓我快壓抑不住自己對她的質疑。而她依舊對我重複說著同一句話——只是仔細聽來，似乎有點小小不同。

因為額不同——額？

她完全沒有要岔開話題的意思。

而是絲毫不拐彎抹角、非常直截了當地解開謎團——這就是答案嗎？

「說得再正確一點——『金額』之所以不同，是因為『額框』不同了。從上下左右將那幅畫框起來的額框，被換掉了。」

9

要說是盲點，這盲點未免也大到太瞎了——而且這也不是點，雖說還不到面，總之是個框。不過在欣賞畫作的時候，平常的確不會意識到這幅畫「裝在什麼樣的框裡」。就像看電視時我們也不是真的看著電視機本身，而是在看螢幕裡的風景。

「名畫要裝在什麼框裡，其實是相當重要的呢！畫本身雖然毫無變化，但隨著畫框不同，看起來也有天壤之別——就像人會因為穿著什麼樣的衣服而得到什麼樣的定位般，說得極端一點，畫框可能也會影響畫作的評價。我這忘卻偵探雖然健忘，也還記得王爾德說的『只有蠢蛋才不會用外表來判斷別人』這句話。只是要說外表決定一切，倒也不能一概而論。」

到底什麼算外表？到哪裡才算內在？價值判斷的標準又在哪裡？這的確是個很困難的問題。就像明明穿著保全的制服，卻又要人別用外表判斷，顯然是強人所難。可是也不會只換件衣服，就給人判若兩人的感覺。

展示中的畫作即使換了畫框——我想遠遠地也看不出變化。

事實上，我就沒發現，也沒想到這一點。

「但還請你不要誤會，這不只是畫框值多少的問題——雖說有人會用『畫框還比較有價值』之類的話來抨擊不怎麼樣的作品，但我們現在討論的主題還是畫作本身。問題並不是在兩億圓的畫框被換成兩百萬的畫框，而是在畫框與繪畫本身的契合度！服裝也是如此，每個人都有適合自己和不適合自己的衣服。沒有人穿什麼衣服都合適吧？」

「是……」

你不就是這樣的人嗎？雖然我心裡是這麼想，但是覺得說出來又會把話題扯遠，所以就把話吞回去了。縱使是今日子小姐，穿上不合身的衣服也不會好看吧……我硬是給自己一個解釋。

「相反地，倘若由專業的造型師來搭配衣服，即使本人沒有任何改變，外表可能也會產生令人意想不到的變化。所以說，買衣服的時候請店員幫忙拿主意也是種好辦法。」

對於很怕店員強迫推銷的我來說，很難贊同這種想法，但經她這麼一說，我也認同的確有很多事情，不是看鏡子裡左右顛倒的虛像就能發現的。

「聽說，實際上也有些畫家會自己製作畫框……當然也有專門製作畫框的專家，他們可以說是繪畫的造型師。」

「專、專門製作畫框的專家？有人從事這樣的工作嗎？」

「一切看似理所當然的存在，都是由某個人製作出來的喔！不管是這張桌子、這張椅子、這個杯子、我們穿的衣服、用來裱畫的畫框……都是某個人盡職敬業製造出來的。」

「……」

這也是——盲點嗎？

無論科技再怎麼發達、利用機器作業再怎麼普遍，要是沒有人製造螺絲，連齒輪也無法運轉……當然，就像在美術館擔任保全人員這樣，並不是每個在工作的人都想成為鎂光燈焦點，但是不被人當做一回事也能甘之如飴的，想必也是希有人種。如果覺得用「自尊」形容太過矯飾誇張——那也該稱之為對自身專業最起碼的堅持。

「沒錯。所以才會大失所望哪。要是專門為那幅畫精心製作的畫框被換成別的畫框，或許真的會氣急攻心，一時失去理智地敲破那幅畫。」

「這麼說……和久井先生不是那幅畫的作者……而是畫框作者嗎!?」

難道當時他想砸爛的不是畫，而是畫框？畫作只是受了無妄之災……回想起來，當時被砸得支離破碎的確不只畫布，連畫框也陪著粉身碎骨。

當我提及畫作內容時，和久井老翁才會恢復理智。被我問「你跟地球到底有什麼過節」才想起他跟地球……他跟那幅畫，的確沒有任何過節。

所以才會恢復理智。

說不定後來他出題考我，也只是為了掩飾自己無端破壞一幅畫的心虛。

「從事和久井先生那一行的人稱為『裱框師』，製作能夠將名畫價值提升到極致的畫框，就是他們的工作。」

「裱框師……」

「稱為『繪畫設計師』或許比較符合時下流行，但這麼叫又有些入侵畫家的地盤，所以他們大多還是沿用『裱框師』來自稱，比較不囂張。」

以小說為例，大概就是像裝幀那樣的工作吧。即使內容都相同，只是在外觀或書本尺寸稍做改變，就能帶給讀者截然不同的印象。同樣的道理，那個和久井老翁是用畫框來賦予繪畫新生命嗎？

「至此只是我的推理。當然，現在還沒有足以確定和久井先生就是裱框師的證據。不過，對於展示繪畫作品的美術館來說，裱框師是非常重要的合作伙伴，所以就算認識館長也不足為奇……甚至要把他被當成貴賓侍候、協助掩飾他的暴行。」

「……」

「看在因此成為犧牲品的親切先生眼中，或許非常不可理喻，但這也不表示和久井先生受到了於理不合的禮遇。館方也多少是為了贖罪……恐怕是因為他們沒有經過和久井先生許可，就擅自換了那幅畫的畫框吧。」

即便如此，就把自己做的畫框，還連同畫作整個破壞掉也太衝動——今日子小姐說。乍聽之下似乎在替兩造緩頰，但仔細想似乎也沒有要替美術館或和久井老翁說話的意思。

果然是很苛刻的人。

不過，今日子小姐說的也有道理。一想到由於和久井老翁感情用事而破壞掉的畫作和畫框都有其作者，不管有什麼必要性，不管再怎麼生氣，都沒有同情的餘地……

「我想稍後由親切先生再去求證會比較合適，但是請你先聽聽我這個偵探兼局外人所進行的推理——這件事的前因後果究竟是如何。」

「好……請說。」

「我認為畫作價值兩億圓的時候，那幅畫的畫框應該還是和久井先生的作品。至於是什麼時候被換掉的……我記得你說過美術館進了一幅館長費盡心思弄來的最新作品，還引起一陣騷動對吧？恐怕就是在那個時候吧。

站在館方的立場，當然希望把最新作品打扮得漂漂亮亮地見人，所以呢，就把館內最好的畫框拿來用了。」

像是換一件大禮服那樣呢——今日子小姐說。

用衣服來比喻的確很淺顯易懂……只不過，那件衣服應該是專為那幅畫量身打造的，不見得適合新的作品吧？

「再怎麼說也是專家做的『衣服』，某種程度上搭配任何畫作應該都合適。說得直接點，只要別穿錯尺碼，畢竟人要衣裝……當然，那幅被拿掉外框的畫也一樣，雖說換上了別的畫框，可是畫的內容並沒有改變。」

「……但如果像今日子小姐這種懂門道的人看了，就會看出差別。」

從兩億圓到兩百萬圓——暴跌到只剩下百分之一。

這麼說來，今日子小姐當時一直是在陳述「作品」的價錢……不只是指「畫作」本身，而是鑑定那幅「作品」值兩億圓和兩百萬。

原來是包含畫框的價錢。

「……請容我再次強調，這只是我個人的估價喔。要是你照單全收，我會很困擾的。因為我可不曉得世人會怎樣給它訂價呢！」

今日子小姐特地強調。

「當然也應該尊重『畫作的價值不受畫框左右』的意見。從館方這邊也該或許只是想暫時借用，或說做為短期間內的應急處理吧……他們不可能不知道和久井先生的脾氣。」

之所以從兩億圓暴跌為兩百萬，或許是因為那幅畫和替換的畫框非常不對盤吧。而原先的畫框也不見得能和那幅最新作品「相得益彰」……

「館方是認為……這樣能混過去嗎？」

「一定是認為混得過去吧！事實上也真的混過來了。只是館方應該沒料到和久井先生會來，否則應該會先跟負責那個展區的親切先生說一聲。」

會不會是有人去告密了呢——今日子小姐說。

——告密者。

雖說今日子小姐應該是在暗示美術館裡比較有良心的職員，但是直覺告訴我，把館方做的「壞事」告訴和久井老翁的，可能是那個素描本少年。

這才是什麼證據也沒有的推理……但是長時間看那幅畫到能看出畫框不同的人，大概就只有今日子小姐和剝井小弟了。

假設他在臨摹那幅畫的時候，畫框已經被偷天換日——假設，他也察覺到不對勁。

正確地說，記憶會隨時間經過一併消失的今日子小姐就算注意到畫框的價值，也無從察覺畫框的不同。如此一來，在來過美術館參觀的人之中，就只剩剝井小弟會去打小報告了。

不過，究竟是如何已不得而知，而且不管是誰去告的密，都不會影響和久井老翁知道真相的事實——也因此他才會殺來美術館大鬧一場。

當和久井老翁看到理應用來襯托那幅畫的畫框——自己的作品竟然不在原位，便以致犯下眾人皆始料未及的暴行。從這個推理雖無法推測出他是否一開始就打定主意要搞破壞才帶手杖來，但是從他連跟畫框相連一體的畫本身都一起砸爛的結果往回推，或許真的只是一時衝動的破壞。

所以當他恢復理智時，才會老實地「束手就擒」……另一方面，館方也應該知道整件事是自己起的頭，所以也不敢表現得太過強勢，只好私底下為事情畫上休止符。

「……」

聽完她的推理，我沉默不語。

身為曾在現場值勤的當事人，雖然不認為今日子小姐推理的每個細節都絕對命中紅心、分毫不差，可是至少消除了我心裡的疑問和猜疑。

消是消除了……

「所以呢？接下來你打算怎麼辦？」

「……啊？」

突然被她這麼一問，我一下子整個人都愣住了……今日子小姐的推理告一段落，工作應該已經大功告成，卻一臉「接下來才是重頭戲」的表情，眼睛眨也不眨地凝視著我。

那是彷彿要將我看穿的視線。

「什、什麼怎麼辦？」

「我是在問你，當我已經抽絲剝繭地為你釐清遭到解僱的原因，而你知道原因以後，接下來有什麼打算？你似乎認為沒能保護好那幅畫的自己也有所缺失，所以打算坦然接受處分，但事實上呢？追根究柢，是美術館偷換畫框，才引來和久井先生的破壞行為，最後卻要你接受處分，這般處置說來也是有些許不當。」

「……」

「如果你想對抗組織對你不公不義的處置，我也能夠繼續為你效勞。因為屆時要對抗的並非保全公司，而是美術館，所以不需在乎你剛才所提到的顧慮吧！我可以介紹戰績輝煌的律師給你，只要辦妥簡單的手續，我就能替你出面。為了釐清事實，接下來我也可以陪你一起去美術館。」

「呃……」

看來當推理告一段落，今日子小姐又從解謎的偵探變成行銷業務了……我覺得她這點實在很厲害，自己開公司的人果然跟我這種吃人頭路的人想的完全不一樣。

雖然我已經沒有頭路可吃了……

我之所以委託今日子小姐調查這件事，是為了展開接下來的求職活動，而且做夢也沒想到居然還能看見重回職場的一線曙光，可是……

「不了……我已經不打算回原來的公司了。」

「哦，這樣呀……可以告訴我原因嗎？」

「原因……」

說我毫無留戀，絕對是騙人的。雖然我曾經完全死心，但是如今情況不同，或許應該奮戰到底才對——被不當解僱的我若能勇於迎戰，或許就能避免以後再發生同樣的不幸。為了避免接替我的人跟我有同樣的遭遇，也為了自己的權利，或許我應該採取積極的作為。被害人若忍氣吞聲，最後只會助長犯罪的風氣。

「可是……我認為這次最大的受害者並不是我。」

「哦？那是誰呢？」

今日子小姐頗感興趣地問。

「我認為是裝在那個畫框裡的畫。」我回答。「我確實沒有保護好那幅畫……就算情況有所不同，就算內幕公諸於世，也改變不了我沒能保護好那幅畫的事實。既然如此，我就應該坦然接受報應……只是這並不表示我接受組織對我的處分，這是我對自己的懲罰。」

遭到破壞的畫框如果會想，大概也會這麼想吧……面對不合理的對待，這樣一肩挑下固然過於沉重，但我也無法認同遇事就規避承擔的工作態度。

雖說，結果什麼也沒變。

即使委託她解開謎團——依舊也沒什麼不同，而且我也不打算讓什麼變得不同。我會就這樣無職無業卻也迎向明天——但，這樣就好了。

已經發生的事雖然不會有改變，但解釋不同了。

價值和意義——都不同了。

我認為這樣就好——真的很好。

「我想成為能守護某些事物的人。老實說，我曾經一度失去了信心，但多虧今日子小姐，讓我能再次立定目標，讓我能再把失去的自信找回來——

對我來說，真的這樣就夠了。」

「非常好。」

今日子小姐真誠無偽地說。

或許佯裝瀟灑有點過了頭，聽她這樣回應真讓我不好意思……我突然覺得好丟臉，只好硬生生地把話題拉回來。

「因此……我委託今日子小姐的工作，就到此為止吧……費用是要以現金當天付清吧？」

我把來咖啡廳之前先去便利商店提領的現金交給她。因為我覺得直接拿著鈔票面交不太好看，還特地裝進信封……但是今日子小姐卻很乾脆地把整疊鈔票從信封裡拿出來，以不輸銀行員的俐落手勢確認張數。

「金額無誤，謝謝你。我會確實保密，還請放心……只是，親切先生，接下來你打算怎麼辦？」

「咦？」

這個問題不是剛剛才問過嗎……怎麼又再問一次？才傍晚六點，她的記憶這麼早就已經重置了嗎？

「我不是這個意思。我是想問你今天晚上有什麼計畫嗎？沒能爭取到你後續的委託著實遺憾，但我也因此接下來都沒事了。可以請你負起責任，請我吃晚飯嗎？」

今天還長得很呢——今日子小姐這麼說。

真巧，我也因為不打算再委託今日子小姐辦事，接下來也都沒事了。

第二話

今日子小姐的推定

1

「犯人就在這裡面。」

今日子小姐如此斷言。

這句宣告宛如遠古流傳至今的咒語，對名偵探而言更是近似傳統儀式，但是我——親切守——對這句話卻半點共鳴也無，而且也覺得要在此時此刻稱讚白髮女子的推理能力也還太早。

因為今日子小姐這時伸手所指的，並非是齊聚一堂的登場人物，而是一棟三十二層樓的現代化高樓大廈。講一句「這裡面」到底含括了多少嫌犯，我實在猜不出來。

但這顯然不是為了緩和現場氣氛才說的俏皮話，因為今日子小姐的表情實在認真得不得了。

「問題是——」在說完剛才那句經典中的經典，但現在講也沒什麼實質意義的台詞之後，她又接著這麼說：「這裡頭真的有藝術家嗎？」

這的確——是個問題。

不管是對今日子小姐而言，還是對我來說。

2

在罵小孩挑食的時候，大人總會用「有人想吃都吃不到，不要挑三揀四的」這句話來教訓小孩，但是仔細想想，這其實是一種詭辯。的確，應該讓小孩從小對於區域性的糧食問題、全球性的飢荒問題有所警惕，但是用這種說法來糾正小孩挑食之前，應該要先把「想吃都吃不到」的人所居住的環境，發展到讓他們也「可以挑三揀四」不是嗎？而不該這樣要大家一起承擔「喜歡的東西不能說喜歡、不喜歡的東西不能說討厭」這種悲痛的沉默，應該教導小孩要共同打造出「至少在吃這件事上可以暢所欲言」的世界，才是對孩子的教育吧——當然，這純粹只是理論。

與其說是理論，不如說是理想。

離題了。

講現實的，這世界並不能用如此進取向善的道德思維來解釋……然而更現實的，大人教訓小孩「不准挑食」的真正理由，是為了讓小孩攝取均衡的營養，或者是避免攝取過度的營養，健健康康長大成人，絕非擔心社會上的糧食問題。所以一開始就離題的不是小孩，而是大人。大人為了讓小孩乖乖聽話，故意援引讓人難以反駁的説詞來進行道德勸説，縱使不説是偽善，倒也盡顯大人的卑劣。

無論如何，吃不吃姑且不論，至少希望能自由地表達好惡——或許我從那時就很認真地擔憂著自己的將來，才會有那樣的想法。

從上一家公司——大型保全公司拿到的離職金，在支付了給置手紙偵探事務所的費用後雖然減少了點，所幸還沒少到讓我流落街頭的地步，但是依舊無法消除我對將來的不安。是受到最近經濟不景氣的影響嗎？還是我自己的能力不足呢？我遲遲找不到第二份工作。

我甚至覺得，早知道除了離職金，應該再向主管要一封推薦信的。

看樣子，如今的我已經沒有資格再挑三揀四地說啥「想從事守護什麼事物的工作」這種奢侈的話了——終於輪到我站在聽別人說「只要別再挑三揀四，工作要多少有多少」這種逆耳忠言的立場了嗎？

放棄選擇職業的自由，不僅會讓自己的人生變得憋屈，也會讓整個社會變得憋屈，所以我不該認輸才是。但再這樣下去，別說不能選擇喜歡的職業，眼看就要淪落到連喜歡的食物都無法選擇的地步了。

雖說已經長大成人的我和小孩子不同，並不會再繼續成長，但不管從事什麼工作，身體都是最重要的資本，還是必須考慮到營養均衡才行。另一方面，人要是一直處於待業無職的狀態，可能會連要怎麼工作都忘了……

因此，除了探聽之前那家保全公司的競爭同業是否有職缺，我終於也考量起其他的工作機會。儘管如此，我的首選還是警察或消防員這類性質相近的工作，即便罵我不到黃河心不死，我也無話可說。就在這個時候——

我的手機響了。

「……喂。」

液晶螢幕上顯示的是沒有儲存在通訊錄裡的陌生號碼，我有點猶豫，不曉得該不該接電話。可是，我身為找工作……身為又再找工作的人，在這種時候也顧不得防人之心了。

一想到可能是通知我筆試或面試結果的電話，就不能放過任何一通——就連陌生號碼或未知來電，也不能掉以輕心。

雖然這麼想非常不符合安全防護的概念——但是我對這通電話沒存太多戒心倒也是事實。

原因非常簡單，因為我似乎曾看過液晶螢幕裡顯示的這個號碼——嚴格說來，只是「似乎曾看過」的程度，其實是非常靠不住的感覺。

如果是手機的通訊錄，就能清楚區分有存入和沒記錄的號碼，但人類的記憶就是這麼不可思議，即使不記得號碼本身，也會記得「曾經記得」的事實。

不過，也有像今日子小姐那樣，會把一切忘得一乾二淨的人，但那是少之又少的特例——但我是認得的。

我是真的認得這個號碼。

這個號碼憑著若有似無的記憶輕觸我的心弦——但也就是「輕觸」就能貼切形容的那樣，細小而微弱的記憶。

到底是在哪裡看過呢……如果我真的看過，到底是在哪裡看過呢？不是090或080開頭，所以應該是家用電話，這個區域號碼是哪裡的啊？

我邊想著邊接起電話。

「喔，你是當時的小鬼嗎？」

一聽見電話那頭的聲音，我立刻知道對方是誰了。

這也是人類記憶的不可思議之處。

反過來說，因為這麼一點微不足道的契機，記憶便能鮮明地串連起來。

我也才明白，昨天以前的記憶會完全消失得一乾二淨的忘卻偵探今日子小姐為何會如此受到重視了……我帶著確認的意味回答。

「您是……是和久井先生嗎？」

「沒錯，我是和久井和久。」

果不其然，電話那頭的對方如此報上名來。

是的，他就是那個在美術館大鬧一場，把我逼到辭職的老人——他那與其說是硬朗，更像是蠻橫不講理的姿態，歷歷在目地浮現我眼前。

話說回來，當時他只說了和久井這個姓。他的全名是我在聽完今日子小姐的推理之後，回頭去求證時才得知的。

看來只是我孤陋寡聞，「裱框師」這一行本身似乎是歷史悠久的傳統職業——而在蒐集這行業的資訊時，不需要刻意去找，自然就會見到和久井老翁的名字。

業界人稱之為「仙人」，可以說是泰斗中的泰斗。

他被譽為業界最頂級的「裱框師」，可以為畫作量身訂做出最為合適的畫框，來求他製作畫框的畫家多如過江之鯽……這也可說明區區一家美術館當然不敢憮逆他，只得東奔西走地為他收拾爛攤子。

和久井和久不只是藝術界的泰斗，同時也是工藝界的泰斗——不，甚至說他製作的畫框已臻藝術之境的意見也不少。

換言之，我當時架住的可是一個了不起的大人物——畢竟「若對於保護對象將造成危害，不管對方是何方神聖都要阻止」乃是保全的本質，也是基本原則——但我也還真是冒犯。

……問題是，那個大名鼎鼎的和久井老翁為何會直接打電話給

可不記得我們交換過電話號碼。

「阿守。」

而且還無視於我的混亂，和久井老翁用充滿威嚴的語氣直呼我的名字，這麼問我。

「你最近在幹嘛？一切都好嗎？」

「咦？呃……」

他問的內容簡直像是年輕人問候朋友……從外表看來，他已經是年過七旬的老人，要說意想不到可能有點失禮，但他的感性或許還很年輕。

至少脾氣就跟年輕人一樣衝動……

「問我在幹嘛的話，倒是沒在幹嘛……」

「喔。不行啊！你這樣不行。年紀也不小的年輕人，怎麼可以大白天不工作，遊手好閒呢？真是不像話。」

我又沒說我遊手好閒……我還真想頂他一句，究竟又是誰害我淪落到今天這種不像話的田地？

至於若要針對「一切都好嗎」來回答，則因為距離我失去一切的時間實在不夠久，至今還沒辦法笑談這一切。

想到那天，就讓我難過得甚至感到呼吸困難——像是被惡魔呼出的災厄之氣纏繞，久久揮之不去。

為了懲罰自己沒能阻止那幅畫遭到破壞，我並不奢望能復職，但我的脾氣也沒好到能任由罪魁禍首對我說這種話……我不否認當時在今日子小姐面前把話講得彷彿一切都以釋懷，其實是有故作瀟灑的念頭。正當我差點粗聲粗氣地罵回去時，和久井老翁及時出聲制止我發飆。

「我明白，我明白。」

老人笑著說道。

「小子，因為我的關係，好像害你被保全公司炒魷魚了。不好意思。」

「……」

我沒想到他會這麼乾脆地道歉，害我一時反應不過來，但總之老人根本是火上加油──他怎麼好意思跟我說「不好意思」！

「不過，我已經狠狠教訓過敷原那個笨蛋，你就原諒他吧！無論哪個時代、哪個世代都有不懂藝術的笨蛋──可是正因為有那樣的笨蛋存在，藝術才會增值。搶著喝粥的和尚愈少，當然是愈好啦！」

「呃，是這樣啊……」

還以為他終於要認錯負責，結果還是把錯推到美術館的館長──敷原先生頭上。這種推諉卸責的方式不僅令我傻眼，甚至覺得為此生氣有夠愚蠢。不過話說回來，擅自換掉畫框的美術館也的確有問題。

這時，我突然想通了。

並非像今日子小姐那樣經過一一分析所有可能性的推理，而是沒有經過大腦思考的靈光，就只是直覺地想到。

「是敷原館長把這電話號碼告訴您的嗎？」

也可能是保全公司……但是對公司而言，美術館不過是眾多客戶之一，和久井老翁的影響力（或者是壓力）不見得能直接影響到公司，他們也不可能洩露前員工的個人資料。另一方面，為了避免臨時有事的時候聯絡不到人，館方應該有份保全人員聯絡方式的紀錄，對於和久井老翁來說，要問出來想必不是難事吧。

「嗯，沒錯。那又怎樣？」

老人一點也不覺得自己有錯，厚顏無恥地回答。臉皮能這麼厚的人生肯定很輕鬆吧……但是想到要維持這麼厚的臉皮，到底要無時無刻與多少人發生衝突，就羨慕不起來了。

「不怎樣……」我轉移話題。「請問找我有何貴事？」

他為了打電話給我，還特地向館方問出號碼，正常情況下應該要推測他是在冷靜下來之後，回想自己幹的好事，深自反省，決定向我道歉才對。但是從我們剛才的對話看來，這件事（唯獨這件事）顯然是不可能的。

這個人絕對不會反省吧。

甚至能感到幾近於某種信念的固執——與其說是身為泰斗的成就助長他固執的性格，應該說是因為有那種固執，才讓他爬上泰斗的地位吧。

「貴事？哦，當然有啊！沒事我才不會打電話給你這種毛頭小子啊！我可是很忙的。」

「喔……」

「阿守，你要不要來我這邊工作？」

這句話讓對老人的目中無人感到不耐的我一口氣清醒過來——什麼？

「別想拒絕喔！你很閒吧？」

「是、是很閒……」

雖然反射性地這麼回，但其實我也沒那麼閒。

找工作的行程如今已不是以天為單位，而是以小時為單位了。就連今天，我等一下也要出去面試——聽我說完這些，和久井老翁得意洋洋地說：

「既然如此，不是正好嗎？我都說要僱用你了。」

那態度彷彿是在誇耀自己有先見之明，但明明就是他害我失業的，根本沒什麼好得意。他該不是為了贖罪才要僱用我吧……話說回來，他說要僱用我，是要雇我做什麼？

如果是因為我看出那幅畫描繪的是「地球」，對此給予高度評價，想要延攬我進美術界的話，也太看得起我了……因為那完全只是現學現賣。

「哈！非也非也。你在臭美什麼？誰要收你這種人當徒弟啊？」

老人朗聲大笑。我才想說誰要拜你這種師父呢。那，究竟要我做什麼？

「這還用問？你不是個保全嗎？除了警衛以外，還會叫你來做什麼工作？」

這話實在太鼓舞人心了。對開始考慮找其他工作的我來說，聽起來甚至感到心虛——不過在此我也不便因為已經辭職，就主張自己不是個保全。

「警衛……是嗎？」

「嗯。沒錯。你願意來吧？」

雖然急性子的和久井老翁就是要我趕快點頭，可是再怎麼說，他給的訊息都太少了，少到讓我無法單憑「警衛」這個關鍵字就情不自禁地點頭。

「如果是正式的工作，還是好好委託公司比較確實……」

「哼。我才不相信組織這種東西。」

老人不屑地說。

雖說是充滿強烈的偏見的一句話，但從剛遭到美術館這個組織背叛的和久井老翁口中說出來，我一下子也無法反駁……畢竟，我也是被僱用我的組織拋棄的人，雖然還不至完全附合他的說法，但也多少有些共鳴。

「我這個人凡事都要親眼判斷。能被我看上，是你三生有幸。」

「啊，是……」

果然是因為我看出那幅畫在畫地球，讓他留下好印象嗎？還是對我在之後說那幅畫不值一毛有好感？後者雖非現學現賣，但不能否認有些狗急跳牆之感，縱使因此被他賞識，感覺也只是瞎貓碰上死耗子，高興不起來。

「所以……是要我保護哪幅畫嗎？」

不管是否要接下這份工作，至少這點要先問清楚——不問清也無從判斷。不過老實說，我是因為想拒絕才這麼問。

老人對組織雖然多所批判，但是個人能保住的事物其實非常有限。

到頭來能對抗暴力的，依舊是能夠集合眾人的組織能力，而非孤掌難鳴的英雄。

就算我現在不是賦閒在家，一聽到是警衛的工作，也會本能地撲上去。但是辦不到的事就明白說辦不到，也是工作的一環。

「誰說是保護畫的工作？」和久井老翁說。「我又不是畫家——你不知道嗎？」

「呃，不……這我當然知道。那個……您是裱框師，對吧？」

雖然我也是最近才知道……不過的確，一下就認定要保護的對象是「畫」還操之過急。

這麼說來，要保護的是——框？

「沒錯，就是這麼回事。只不過，那個畫框還不存在……我現在才要開始做。」

「現在才要開始做的……畫框嗎？」

我摸不著頭腦地重複對方說的話。

「我想，差不多是時候該著手製作生涯集大成的作品了。在作品完成以前，我希望你能保護好我的工作室，別讓任何人來打擾我。」

「……」

從老人口中聽到「生涯集大成」這種詞彙，年輕人也不好回話。因為這個詞彙和「人生的最後工作」幾乎是同義吧——對我這種二十出頭的人來說，是很沉重的一句話。原來如此，和久井老翁之所以對他害我被開除一事半點也不放在心上，或許是因為在他眼中，我還處於不管跌倒多少次都還可以重新站起來的年紀。

對於已經走過漫長職人路的老人來說，「工作」所代表的意義，或許比我想的還要深長許多吧……

無論是保護畫、保護畫框、還是保護工作室，只靠個人之力就想搞定的難度應該是沒什麼不同……可是他都這麼說了，這時才要拒絕他的邀請，似乎有點困難。

至少在電話裡拒絕有點困難……

而且老實說，我也有點興趣。

製作的畫框在名偵探的鑑定之下，能使兩百萬的畫作增值為兩億圓的職人——他的生涯集大成之作，究竟會是什麼樣？

雖然我對繪畫的世界不甚了解，畢竟也曾在美術館工作過一段時間，要對這不抱持好奇心是不可能的。

眼下還無法判斷是否接下這份工作，但我仍然盡可能委婉地向老人表達自己還想要多知道一些細節——之所以委婉，是考慮到最後應該還是會拒絕，所以不想表現得讓對方有太多期待，這是我的一點用心。

「喔喔！這樣啊，真好真好！」

老人毫不存疑地表達喜悅。

說是老人，但他的言行舉止簡直像個孩子。

「那麼接下來就見面再說吧！也是，總得先讓你親眼看看需要警護的工作室，我們才好談下去。不過嘛，你也不用想得太嚴重，這個工作並不會左右你的人生……你就當成是暫時打工好了。」

「打工……？」

「沒錯。當然，我不會虧待你的。我給你在那家美術館工作時加倍的薪水吧。僱用期間頂多只有幾個月，再長也只有半年左右——對你這樣的年輕小伙子而言，這點時間根本算不上什麼吧！」

和久井老翁頓了一下。

「但是對我這種老傢伙來說，那段時間可是要來拚上性命的。」

所以你必須盡全力保護，絕對不容許有任何閃失——和久井老翁強調。

「……那我該去哪裡找您呢？」

我終於問了——今天的行程勢必得調整了。

薪水加倍對勞工來說的確很有吸引力，但工作內容既然是要保護老人的「時間」，倒也算是相當合理……只是我仍然無法輕易答應。

雖然老人說他討厭組織，但如果見面之後還是要拒絕他的話，我打算把以前上班的保全公司介紹給他——儘管是炒我魷魚的「組織」，不過裡頭還是有幾個信得過的主管和能商量的同事。

「工房莊。你到工房莊來。」

「工房莊……？」

「嗯，沒錯。那裡是我的工作室——」

和久井老翁始終聲如宏鐘，說話語氣都活像是在罵人，唯獨在提到工房莊的時候，卻是靜靜地，而且聽來似乎感慨良深。

「——也是我嚥下最後一口氣的地方。」

3

工房莊。

取這種有點老土的名字，讓我不禁先入為主地以為是兩層的木造老舊公寓之類的，可是當我找到老人說的地址，眼前的建築——矗立在我面前的，居然是一棟必須抬頭看的摩天大樓。

拜託，這哪是什麼「莊」啊。

蓋這麼高至少應該取個什麼「大廈」或「國際中心」之類的才像樣吧。叫啥「工房莊」想圖個反差萌，反而只會讓人覺得品味不佳。

「哦，你來啦！阿守，你在發什麼呆呀？來這邊來這邊。」

當我抬頭仰望著這高塔似的建築，愣在原地不知所措之時，配備門禁系統的自動門突然開啟，和久井老翁從門內走出……看樣子我沒有找錯地方。

從不折不扣的現代化西式高層建築裡走出來的老人身穿日式作業服，整個人與背景格格不入。他頭上綁著頭巾……不，綁著日式手巾布，那副模樣完全就是傳統工匠的風貌。

他去美術館時穿的和服，看來是他的禮服——但是這身平時……或是老人工作時穿的作業服，感覺更適合他。

如果將畫框比喻為畫作的衣服，這身打扮應該就是最適合和久井老翁的畫框了——比起在美術館見到的他，這身打扮給人印象好多了。不過考慮到前因後果，我會這麼想或許也是理所當然的。

再加上當時的和久井老翁可能真的是氣壞了，如今他那歡迎我來訪的真誠笑臉倒像是個好好先生，讓我差點忘了自己是因為他才被迫辭職的。

我可得小心不要被氣氛和感情所惑，免得一個不小心就答應接下這份工作……我屏氣凝息地問。

「這裡就是您的工作室嗎？」

「沒錯，很棒吧！」

「是……真是壯觀。可是和久井先生，您要我保護這麼高的樓，憑我一個人再怎麼樣也是辦不到的……」

「沒問題沒問題。我又不是要你做這整棟大樓的警衛。」

「是、是喔。我想也是，可是……」

「別擔心別擔心。細節我們進去再談。總之你先進來，我倒茶給你喝。」

老人用感應式卡片打開自動門，不由分說地將我往大樓門廳裡推。

定睛一看，天花板的角落安裝有半圓球形監視攝影機，以監視人員的進出。這樣看來，這棟大樓的保全系統還算滿嚴密的……我一面職業病發作般地檢查這些小地方，一面來到電梯前。

和久井老翁才摁下鈕，電梯就來了。我發現，他摁的是往下的按鈕。

「我的工作室在地下。」

或許他察覺我正疑惑——和久井老翁說完便走進電梯，我也隨後跟上。電梯裡十分寬敞，幾乎讓人以為是業務用的電梯——如果擠一擠，大概可以擠進二十人以上。

和久井老翁摁下「B1」的按鈕。

從外頭看這摩天大樓，樓層看似多到數不清，但是進到電梯裡，只要看排成一列的按鈕，有幾層樓便一目瞭然……三十二樓加地下一樓。

我不禁再次在心裡嘀咕，這棟建築跟「工房莊」這名字還真是不相稱。不，以現狀來說，不相稱的只有「莊」這個字而已，至於「工房」二字，目前還不能妄加判斷。

實際上，走出到了地下一樓的電梯，打開就在正前方的門，映入眼簾的恰恰就是個「工房」。

和從外面看到的大樓外觀宛如兩個不同世界的空間，開展在我眼前……寬廣的偌大工作室的一側，擺滿了琳瑯滿目的工具及材料。

緊靠牆面的整排鐵力士架上陳列著各式各樣的資料、檔案夾，房間的正中央有兩張大工作桌，桌上有製圖用的畫具、各種文具、鐵撬和老虎鉗，還有形狀我從未見過的銼刀和銑床……感覺很像學生時代的工藝教室，但是工具的數量多了好幾十倍，水準也更高。

最令人印象深刻的，是設置在進房間右手邊的巨大線鋸機——大概是用來裁切木材的工具吧，有種奇特的壓迫感，彷彿連金屬也能切成兩半。

的確是「工房」。好吧，至少這兩個字還滿名符其實的……話雖如此，若是在不曉得和久井老翁從事什麼工作的情況下看到這個房間，一定完全猜不到這是幹什麼用的房間吧，即使看到堆放在房間各處的成堆畫框，大概也是一樣茫然。

「……這裡就是您工作的地方嗎？」

「沒錯，很棒吧！本來像你這種外行人是不可以進來的。」

和久井老翁心情大好地說。

即使被他稱為外行人，我也不覺得生氣……因為我的確是個外行人，就連我自己也不確定像我這般外行人，是否能如此踏進大師工作的地方。說是聖地可能過於誇張，但我仍認為此處並非是對他的工作毫無理解的人受邀就能大搖大擺跑來的地方。而雖然頗受震撼，卻又在內心深處有著「這屋子也太亂了，應該可以整理得更有效率吧」的想法——我覺得自己實在不解風情，甚至褻瀆了這個地方。

簡而言之，我還欠缺放開心胸接受這間工作室的度量。

然而，老人似乎完全不管我的內心小劇場。

「坐下吧！」

他指著椅子……不，這不是椅子，而是個用途不明、上了年紀的木頭箱子。考量我的體格和體重，心想這該不會在坐下瞬間就分崩離析了吧……但似乎是杞人憂天了，這箱子比外觀看來堅固得多。畢竟和久井老翁本人就坐在大同小異的箱子上，我也不該抱怨什麼。

說要倒茶給我喝似乎不只是講好聽，和久井老翁真的從後方應該是做為起居室的房間拿來兩個茶杯，放在工作桌上。

只不過，裡頭的液體黑漆漆的——看來是咖啡。想起愛喝咖啡的今日子小姐，我出聲向和久井老翁道謝，然後喝了一口。

要說這間工作室是夢幻王國又顯然精簡有致，但卻也有種自外於塵世的氛圍。在如此環境下，我感覺有些輕飄飄，真的很想攝取咖啡因，好讓意識清醒一點。

喝下剛泡好的熱咖啡，稍微冷靜下來之後，開始在意起很現實的問題。

「……您把大樓的地下室改建成這樣，屋主不會生氣嗎？您有事先取得屋主的同意嗎？」

「我就是屋主。」

老人答得乾脆。

「也就是所謂的房東。」

「……」

他的回答讓我說不出話，但是這麼一說，就完全明白電梯為何空間大到像業務用。的確要有那麼大的容積，才能搬運大型作品運進出吧。若只是一名住戶，改改房間裡的裝潢還可以，不可能連電梯這種公共空間都加以改造的。除非在設計時就參與……

即便如此，區區一個老人有本事坐擁這麼豪華的摩天大樓嗎？一般來說，規模這麼大的社區大樓應該是由房仲公司負責管理的吧……

不過據我所知，聽說一流裱框師的收入可能是天文數字——就算不能將每幅畫的價值都提升百倍，但是只要有這種堪比點石成金的手藝，或許真有能力蓋出這種規模的大樓吧……

這麼說，「工房莊」該不會是這個老人命名的吧——幸好我沒多嘴多舌亂說話。

面對與自己所知完全不同的世界，我實在不曉得該怎麼回話才好。

「不過，雖說是房東，我沒在收租啦！」和久井老翁接著說。

「沒在收租……？什麼意思？」

縱然與「裱框師」給人的印象相距甚遠，但我還以為老人是想節稅，才會跨足房地產管理這樣切合實際的事業做為副業……

「因為有點像我的興趣……這些我等一下再好好跟你說明。」

和久井老翁一句四兩撥千斤，然後切入主題。

「我要你負責警衛的是這個地下室。」

沒錯，我並非來參觀製作畫框的現場……雖然沒穿上西裝，但我還是來面試的。

「如同我在電話裡所說的，接下來我要著手進行裱框師生涯中最大的工作……這段時間裡我不想受到任何打擾。」

「打擾……您的意思是？」

「嗯？」

「呃，我是說，具體說來有什麼讓您覺得可能有危險的事嗎？例如，覺得會在工作的時候遭小偷之類？」

之所以會這麼問，是因為從走進大樓到進入這個房間，就我的觀察在保全上該有的防盜設施已經一應俱全，如果他希望得到更嚴密的保護，感覺或許是有其他具體的理由。

「或是您認為會有人來破壞您生涯集大成的作品嗎？像是收到恐嚇信之類的？」

「恐嚇信？哈哈哈，那是什麼玩意兒！你的想像力可真豐富。或許你意外地適合當個畫家呢！」

和久井老翁調侃似地說。扯到恐嚇信，或許真是我的想像力太豐富了，不過像和久井老翁這樣的大師——不是佛教的那種大師——要進行人生最大（也是人生最後）的工作時，像我這種門外漢可能覺得沒什麼，但是在業界內肯定是驚天動地的大新聞。想必會有人因此得利，也有人因此蒙受損失吧！既然如此，難說不會惹出風波……

「我只是凡事小心……以防萬一而已，並不是真的要防範誰。」

和久井老翁這麼說。

我聽不出他真正的用意。

他說的是真的？還是假的——我無從判斷。

我並非懷疑和久井老翁，他看起來固然不是什麼認真、誠實的老人，但「委託人會說謊」這話也並非偵探業才適用的鐵則。

需要警衛的人，肯定有需要警衛的原因……不過，單是「以防萬一」這個理由，要說足夠也是足夠了。

「關於薪水與僱用期間，如同我之前說的……我會付你在那家美術館工作時的兩倍酬勞。這以打工來說可是破天荒的好待遇，沒意見吧！」

「請、請等一下。」

「怎麼了？薪水加倍還不滿意嗎？」

我先阻止急於促成此事的老人——這種事哪能由得他趕鴨子上架。

「你是要三倍嗎？真是個貪心的傢伙啊！年紀輕輕就對金錢這樣斤斤計較的話，長大不會有出息喔！小鬼。」

「不，我不是對金額有意見……」

明明仗著有錢欺負我，還好意思對我說教。

不過，居然加碼到三倍……

但是既然名下有這麼豪華的大樓，或許還是有一定的房租收入。

「我不是說過我沒在收租嗎？這棟工房莊是我的興趣……不對，一半是為興趣，另一半是作公益。」

「作公益？」

什麼意思？

這詞彙真的非常不適合這個老人，難不成他是拿這棟大樓來作義工？

「您的意思是……把房子免費借給沒地方住的人之類的嗎？」

若是做為緊急避難的收容或安置場所，這棟摩天大樓也太豪奢了——當然，我不是說豪奢不好，只是以照顧弱勢來說有些沒效率。要是降低一下設施的等級，省下的錢應該可以幫助更多人……不過，若「要人當義工的時候還得顧及效益也太不講理」，那麼我也得承認是有些道理。

然而，我似乎打從一開始就有所誤會，老人「哈哈哈」地對我的無知捧腹大笑。

「我看起來像是那麼正派的人嗎？」

「是不太……姑且先別說像不像，『作公益』究竟是？」

「裱框師這行，沒有畫家是不成立的。」

和久井老翁毫無脈絡地來了句極為正派的話，使我不禁也正色以待——雖說這完全沒有回答到我的問題，但他威嚴的語調實在不容我插嘴。

「今時今日，我也算是混出名堂來了，但是剛入行的時候也吃了不少苦……你們年輕人大概不會有興趣聽老人家的當年勇吧。」

和久井老翁偷眼觀察我的反應——與其說是偷眼觀察，感覺比較像是被露骨地打探。

我不曉得該怎麼附和他，只能吶吶地說：「不會，請務必讓我聽聽。」

我覺得好像陷入了泥沼……或說是流沙地獄的感覺。

「正因為有畫家的存在，我才能像這樣隨心所欲地從事我的工作。所以我從大約十年前，感覺人生開始倒數計時的時候起，就想回饋他們——不過，是回饋給未來的畫家。」

「未來的……」

「因為畫家也是要費盡千辛萬苦才能獨當一面的職業。我看過無數空有才華卻沒有積蓄，在夢想路上半途而廢的年輕人……無法開花結果的才華固然是悲劇，但空有才華卻不去發揮，更是必須譴責的犯罪行為。」

「……」

這句話很有力量——也很嚴厲。

然而若要順應現今時代潮流，毋寧是不要把才華看得太重，我想日子才會比較好過。

說到才華，我好像也在哪聽過很嚴厲的意見……是在哪聽到的呢？

我試圖回想，思緒卻被老人打斷。

「因此，我決定無償提供那些還未能獨當一面、無法以繪畫謀生的新銳畫家住家兼工作室的空間——所以才蓋了這棟工房莊。」

「欸……也就是說……」

我抬頭看著正上方。不是在看天花板，而是望向頭上這棟建築——這三十二層樓的摩天大樓。

那……難道住在這棟大樓裡的住戶全都是……

「沒錯，所有的住戶都是畫家。正確地說，全都是未來的畫家。」

「未來的——畫家。」

原來如此。這樣的話，豪奢的確不是必需，但一定程度的寬敞面積還是不可或缺的吧。畢竟不只是住家，還需要工作室的空間。

這跟收徒弟……可能又有點不一樣。

當然，以製作額框維生的和久井老翁和一般人比起來，對繪畫肯定更有見識，但畢竟他本人沒在畫畫……所以是類似金主的身分嗎？

雖然以金主來說，也太慷慨了……

「也還好吧！就算與本業無關，大企業不也會贊助運動選手嗎？就跟那差不多啦。」

和久井老翁的話，反倒證明了自己是能與大企業匹敵的個人。想到此，驚覺我現在面對的可是了不起的大人物，不由得坐正了姿勢——不過，大企業也不是慈善事業，當然也不是基於樂善好施的精神才援助運動選手。

企業之所以援助運動選手，應該是為了培養明星選手，將來幫公司打廣告，算是一種投資……和久井老翁經營這棟大樓也是這個用意嗎？

「嗯。倒也不是完全沒有投資的意思。從這棟工房莊出去的畫家，目前也有活躍在第一線的。其中有些人就是用我親手製作的畫框。」

「這樣啊……」

聽起來是合情合理，但是以投資來說，投資報酬率感覺有點低。要培養出一個畫家可不是這麼簡單的事，恐怕只有特例中的特例，才能達到那麼理想的結果。

不過，或許沒有利潤反而是件好事。身為裱框師，對前程似錦的畫家提供如此無私奉獻的投資，可以提升不少形象。

應該能為他吸引很多生意上門吧。

……之所以無法坦然接受老人毫無私心，大概還是因為目睹過他狂性大發破壞畫作的場面之故……雖不認為他回饋畫家的心意是假的，但總覺得事情沒這麼單純。

即使這些都姑且不論，就算是興趣，無償出借這麼大規模的大樓，就常識而言，還是太誇張了。

縱使這是他替跋扈又頑固的自己提升形象的戰略，也未嘗不是一件好事。認為幫助他人一定得基於純粹善意的想法才是器量狹窄，無可救藥。

「嗯？怎麼啦？阿守，你想說什麼？」

「沒有……那麼，要是我說我也想住在這裡，想成為畫家的話，您會讓我住下來嗎？」

我實在不敢當著他的面，問他是不是為了提升自己的形象才這麼做的，只好藉此轉移話題。但似乎反而踩到老人的地雷，他雖然沒有破口大罵，但是也以嚴肅的口吻說。

「如果你是認真的，也不是不能讓你試一下……若是你真有跟這裡的住戶一較長短的氣概。」

他的魄力讓我連忙搖頭。

不只是因為我不想挨罵，也深自反省這句話說得實在太輕佻——想到那些免費住在豪宅裡的住戶們背負的重責大任，就知道這並非單純的援助。

而且果然還是要接受審查之類的啊……看來也不是任何人想住就能隨便住的地方。如果才華不是只有光鮮亮麗的那一面，這棟工房莊也果然不是只有光鮮亮麗的那一面吧。

「住在這裡的人全都是畫家嗎？還是只要立志成為藝術家，不管是雕刻還是陶藝家都有機會入住？」

「所有人都是畫家。也有人為了提升畫技會製作些雕像，但基本上還是以畫圖為主。」

與藝術大學相比，限制似乎嚴格得多。感覺很像是和久井老翁開設的私塾，但是既然他本人不作畫，這麼說也不太對。可是，能這樣就認定和久井老翁不作畫嗎？這個地下室裡好像也有各式各樣的畫具……

「那麼，要我當這棟大樓的警衛，是要我保護住在這裡的人，保護那些未來的畫家嗎？」

「嗯？喔不，我要你負責警衛的，只有這個地下室。」

彷彿是想起叫我來並不是為了向我介紹這棟工房莊，和久井老翁也把話題拉回僱用我的事。

「上午九點到下午六點，一天九小時，只要站在這個房間裡就好了——星期天可以休息。我的年紀也大了，長時間工作也吃不消。」

一天九小時，一個星期六天。

比在美術館上班的時候，勞動的強度稍微……不，是高了許多，但也還不算離譜，既然薪水是當時的一倍，甚至該說是相當合理的條件。

「午餐費和交通費另外算……然後我想你也應該知道，你不能告訴別人我在這裡進行的工作。我不想讓世人知道我要打造生涯集大成之作，所以你必須遵守保密義務，就當薪水裡包含封口費吧。」

「保密義務……」

這個字眼讓我想起忘卻偵探——今日子小姐。之所以不想讓世人知道，或許不是為了在完成時給世人一個驚喜，而是只要像和久井老翁這種等級的裱框大師要退休的消息公諸於世，必定在業界會引起一陣軒然大波吧。

受到挽留，可能會影響到工作進度……為此就要僱用我，雖然也有點神經質，但是對於和久井老翁本人，或許僅是再自然不過的戒備。

「如何？我也不想勉強你，如果要看守這整棟大樓當然另當別論，但區區一間地下室，你一個人應該搞得定吧！」

「是……」

以警備範圍來說，的確不成問題……但是，沒能夠（從和久井老翁的毒手中）保住美術館裡那幅畫的我，實在不敢輕易斷言沒問題。

要是輕言答應，又沒保護好的話，那我不如死了算了——這種事絕不能再發生第二次。

這時，我突然想到一件事。

不管是集大成，還是最後的工作，既然要製作畫框，就不可能沒有畫作。但是在這間工作室裡，似乎沒有看到那幅畫？

和久井老翁打算為哪幅畫製作生涯集大成的畫框呢？能讓這麼有名的裱框師傾盡全力的作品，當然不是等閒之作吧。

「您打算為哪幅畫製作畫框呢？雖然您說保護畫不是我的工作，但是在畫框完成以前，那幅畫也是我必須保護的對象吧？」

「那幅畫還沒有完成。」

「還沒完成？喔，這倒是，的確沒看到搬進這裡來的跡象——可是，當您開始製作畫框時，應該就會送到這間地下室了吧？」

「不是你想的那樣，我是說，那幅畫還不存在於世上——現在還在畫。不是在這間地下室，而是在樓上。」

「樓上……？」

也就是說，在受他援助的新銳畫家裡，有人正在畫這幅畫嘍？他剛才說過，在工房莊孵化成長之後展翅高飛的住戶裡，也有人作品的畫框就是由他製作的……所以他的意思是，目前住在樓上的新銳畫家裡，有人已經表現出過人的才華，搶先一步脫穎而出了嗎？

憑和久井老翁連在美術館也很吃得開的地位，要為什麼樣的畫製作畫框，主導權想必握在他手上，但他卻刻意指名現階段還沒沒無名的畫家，那個人肯定非常有才華吧。

「那麼，您要等那幅畫完成才開工嗎？」

「那當然，但畢竟我也沒剩多少時間了，也有些東西必須事先準備……算是前置作業吧。」

「所以……要同時進行嗎？這樣感覺好像是集體創作。聽來頗有難度呢……」

「當作集體創作來看，反而會比較好懂吧。總之，這麼一來我就可以親眼看到描繪的過程，也能知道作者會把那幅畫描繪成什麼模樣……對於製作畫框，也是很重要的參考資料。」

有道理。

以為在作品尚未完成就無法製作外框，純粹是外行人的想法，倘若能夠觀察到畫作從尚未完成的青澀狀態逐漸成熟的模樣，製作出來的畫框完成度想必更高。

「所以我想盡可能快點開始——我甚至想明天就來開工。材料都已經訂好了，只差你的答案了。如果你對薪資條件有所不滿，我也不是不能再做一點讓步，所以你想說什麼就說吧！」

「……」

被他這麼一說，看來是來到非下決定不可的地步了，於是我認真考慮。

雖然他講了一大堆，但這棟工房莊是什麼設施，其實根本與他要我做的事毫無關聯。我該思考的，是能否憑一己之力好好守護這間工作室。

一路聽下來，我不認為有什麼具體的威脅——就是老人家想謹慎小心，也是和久井老翁為了讓自己專注在作業上的投資而已。在實務上，我的工作應該是整天在這裡看他製作畫框吧。

基於只有框也不成作品的理論，應該也沒有人會只偷畫框——但我就是不太放心。

原因當然是我曾經犯過一次大錯，更重要的是，我從事保全工作的經驗還不多……不，是根本還很少。即便工作內容只是「旁觀」老人進行「最後的工作」，但我還是沒有信心能夠勝任愉快——那麼，拒絕他不就好了嗎？但事情卻沒有這麼簡單。

果然不該來的。

當找上門來的是一份必須保密的工作時，就已經無法撇清關係了。就算我拒絕這份工作，但從館方將我的聯絡方式告訴和久井老翁這點看來，和久井老翁在找我一事應該已經傳遍整家美術館了。

如此一來，我非但得不到和久井老翁的庇護，可能連以前擔任保全的美術館也會來向我打探消息——我真的不想連工作都還沒找到，就又捲進這麼麻煩的事情裡。

既然如此，深入虎穴一探究竟……雖然我實在不覺得自己的往後半年可以這樣一個咬牙就輕易決定。

老人要我當成頂多半年的打工機會，但是反推回來，等於我半年後又要失業，也等於把刻不容緩的求職活動延到半年後——不只是半年後，現在這個要不要答應的選擇題將左右我的人生。

人生的轉捩點。

結果我又要在這種地方栽個大跟頭嗎……不過，拋開這種機關算盡的內心糾葛，純粹以好奇心來衡量的話，我的確非常感興趣。

一個人為他的人生畫下句點的「工作」會是什麼模樣呢——才找到工作沒多久就莫名其妙被炒魷魚的我還沒見證過這一刻，但不管將來從事什麼工作，也不見得還有機會見證到這一刻。

這種想法或許過於輕佻……跟說出「想看人死掉的瞬間」這種話的死小孩差不多，應該克制點。但終究無法壓抑想親眼目睹，終其一生獨行其道的求道者停下腳步的那一瞬間。

要放過這個天上掉下來的機會嗎？我拿不定主意。

……天上掉下來的機會？

這麼說來，我忘了問一件事。

「和久井先生，可以請您告訴我，為什麼要找我嗎？」

「嗯？就只是想不到還能拜託誰啊！然後聽說你丟了工作，心想這下子正好。」

「可是換個角度看，通常不會想把這麼重要的工作交給一個被開除的保全吧？如果和久井先生是以我們的當時對話為基準……」

無論是我看穿那幅畫是「地球」，還是把破掉的畫鑑定為零圓，都不能做為基準……因為前者是現學現賣，後者是瞎貓碰上死耗子。憑良心說，我不希望他對我的信任是來自這些言行。就算運氣也是實力的一種，但這種類似「審美觀」部分與我的專業能力一點關係也沒有。

「嗯？對話？我們說了什麼來著？」

「咦？」

「因為我當時實在是太生氣了，根本不記得和你說過什麼。」

「可、可是，既然如此，那又為何……」

「我不是說了嗎？凡事我都要親眼判斷，就只是這樣而已。」

和久井老翁有些不耐煩地回答。但是對我而言，這點是最重要的環節，所以緊咬著不放。

「要是您不告訴我為何會認為我值得信任，我就無法在這裡工作。」

「你連自己有什麼優點都不知道嗎？真是個沒出息的傢伙。即使是住在這棟工房莊裡還不成氣候的畫家，至少也都知道自己的長處！」

「呃……」

「因為是我害你被炒魷魚的啊。」

和久井老翁如是說。

結果還是為了贖罪嗎？不，以他那妄自尊大的性格，絕對不可能……

我默不作聲地等老人繼續說下去，只見他心不甘、情不願，一臉「何必要我說那麼多」的樣子，又稍微補充了一句。

「因為你明明是因為我才莫名其妙砸了飯碗，卻不吵不鬧地接受了。」

「……也就是說，是覺得我比較聽話嗎？」

從雇主的角度出發，被開除的時候還能毫無怨言、乖乖辭職的員工的確難能可貴——但我才不要因為這種「容易解僱」或「可以吞忍不合理要求」

的原因而受到僱用。

「不是的。」

然而，和久井老翁卻否定我的質疑。

「我不曉得你心裡是怎麼想，但我認為你會接受自己被這樣開除，是因為你『能接受』被這樣開除——因為自己沒能保護好應該要保護的畫。對你來說，遭到解僱並非欲加之罪，而是自己對自己的懲罰。我認為這種人是可以信任的。」

每個人都會失敗，從如何面對失敗，可看出一個人真正的價值——和久井老翁說道。被這麼堂堂皇皇作文章，都分不清問題是在誰身上了。

「……」

我不知道該怎麼回應才好。

自己好像被他看穿，好像被稱讚了，但同時也覺得他是在說我還嫩得很。再說，那也不是我的功勞——我並不是一開始就坦然接受了自己被迫離職的事。

在坦然接受以前，還是需要到貴人的幫助。

多虧有個名偵探把我從只能說是充滿了謎團、莫名其妙又毫無道理、宛如無底深淵的地方拉了上來……我才能面對自己的失敗。

只是，就算據實以告，在他聽來也只是藉口吧！讓我再度感慨到人生真是環環相扣卻沒人知道怎麼扣，看來我勢必得做出選擇了。

無論接下來會怎樣後悔……反正所有的選擇都會帶來後悔，若是這樣，人在做選擇之際，或許只是在選擇「將來想怎麼後悔」罷了。

這個決定到底要讓我怎麼後悔，自己才會滿意呢——

「……您說過，開給我的條件還有可以討論的空間，對吧？」

「沒錯。你有什麼要求？別太過分的我都可以答應你。」

「從現實面來看，我一個人要在半年的時間裡一直擔任這個地下室的警衛，還是有點困難的，必定會有我注意不到的地方，我也不敢保證從頭到尾都不會生病請假。所以我希望至少能再請一個人和我輪班。」

似乎沒想到我會提出這種要求，老人沉默不語。我抓到機會，搶在他發難前接著說道。

「與其把我的薪水提高到三倍，我更希望您用這個預算來增加人手……只要您願意接受這個條件，我會很樂意來這裡工作。」

我打的如意算盤是——萬一他不接受，我就拒絕他的邀請——這樣子，就能圓滿收場了。

過了好一會兒，老人才開口。

「你提出一個令我很為難的條件呢！」

他真的面有難色，不像是交涉的技巧。

「……為了謹慎起見，警衛的人手當然還是愈多愈好。」

「問題沒那簡單——我說過要遵守保密義務吧？這件事不能交給我信不過的人……我不是說了嗎？除了你，我沒有其他候補人選。」

「但是我有，我有想推薦給您的候補人選。」

「誰？你以前那家保全公司嗎？我剛才應該也說過了，我可不相信組織。」

「您放心，我想介紹給您的不是企業組織，而是開一人公司的。」

「一人……是嗎？」

和久井老翁疑神疑鬼地直盯著我看。

「當然，我保證那個人非常有能力。」

雖受制於被他那狐疑的視線，但我仍接著說。

「我認為那個人比我更可靠百倍。只要有其協助，我可以安心接下警衛的工作。」

「哼。既然如此，我也不是不能讓步……只不過，比起能力好不好，我更想問的是……那傢伙口風緊不緊啊？」

和久井老翁向我確認，彷彿這是個比什麼都重要的大前提，而我則是信心十足地回答他。

「沒問題，口風超緊的。」

嚴格說來，不是口風緊——是她根本記不住。

4

從工房莊回家的路上，我又與意想不到的人物重逢了。和久井老翁雖然在我來的時候出來迎接，但回去時並沒有目送我離開。或許是對我開出的條件不合意，害他心情不爽了——如果是這樣的話，我果然和這個老人不太合拍。總之，當時我是一個人。

雖說是再會，但我起先並未留意到對方，是對方開口叫住我。

「啊，大叔。」

那一瞬間，我還搞不清楚聲音是從哪裡發出來的，低頭一看，才發現一名將素描本夾在腋下的少年。

「呃，你是……？」

「是我啦！剝井陸……你不記得啦？也是，畢竟只見過一次嘛。」

「不，不是的，我記得你！」

那件事實在令我印象深刻，雖說確實只見過一次，而我也不太記得他的長相，所以就算擦身而過，大概也認不出來吧。

反而是剝井小弟，居然會記得我這不起眼的保全——這也是畫圖的人優於常人的記憶力嗎？

「大白天的，你在這裡做什麼？大叔是不用上班嗎？」

剝井小弟毫不留情地問。他似乎還沒成熟到能體察一個大人大白天的不去上班，應該是有什麼難言之隱。

「嗯，我已經辭去那家美術館的工作了。」

正確地說，是保全公司把我開除了，可是一想到解釋起來又說來話長，所以我掐頭去尾地隨便說一下。

「我上班時出了點差錯，所以目前正在找工作。倒是你，你在這裡做什麼？」

這條馬路上並沒有什麼適合用來畫圖顯生的主題，再往前走也只有那棟摩天大樓——工房莊。

「哪有什麼，我家就在前面啊！」

「是哦……咦!?」

我回頭看背後的工房莊——由名聞遐邇的裱框師資助，許多未來畫家住在裡頭的摩天大樓。

「剝井小弟！你家住在那裡嗎？」

「有必要嚇成這樣嗎……？」剝井小弟一臉狐疑，隨即便像發現什麼似地反問：「咦？怎麼，大叔，你知道那棟大樓？話說回來，這條路只通往工房莊……找工作？你該不會是去找老師面試吧？」

一問就接二連三，聽得我頭昏腦脹。

想要回答的話，沒有哪個問題是我答不出來的，但是既然我已經答應要履行保密義務了，即使對方是小朋友，我也不能和盤托出。

假如剝井小弟是那棟大樓的住戶，那就更不能說了……還是身為住戶的剝井小弟根本心底清楚得很？而且顯然他口中的「老師」，指的就是和久井老翁。這個看起來頗為狂妄的少年在美術館裡突兀地提到的「老師」，看樣子並不是指教他畫畫的老師。

事到如今，我終於恍然大悟，接到和久井老翁打來的電話時，為什麼會覺得那個沒儲存在通訊錄裡的號碼很眼熟了——因為，那就是剝井小弟在美術館裡寫在我手上的聯絡電話。

只是沒想到，就連這樣的少年也住在那……讓我再次體認到，和久井老翁說只是他的興趣，但那棟工房莊真的不是玩票性質。

「呃……我不知道能跟你講多少呢。」

「啊，我知道了，是老師害大叔丟掉飯碗吧？那還真不好意思……我也算間接有責任。」

少年有口無心地說。總覺得他那態度就像跟和久井老翁從一個模子刻出來的。

「都是我去向老師打小報告，告訴他那幅畫的畫框被換掉了，才會讓你這麼慘。可是我都發現了，也不能不跟他講。後來我聽說老師一完成當時手邊的工作，馬上就殺進美術館鬧了個天翻地覆，那時候就很擔心會牽連到你……所以呢，老師要介紹工作給你嗎？」

雖然推理過程很粗略，但大致上都說中了。

明明不是偵探，感覺卻很敏銳的孩子。

不過，與其說他特別敏銳，不如說是小孩子特有的那種肆無忌憚的說話方式，讓習慣看場面說話、模糊焦點的大人覺得尖銳。

「打小報告」這字眼固然不太好，但正如我當時的推測，把畫框換掉一事告訴和久井老翁的人，果然是剝井小弟。只是我沒料到，他居然會和工房莊有關。

「雖然他並沒提到他也會指導作畫……但，是和久井先生要你去臨摹那幅畫嗎？」

「嗯，對外是說不教這些，不過畢竟是他讓我免費住在那裡的，金主有令，我當然得遵命嘍！這個世界可沒這麼好混吧？」

「嗯……」

我最近也深深地感受到這一點——這個世界複雜到令人生厭，一舉一動會造成什麼樣的連鎖反應根本無法預測。

「除此之外，住在工房莊裡的畫家，也都把作品受到老師青睞裱框視為目標。所以從老師實際裱過框的畫開始學起，就像必修科目一樣。」

剝井小弟邊說邊翻開素描本，讓我看裡面的作品，比我那天看到的時候又多了好幾張。

「啊，那麼這本素描本裡的畫全都是……」

「對的。所有公開展示的畫我大概都已經臨摹過一輪……可是完全找不到共通點就是了。」

雖然還是獲益良多——剝井小弟說。

人小鬼大又不去上學，這或許會讓人覺得剝井小弟很不正經，但他的態度其實很真摯、很嚴肅。原來擁有才華，而且也願意認真面對才華的人這麼耀眼——害我陷入莫名所以的自我厭惡裡。

當然，我也深刻地體認到，那個跋扈的老人還是多多少少受到（未來的？）畫家尊敬。

這麼一來，我還是不要隨便亂說話比較好，像是和久井老翁考慮到退休，正打算著手進行人生最後的作品之類的……不，等等，可是那幅畫不是正由住在工房莊裡的某個人在繪製中嗎？

既然這樣，至少那個人應該知道這件事——那個人該不會就是剝井小弟吧？直覺這麼告訴我。畢竟「怎麼可能給小孩畫這麼重要的圖」這種層次的質疑，在老人讓剝井小弟住進工房莊時，顯然就已經不適用了。

若說工房莊的理念在於培養未來的畫家，那麼像剝井小弟這樣的孩子才是最能實現這種理念的人選。

倘若他有這麼耀眼的才華，而且又受到和久井老翁另眼相看，不就最有資格陪老人走完職人生涯的最後一程嗎……我無意識地凝視著他。

或許是敏感地察覺到我的視線，剝井小弟一臉無趣地說道。

「你的猜測大概是錯的。」

「欸……你、你在說什麼啊？」

「我是說，我大概知道老師找你……把失業的你找來的原因——包括你不想讓我知道的理由。只不過，我連候補都擠不進去。」

「……！」

我努力保持面無表情，不過這實在太難了……當然，剝井小弟不見得已經看穿事情的全貌，但至少他似乎知道這件事，可是……

「你說連候補都擠不進去……？是什麼意思？」

看樣子，我認為剝井小弟有資格陪和久井老翁走完最後一程的直覺似乎錯了，可是「候補」這個字眼令人費解。從和久井老翁的口氣聽來，我還以為他已經找好人選了……

「畢竟老師是很重隱私的。不過，他即將展開大工程這件事，怎麼可能瞞得住，所以他乾脆讓很多住戶都以為自己有機會成為那個被選中的人。再怎麼保密的計畫，也不可能保密到滴水不漏，所以老師藉由一口氣委託許多人作畫，這樣連中選的本人也不曉得自己的畫就是老師要的。」

「這也太……」

聽說懸疑推理劇或電影有種手法，會事先拍攝好幾種不同版本的結局，讓演員不知道哪個版本才是真的結局，以避免在播出之前走漏風聲，算是製作上的風險管理……

對畫家也要來這一套嗎？

說好聽是候補，但是除了最後雀屏中選的人，其他人等於是在做白工，這種作法已經不能用注重隱私來解釋。

甚至不告知中選的本人，等於金主完全不願意與接受援助的對象坦誠相對，這麼一來，要認定那個老人是基於純粹的善意或報恩的心態經營工房莊，果然還是要有些保留。

只是竟連剝井小弟也擠不進那些做為煙霧彈的候補之中，實在令我驚訝到不寒而慄——住在那棟大樓裡的「未來畫家」是水準到底多高啊？

「嗯……我也覺得這麼做有點過分。是啦，就算是藝術，也是和競爭分不開的。讓大家同住一個地方，彼此切磋琢磨、朝頂尖之路邁進這件事本身是個好主意。就老師的性格，實在是正派到不像他會有的經營方針。但單看這次的作法，卻讓我覺得反而更不符老師的作風……呵呵，雖然這種話從就連角逐資格都沒有的我口中說出來，根本一點說服力都沒有就是了。」

「……」

「不管怎樣，既然已經準備要用像你這種大叔，表示老師也終於要正式開工了——你今天是來面試的吧？錄取了嗎？」

「嗯……嗯。」

錄取是錄取了，但當我聽到這麼可怕、幾乎不把人當人看的作為時，不禁對自己的判斷感到迷惘。

剝井小弟又說了一串讓我更加迷惘的話。

「勸你不要比較好啦。你也看到了，老師的性格那麼剛烈、作風那麼強硬，像你這種好好先生型的大叔，很容易就會被他帶壞的。」

「帶壞……嗎？」

真要說的話，或許已經有點壞了。

明明沒有什麼了不起的經驗，毋寧說只有失敗的經驗，卻想憑一己之力執行保護重要人物的重大工作，一定是腦袋壞掉了。離開工房莊之後冷靜下來想想，或許我真的是被這憑自己一個人就能影響整家美術館的重要人物帶壞，才會誤以為我也能憑自己一個人成就什麼事吧。

雖然成功地在最後的最後讓老人接受我提出的條件——但是回想起來，除此之外，我可說是完全對那個桀驁不馴的老人言聽計從。

當然在才華及畫功這方面是不能跟他們比，但是做為棄子戰術的一環，在老人為了謹慎起見、為了以防萬一而布的局裡，我和住在工房莊裡的那群年輕畫家，或許沒什麼太大的差別。

「不是只有看才華、夢想、將來什麼的……工作這檔事，或許並不如想像中的美好哪。」

從剝井小弟的話聽下來，或許和久井老翁集生涯之大成的最後一幅作品並非我想保護、想見證到最後一刻的那種。會對勞動工作懷抱美好想像，就足以證明我實在太天真了……

「哈哈，因為混入了太多人的算計了。用我的感覺來看，的確不美也不好呢！甚至可說是又髒又噁，髒兮兮到爆，真想全都塗成一片黑。」

「……」

「先不管你要不要來上班，大叔，如果你以為聚集在工房莊的這群年輕人是對將來充滿夢想、洋溢著創作精神的創作集團還是什麼的話，那可就大錯特錯了，你可要搞清楚點。包括我在內，聚在工房莊的不是對將來充滿夢想的年輕人，而是靠著吞食夢想活下去的怪物。像我們這種人，不曉得會幹出什麼事來。你得先有這個偏見才行哪！」

那我先走了——剝井小弟說完，便從我身邊走過，看樣子是要回工房莊。他雖然試圖阻止，但也沒打算強力反對我去上班的樣子……這點還滿像現在的小孩，說不上冷淡但也沒啥熱情。

我只能目送他走遠……話說回來，現階段雖然只有口頭約定，但我已經答應和久井老翁的約聘，事到如今也不能反悔了。要是有豁出去的覺悟，也不是不能毀約，但是一想到若要和那個脾氣暴躁的老人對簿公堂，不曉得會有多麼累人，就不敢輕舉妄動了。

要是能在與和久井老翁交涉前先遇到剝井小弟，局面或許會有所不同，但事已至此，也無法再採納他的建議了。不過，我心想如果只要在那待上半年，一定有機會再遇見住在裡頭的剝井小弟，到時再跟他多談談吧。

事後回想起來，當時的想法真是太天真了，實在讓我悔不當初。但是我既沒有像畫家的感性，也沒有偵探般的推理能力，不僅如此——身為警衛，我連這個信任我的老人交付的工作，都沒能保護好。

如果我當時不要自作聰明，且把剝井小弟的忠告聽進去，未來或許就會不同了，只可惜，那不同的未來並未出現在我面前。

事情急轉直下——真的是急轉了個大彎，然後筆直落下。

5

最後的結論是我根本不該接下這件委託，但是除此之外，我在很多小地方也都失算了。

因為我很快就知道，在與和久井老翁交涉的過程中，我唯一取得的勝利——可以招募人才和我一起擔任警衛的權利——並無法按照我的計畫進行。

而且是第二天早上，我有些緊張地打電話到置手紙偵探事務所時才知道。

「很抱歉，本事務所無法接下這個委託。」

我只說了個梗概，所長今日子小姐就以客氣到根本冷漠的口吻說。

不過，她會這麼冷漠也是當然的。

今日子小姐只有今天──雖然我前幾天才委託過她，但是就連我這個人，她也已經忘得一乾二淨了。

對她而言，所有的委託人都是陌生人，是初次見面的客人，縱使擺出老主顧的架子，也只是自取其辱。

當然，我早就知道會這樣了，然而實際遇上，還是受到很大的衝擊，感覺就像是兜頭淋下一盆冷水。即使隔著電話，從她的語氣、她的反應，都能感覺到今日子小姐是「真的」已經忘了我。

話雖如此，也不能一直沉溺在打擊裡──今日子小姐應該並非因為我是「陌生人」才拒絕我的委託，畢竟如果是這個原因，忘卻偵探將會拒絕所有的委託，根本不能做生意。

「為、為什麼？我會照規定付錢的！付你報酬、或說是薪水，還有費用也……」

「……請不要滿嘴都是錢錢錢的，聽起來好下流。」

今日子小姐冷冰冰地說。

我原本是想配合她的性格才這麼說的，但是「素未謀面」的委託人透過電話這麼說，也似乎太有失分寸——這中間的距離好難拿捏。

她連下流二字都說出口，讓我整個覺得很心虛。

「不是錢的問題，這是本事務所的規矩。基本上，我只接受能在一天以內解決的委託，時間需要超過一天的我都會拒絕。」

「啊……」

對喔，我沒想到這個問題。

印在名片上的「一天內解決你的煩惱！」與其說是廣告詞，還不如說是警示標語。

一旦跨日，別說是事情的真相了，就連案件的內容也會忘記的今日子小姐，無論是什麼樣的案子，都只能在「今天以內」解決——如此一來，最長可能長達半年的工作，根本不需要問細節，都只能賞我吃閉門羹。

是我太衝動了。

本來想到在「我的人生轉捩點」這層意義上，重要性足以與和久井老翁匹敵的今日子小姐若能陪我一起當警衛，必定能讓我什麼都不怕，就滿腦子只覺得自己真聰明，真能想到這種好主意——事實上是整個笨到不行。

話說回來，光是想要獨占像今日子小姐這麼厲害的名偵探長達半年的想法，就已經夠自我中心、自以為是了。若對方覺得我才委託過她一次，就以為能夠攀親帶故，認定我是個得寸進尺的傢伙，我也無話可說。

「這樣啊，不好意思……打擾你了。」

我大失所望，但更多的情緒是覺得丟臉，所以準備掛斷電話。

「別這麼說，也別這麼急著掛電話嘛！您……呃，是親切先生？」

今日子小姐竟然挽留我。

「雖然我無法接下這個委託，但也並非完全幫不上忙。我還是可以提供諮詢，幫您出些主意。」

「咦？」

「明明看到有錢……不，是看到有人需要協助，卻因為綁手綁腳的規矩就冷眼旁觀，也會影響到偵探的聲譽。我的目標是要成為一個活潑開朗、討人喜歡的名偵探。」

當她說出「明明看到有錢」的時候，就已經離活潑開朗、討人喜歡的名偵探千里遠了……要我說的話，是還有很大的努力空間。

話說回來，名偵探好像很少給人「活潑開朗」的形象……今日子小姐到底想成為哪一種偵探呢？

「置手紙偵探事務所絕對是隨叫隨到隨時服務，是偵探業界的得來速。只要是必須馬上處理的事、可以馬上處理的事，本事務所就會馬上處理。」

這句話聽起來很可靠，只是得來速應該沒辦法隨叫隨到吧……不過，現在可不是講這些五四三的時候。

若她肯出手相助，當然是謝天謝地。畢竟我已經向和久井老翁誇下海口，要是現在才說「我被想找來幫忙的人拒絕了」未免太沒面子。

「那麼，今日子小姐，具體而言你能提供什麼諮詢呢……」

「嗯，貼身護衛本來就不是偵探擅長的領域……我也不是功夫高手，對於要動粗的事並沒有自信。」

我也對她沒有這方面的期待。

「不過，我想我應該還是可以給您一些建議。親切先生當過保全人員，是這方面的專家，由我來給您建議，似乎有些班門弄斧，我只是從偵探的角度出發，或許能幫您檢視一下現場。」

從偵探角度出發的檢視——沒錯，這才是我對今日子小姐的期待。

即使不能請她陪我擔任工房莊的警衛長達半年，至少第一天——如果再貪心一點的話，若能定期幫我檢查一下現場有沒有漏洞、我的警衛有沒有缺失也就夠了。

「真是感激不盡，請你務必幫忙。」

「能幫上您的忙真是太好了……至於剛才提到的報酬，我可以只工作一天就領到半年份嗎？」

「呃，我想這點實在恕難從命，大概只能給你當天份的報酬。」

「這樣啊……算了，我只是開個玩笑。」

真的是開玩笑嗎？

根本沒有人笑得出來……說她因為開的是個人事務所，又身兼會計，才會對錢錙銖必較，我倒覺得這個人只是外表看來恬淡無爭，骨子裡其實視財如命。

她沒用那聰明過人的頭腦行騙天下，而是決定當偵探，對社會來說或許真是萬幸。

「那麼，過幾天等我要去現場的時候，再請你與我同行……」

「不用過幾天，就在今天，接下來我們就出發吧！」

一旦要展開行動，今日子小姐還真是神速——咦？今天？接下來？

我本來是想先打電話跟她約時間，再去找她直接面對面討論——像是和久井老翁提出的薪資條件等等細節，所以才會在早上打電話給她，沒想到她對於今天接下的委託，今天就要開始行動。

我還以為要請她處理跨日的案件固然很為難，但是若能靈活調整，處理跨日的預約應該沒什麼問題……不過一旦這樣姑息以對，難保不會發生超收顧客的狀況。

她可能認為萬一我的預約和她改天答應其他人的預約撞期，又不記得是先答應誰的話，就會不曉得該怎麼安排優先順序，所以不如打從一開始，就只處理自己記憶範圍內的工作。

身為最快偵探的忘卻偵探。

「可是，如果現在就要過去的話……得先聯絡和久井先生。」

「這方面的手續就麻煩您了。就算我不是忘卻偵探，我也覺得盡早去了解那個工房莊的情況比較好。雖然沒有確切的根據，但是從親切先生說的話一路聽下來，我總覺得有股不安的氣氛……」

「不安的氣氛？」

「是的……雖然我還說不上來是什麼。」

只不過，總覺得若是將和久井先生那個「因為要著手製作最後的作品才僱用警衛」的説法照單全收，會很危險——今日子小姐説道。

「委託人——是會説謊的。」

「……」

「或許和久井先生本人並沒有説謊的自覺。可能只是他身為裱框師的感性察知到不安的氣氛，亦即所謂『不祥的預感』——如果只是想在萬全的準備下工作，平日就應該聘請警衛常駐，而不是像這次臨時僱用。」

的確有些道理。

像和久井老翁這種等級的裱框師，不只是生涯集大成的作品，即使是平常的工作，也應該注重安全問題。這次才刻意強化保全措施，或許真是因為有什麼危險的預感。

如果能讓今日子小姐推理出老人不惜霸王硬上弓，或是接受我提出的不合理條件，也要緊急僱用我的原因，我想我的工作應該會得心應手許多。

「沒錯……只要我能跟和久井先生直接説上話，讓我問他一些問題，我想這部分我應該能幫上忙——因為這可是偵探的拿手好戲。」

「……可是，他是個喜怒無常的老人，如果你硬要問個水落石出，他可能會大發雷霆喔！可能會對你破口大罵。」

「哦，我不在乎。不管他罵得再大聲、話講得再難聽，反正到了明天，我就會忘光光了。」

連這種事她都能說得這麼輕描淡寫，我也無話可說。但話說回來，忘卻偵探的這個強項，在問話時的確具有很大的優勢吧。

在溝通的時候不怕被對方討厭這點，幾乎可以說是天下無敵了——這種死皮賴臉的強韌和今日子小姐那種文靜、穩重的態度感覺似乎正好相反，但是這兩種相反的特質卻又是一體兩面，或許正因為如此，才會讓今日子小姐散發出一股令人不解又難以捉摸的從容氣息。

「再說，除了想聽聽和久井先生的說詞，我也想盡快看一下工房莊。」

「啊，說得也是。如果能從偵探的觀點檢查一下整棟房子有沒有安全上的漏洞……」

我附和著說，但今日子小姐想表達的似乎不是這個意思。

而是更根本的問題。

「我猜因子就在那裡頭。」

「因子？」

「沒錯，會出事的條件都到齊了……我覺得，那棟大樓不是太正常的地方。」

「……？」

不是太正常的地方？這句話是什麼意思？她只有語氣直截了當，但是在擔心什麼卻又講得不清不楚……態度十分曖昧。

「不不不，我想親切先生應該也隱約察覺到了才是，所以才會在面臨那麼好的挖角條件時裹足不前，想要來委託我吧！」

聽您的敍述，那棟建築相當極端，似乎太偏了——今日子小姐說道。

這形容也同樣曖昧，但這次我大概知道她在說什麼了。只讓未成氣候的未來畫家入住的高樓豪宅——不管誰來看，不管怎麼看，都太極端。

太偏了。

「太偏……太偏會造成什麼問題嗎？我想那是和久井先生故意要搞得這麼偏的……」

「太偏就很容易塌。」

很容易出事。

偵探說道——斬釘截鐵地說道。

「我所謂的『因子』，就是這個意思——讓立志成為畫家的年輕人獲得資助，還有免費住處及工作室，看起來他們好像占盡好處，但其實有很大的風險。身在必須成為畫家，找不到任何藉口不成為畫家的環境裡，固然比較容易成為畫家，但也很難成為畫家以外的職業。」

「……這樣不是很好嗎？因為大家就是想成為畫家才搬進去的。」

「但要是未來無法成為真正的畫家，可就什麼都當不成了啊？這是多麼危險的事，您不覺得嗎？人應該為自己留一點餘地、退路才行。」

「是嗎……」

我對今日子小姐的這番話實在沒什麼概念……完全聽不出問題在哪裡。無論和久井老翁是基於什麼盤算興建工房莊，對於立志成為畫家的年輕人而言，那理念都是他們夢寐以求的。

「我的意思是，難道不能為還有大好前途的年輕人提供更多選擇嗎？就算有繪畫的才華，但走上成為畫家之外的路又何妨？這樣您明白嗎？」

不明白。

我反而覺得今日子小姐的說法才是在斷送年輕人的未來——對和久井老翁的脾氣，我想抱怨的問題多如繁星，實際上也真的受到他的摧殘，但是像他那種終其一生專注於一的生存之道，任誰看了都會心嚮往之吧？

「沒錯，因為那是和久井先生規畫的設施，所以會反映出他的意圖。但那其實是非常危險的思考模式呢！該說是視野太過於狹窄嗎……」

無法和今日子小姐達成共識，使我覺得有些心神不寧——應該是因為她從事偵探這麼特殊的工作，但工作態度卻令我感到共鳴的緣故吧。我對年紀輕輕就清楚決定自己要走哪一條路的今日子小姐，也多少有些類似崇拜的心情。雖說是我自己的問題，但聽到今日子小姐說出違背我心中形象的話，老實說有點難以接受。

「當然，在親眼確認之前，我也不好再多說什麼。我現在能說的，只有『那狀況很容易出事』這種一般論而已——但也不是說一定會出事。對於偵探來說，防範於未然是比解決問題更值得稱許的功勞，對警衛來說也是吧！再也沒有比平安無事更好的事了。」

「是的，是這樣沒錯……呃，今日子小姐。」

我吶吶開口。

或許並不該問，但是為了消除因為意見不一致所產生的焦慮不安，我還是問了。

「今日子小姐為什麼想當偵探呢？」

對於這個問題，她的答案非常直截了當。

「我當偵探的原因——是因為我想知道自己當偵探的原因啊！」

6

說來，我好像在哪裡聽過「人的注意力是有限的」之類的話——雖不知跟今日子小姐提到的事有多少關聯，但在與她的一問一答之中，讓我想起了這句話。

人的時間是有限的，注意力也是有其極限的。

因此，不論有沒有才華，只要將注意力集中在一處，總能創造出獨一無二的結果——一流專業人士的共通之處，就是把時間都花在努力上。

這並非打高空的漂亮話，只是如同剎井小弟說的——就是和久井老翁告訴他的「所謂的天分，是擁有可以比別人更努力的資格」那樣，不假裝飾、腳踏實地的主張。

當這些日積月累的努力走太偏，裂了、塌了的時候，任何人都無法想像會發生什麼事。

莫非這就是今日子小姐想表達的嗎？以這點來說，除了地下室以外，工房莊的確是一棟專為「繪畫」而生的建築，斬斷了所有退路，只能背水一戰。成功時固然能夠揚名立萬，失敗的話就只剩下滅頂的命運——當然，想必所有住戶都有背水一戰的覺悟，但是這份覺悟是否真能承受如此風險呢？不到那一刻是不會知道的。

再仔細想想，即使是今日子小姐，也有工作以外的生活，像是在放假的時候去逛美術館，工作結束的時候和我去吃飯……的確不能與就連學校也不去，只是一個勁兒把一切都投注在畫圖的剝井小弟相提並論。

不，我也是一樣的……

「這裡就是工房莊嗎？的確是從名稱難以想像的高樓大廈——總共有三十二層樓高啊！」

還沒中午，我和今日子小姐便已抵達工房莊。穿著一片裙搭配粉紅色襯衫，外面再套上一件薄毛衣的今日子小姐，從外觀就一眼看出大樓有幾樓。聽說讓我一瞬覺得她的眼鏡性能未免也太好……但這也是觀察力的一環吧。

「目視計算東西的數量」，其實並不是件簡單的事。

從我打電話委託今日子小姐到現在只過了幾小時，她就來到話題中的工房莊，真不愧是辦案速度最快的偵探。而我也為了跟上她的速度——光是不要被甩掉就疲於奔命。

雖然我很想慎重處理……說得不好聽些，面對和久井老翁想僱用我的提議，一直顯得溫吞推託。但是自從和今日子小姐商量以後，事情又發展得太快了——看來，偵探業界的得來速或許不是開玩笑的。

明明是我自己去找她商量的，現在卻有點跟不上她的節奏……於是我慢半拍地向她報告。

「呃……今日子小姐。有件事我應該早點告訴你的……」

「嗯？什麼事？」

「因為事出突然，我聯絡不上和久井先生。我打了好幾通電話給他，可是都沒人接……可能是出去了。」

他好像沒有手機，總之我在答錄機裡留了言……然後一廂情願地想說他年事已高，應該不會那麼頻繁地出遠門，所以還是來了。

「這樣嗎……聯絡不上啊……」

今日子小姐意味深長地說。接著一下向左一下向右地走來走去，試圖掌握工房莊的全貌──身為偵探的她似乎已經開始工作了。

「如果他不在的話，也可以等他回來。」

不是改天再來，而是等他回來──從這點就可以感覺到今日子小姐身為偵探的堅韌心智。當然，最好是老人在家……我走在今日子小姐前面，走進工房莊。

為了請和久井老翁開門，我站在門廳的對講機前。記得工作室後面似乎有個生活空間，所以那間地下室應該同時也是他的住處。

話說回來，不光是地下室，工房莊裡所有的房間應該都是住家兼工作室吧……我沒怎麼深思，就是理所當然地這麼覺得。但深入一想，起居生活空間也是工作室，工作受挫時根本無處可逃，這種構造或許會讓人失去切換情緒的時機。

事實上，我聽說大部分的創作者就算從事可以在家裡做的工作，也會把工作室設在別的地方……

「怎麼啦？親切先生。」

在對講機前陷入沉思時，被身後的今日子小姐開口催促我行動。這或許也是最快的偵探理所當然的反應，但還是覺得有些過分。

什麼最快的偵探，根本是最苛的偵探……我邊想著這種無聊事，輸入地下室的房間號碼。

「……」

但是等了半天都沒有反應。

再試一次，結果還是一樣。我的擔心成真——和久井老翁好像不在。

「也可能是正在專心工作，故意不應門吧！」

今日子小姐從旁指出這個出乎我意料的可能性。

「就算不是在工作，也可能是剛好有客人來訪。」

「嗯……總之，我再打一次電話看看。」

我拿出手機，撥打和久井老翁的家用電話。可惜還是沒人接，只能聽到早已聽膩的答錄機語音。

「啊……我們就等一下吧！這附近不曉得有沒有咖啡廳……」

「就我記憶所及，來這裡的路上並沒有看到咖啡廳。」

今日子小姐說道。她似乎記得來到這裡之前的沿路景色。哪像我，都已經是第二次來了，卻完全不記得有沒有咖啡廳……雖說是忘卻偵探，也只會忘記昨天以前的事，對於當天發生的事，她似乎擁有超乎常人的記憶力。

「不只是沒有咖啡廳，沿路也幾乎沒有任何娛樂設施……從這點來看，這裡的環境條件實在太嚴苛了。」

「太嚴苛……嗎？」

「如果把工房莊想像成公司，就是一家員工福利做得很差的公司啊……住在這裡的人，到底要去哪才能休息喘口氣呢？」

今日子小姐一邊喃喃自語，一邊又突然開始走動，本以為她是要打道回府，原來是打算去繞工房莊一圈。而單單從她的語氣聽來，今日子小姐對工房莊本身似乎沒什麼好印象。

照她的說法，工房莊是活像集中營的設施，而不是立志成為藝術家的年輕人們齊聚一堂，充滿夢想的場所——剝井小弟也說過類似的話，但是把為了實現夢想而付出的努力視為強制勞動，實在有點說不過去。

總之，我連忙追著彷彿視線一移開就會消失的今日子小姐背影而去。她繞到大樓正後方，終於停下腳步。

好像是大樓附設的停車場。我沒發現大樓後面還有這樣的地方。這麼一來，當然也必須進去檢查一下防盜設施才行……

「親切先生，可以請您站在那堵圍牆前嗎？」

「嗯？可以是可以……可是雖然我長這麼高，也看不見裡面喔！」

「無妨。請您站在那裡，擺出打排球時接球的姿勢。」

「像這樣嗎？」

今日子小姐採取行動的速度，比我發問還快得多。

只見她筆直地衝向我，右腳往地上一蹬，縱身一躍，踩在我交疊在肚子前方的雙手上，繼續往上跳，從我站直的頭上跨過——當大吃一驚的我回頭時，已經看不到她的身影。

不，嚴格說來並非看不到，而是只看到圍牆的上方一隻手臂。

「親切先生，抓住我的手！我會把您拉過來的！」

從圍牆內側傳來今日子小姐一派從容的聲音，真是難以想像她剛剛才展現過翻牆絕技。這個人居然講什麼拉過來的簡直不知所云，我才想把她拉回這邊來……但是，也總不能讓今日子小姐一直掛在圍牆上。

「快點快點！」

「好……好的！」

在她的催促下，我開始爬牆。我雖然抓住今日子小姐的手，但是挑明了說，今日子小姐那纖細的手臂根本無力把我拉上去，我幾乎是靠自己的力量爬上圍牆。然後我先著地，今日子小姐才跟著放手，從牆上跳下來。

「嘿咻。」

總而言之，我們兩人很順利地入侵了停車場。但是我並未因為成功而歡天喜地，心裡只有迫於無奈被逼上梁山的感覺。

「你知道自己在做什麼嗎？今日子小姐！這可是非法入侵啊！」

「這樣的話，那親切先生也是共犯嘍！」

今日子小姐嫣然一笑，看不出絲毫罪惡感。

「這是安全檢查啊！安檢安檢……雖然大門配備門禁系統，但只要不是完全密閉，就肯定會有漏洞呢！」

的確是我拜託她來做安全檢查的，但她如果要這麼做的話，至少也該先知會我一聲……她突然朝我衝過來的時候，我還以為發生什麼事了。

「因為如果事先告訴您，您一定會阻止我吧？」

這不是廢話嗎？而且她還把這種廢話講得如此理所當然，真令我無法接受。上次委託她的時候，事情在咖啡廳裡就討論完了，所以沒看出她的真面目。看樣子，這個人似乎是個意想不到的行動派。

翻牆時也是，一般人會想從身高像我這麼高的男人頭上跳過去嗎？

而且還是穿裙子跳過去……

「好像是這邊。」

今日子小姐並未在停車場多做逗留，大步流星地移動到建築物裡。最後我們就這麼迂迴地繞過大門，來到電梯前。

原來如此，只要這麼走，就可以避開門禁系統……不過動作這麼大，實在說不上低調。要是剛才有目擊者看到，打電話報警也不足為奇。

「犯罪者也不見得隨時都會保持低調。身為偵探，倒是比較歡迎那種鬼鬼祟祟、深怕被發現的犯人。因為湮滅證據的行為，大多反而會留下證據。而且就大樓保全的角度，強行突破防盜系統的暴徒才是應該小心提防的。說得極端一點，區區的門禁系統自動門，丟一顆石頭就可以打破了。」

的確是很極端的意見，不過也不無道理——像是展示在隨時都有保全人員駐守之處的畫作，還是照樣被一個老人破壞那樣。

世上根本沒有滴水不漏的防盜設施，不要命的狂徒也很難對付……如果必須戒備到這個地步，果然光靠我一個人的力量是不夠的。

「和久井先生是在地下室工作嗎？」

今日子小姐已經要摁電梯了。雖然不是暴徒，但這個人也是不要命的偵探。縱使到了明天就會忘得一乾二淨，但事情也有分可以做和不可以做的……有些狀況可不是講「我不記得了」就能交代了事的。

「沒錯，在地下室，可是……」

「咦？」

在我回答的同時，今日子小姐就已經摁下往下的按鈕，但按鈕卻沒有亮起——毫無反應。

「咦？奇怪？」

今日子小姐一連摁了好幾次，還是沒反應。

電梯一動也不動。

「故障了嗎……電梯好像不會動吔。」

回想昨天搭乘這部容積大到好似業務用的電梯時，我並沒感覺到有任何問題。

唯一一部電梯故障的話，想必非常不方便吧。我不禁同情起住戶來，但是在另一方面，我也感到如釋重負——在今日子小姐令人退避不及的行動力帶領下，我成了非法入侵的幫兇，而就在此遇上電梯罷工，想必是神明要我們見好就收。

我正打算向今日子小姐解釋神明的旨意，而將視線轉向她的時候——又不見她的人影了！只看到電梯間的一旁，竟有扇敞開的門。

那扇設計成與大理石牆壁融為一體、極不易發現的門扉通往逃生梯……觀察力未免也太好了吧。看來她完全沒有要聽神明忠告的樣子。

「親切先生，這邊這邊。」

今日子小姐頭也不回地呼喚我，同時自顧自地走下樓梯往地下室去，連阻止她的機會也不給我。

事後回想起來，今日子小姐當時大概已經有預感了……不，說到預感，大概從我委託她的時候，她就已經有某種預感了。或許該說是預知，早已預見隱藏在工房莊這棟建築裡的危機「因子」。

再加上完全聯絡不上和久井老翁，或許更讓她覺得事情非同小可，才會強行突破保全系統——連神明的忠告也充耳不聞。

當然，若以可能性而言，她預知落空的機率其實更高。因為促使她採取這一連串行動的推斷，應該只是奠基在模稜兩可到不值一哂的預感上。

我以為這只是那天她在咖啡廳裡露一手的消去法……不，是反證法推理的一環——不管發生機率再小再低，總之先把所有可能性羅列出來、一一辯證再排除的過程。想到偏偏在這個時候……被她一次料中。

樓梯盡頭的大門開著，今日子小姐以比起偵探更像怪盜的靈活身手，足不點地似的一路衝進地下室，只見和久井老翁倒臥在地——

肚子上插著一把調色刀。

7

面對眼前令人震驚的狀況，我這才明白今日子小姐先前那一連串讓我眼花繚亂的動作，她其實已經是放慢速度了。她接下來的動作，才真的是迅雷不及掩耳。

「親切先生！電梯間裡有一套AED（註：Automated External Defibrillator的縮寫，直譯爲「自動體外心臟電擊去顫器」，是一種能夠自動偵測傷病患心律脈搏並施以電擊，使心臟恢復正常運作的儀器，因爲操作相當容易，開啓機器時也會有語音指導其使用方式，並有圖示輔助說明，業界通常簡稱爲「傻瓜電擊器」），快去拿過來！」

今日子小姐大喊的同時，已經衝向老人身邊，就連一瞬的怔忡遲疑也沒有。反而是愣在原地不動的我，宛如機器人一般，只能聽從她的命令行事——AED？電梯間裡真的有這玩意兒嗎？

真的有。

我順著下來的逃生梯往上爬，一進門就在電梯間對角處看到和滅火器擺在一起的AED——看來今日子小姐的安檢可是連這種地方都沒放過。

事先確認AED的位置或許是基本中的基本，但一般人總是在事發後才抱著後悔莫及的心情，懷著「早知道就應該先確認放在哪裡了」之類的感慨回想起這件事。

總是將所有可能性都考慮進去的她，或許也早就事先防範不讓這樣的後悔發生……不過，現在可不是佩服她的時候。

我打開置放箱的箱門取出AED，轉身想回地下室，接著摁了電梯……才想起電梯不會動。雖然我自認冷靜，卻還是亂了方寸。

我冷靜下來思考。AED是讓紊亂心跳恢復正常狀態的裝置，對心臟已經完全停止跳動的人應該是沒用的。這麼說，今日子小姐是認為和久井老翁還活著嗎？我看到肚子上插了把刀倒在地上的他，直覺地認為「他被殺死了」……但說來刀子是插在小腹上。

不是致命傷……嗎？

不，萬一刺到內臟，還是會成為致命傷吧？

想了半天等於沒想——我頂著一團亂麻的思緒回到地下室，今日子小姐已經完成適當的急救措施。

她把側躺的和久井老翁翻成仰躺，將自己穿的毛衣做為枕頭，墊高他的頭部，再將作業服撕開，讓老人的上半身坦露。

傷口周圍也已經纏上一圈又一圈類似繃帶（？）的布，完成止血的處理——只不過，刀子還插在那裡。

有人說這種時候不該把刀子拔出來，也有人說拔出來比較好……雖不知今日子小姐是基於哪個標準判斷，總之她選擇了把刀子固定在原處的作法。

但她是從哪裡弄來撕開作業服、固定用繃帶的工具的啊……不過這裡是製作畫框的工作室，工具類的應該應有盡有吧。

換句話說，今日子小姐利用手邊現有的工具做好緊急處理……不對，是緊急救護。可是，老人的臉上還是一絲生氣也沒有——

「還……還活著嗎？」

「至少已經能自行呼吸了。」

今日子小姐簡單扼要地說。

定睛一看，她腳邊有個看似用保特瓶做的簡易人工呼吸器——這也是她臨時做的吧。

「心臟雖然停止過，但經過按摩也已經恢復跳動了。接上AED，快點！只要按下開關，接下來機器就會教你該怎麼做！」

今日子小姐邊說邊拿出手機……正覺得那台智慧型手機怎麼這麼眼熟，原來是我的手機。

看樣子，似乎是她趁我衝進工作室時，從我口袋裡摸走的……今日子小姐身為忘卻偵探，並沒有隨身攜帶手機的習慣。時下的手機與其說是通訊設備，不如說是高性能紀錄媒體，或許還違反她不記錄的原則。當然，比一般人更重視安全防護的我，手機自然是設定了密碼，但撥打110或119等緊急電話時並不需要輸入密碼。

趁著今日子小姐打電話叫救護車的空檔，我手忙腳亂地將AED的電擊貼片貼在老人的身體上。從這時接觸他身體而感受到的體溫，才總算讓我實際體認到和久井老翁還活著的事實。

只是，觸感怪怪的……大概是今日子小姐在進行心臟按摩時，壓斷了他的肋骨吧。可見今日子小姐用她那纖細的手臂，使出多大的力氣在搶救……

「肚、肚子上有個這麼大的傷口，可以通電嗎？」

我抬頭問她，但人又不見了——只剩我的手機孤零零地躺在地上。

「沒關係，這種機器會自行判斷，要是不能通電就不會啟動電擊！」

聲音是從反方向傳來的。往那邊一看，僅見今日子小姐不停地在地下室裡走來走去。看起來像是在蒐集木材，但卻看不出她到底在做什麼……只看那樣子，會覺得像是思緒混亂的熱鍋上螞蟻，明明遇上火災卻驚慌失措到想抱著枕頭逃生……

只是，對於剛才完成正確急救的今日子小姐說什麼「請你冷靜一點」可能才更白目——而且該冷靜的，顯然應該是我才對。

我只好相信她必定有其用意，然後開始嘗試生平第一次的AED急救。

對了，我還在保全公司上班的時候，曾經在訓練時用過這個嘛——記得這是種不須具備專業知識，無論是誰都能上手的急救裝置。

『電擊準備充電，請勿接觸病人。』

AED發出語音指示，我連忙依照指示做，接著耳邊傳來彷彿用鈍器敲打地面的聲響——別說是肋骨了，那聲音大到讓我擔心和久井老翁細瘦的身軀會不會就這樣斷成兩截。

明知應該沒問題，但還是很害怕我的使用方法可能有誤。

『心跳恢復正常。』

聽見從AED傳來的語音，我如釋重負。

當然，情況還是很危急，但至少心臟恢復正常跳動，算是度過了一個難關。

接下來只能仰賴和久井老翁的生命力了。

我鬆了一口氣，但沒兩下又聽到今日子小姐大聲喊。

「這裡！」

她的指示非常明確，沒有聽錯的餘地。她似乎很習慣對應這樣的狀況，可是無法累積經驗的忘卻偵探身上，會有「習慣」存在的餘地嗎？

我照她說的走過去，簡直不敢相信自己的眼睛——有一個令人難以置信的東西在她身邊。

那是個用工作室裡的布和木頭材料做成的擔架。擔架沒有用到釘子，而是用繩子把各種零件牢牢綁住加以固定，但強度看起來是沒問題的。

她居然能在離開我視線範圍的短短幾分鐘內就製作出這樣的東西？構造雖然簡單，但也超出DIY的水準太多了……然而在無法使用電梯的情況下，擔架的確是現在絕對需要的東西。

在分秒必爭的情況下，她似乎打算在救護車抵達以前，先把和久井老翁搬到一樓吧。

「喂，別在那裡發呆！輕輕地把和久井先生放到這上面來！因為要上樓梯，請你抬腳這邊！」

今日子小姐用剩下的布條把和久井老翁的身體固定在擔架上，以免搬運途中不小心掉下來。她的動作乾淨俐落，速度快到我看得眼花繚亂。快到說是粗魯也不為過。

但遇到特別需要注意的部分，卻又一定是不慌不忙地小心翼翼。

於是在發現和久井老翁之後還不到十分鐘的時間裡，今日子小姐順利地把身受重傷的他搬到一樓——幾乎在同一時間，救護車也抵達了。

「年齡七十二歲，血型A型。似乎患有數種慢性病，常備藥的種類請參考這本手冊。」

今日子小姐將應該是和久井老翁的用藥手冊交給急救隊員。她到底是在何時從何處找到那本的？

當真是心細如髮、目光如炬。

就連專業的急救隊員似乎也對她的應對處理大吃一驚。

「快點送去醫院吧。和久井先生的昏迷指數非常低，處於刻不容緩的狀態。」

今日子小姐催促急救隊員，於是載著和久井老翁的救護車伴隨著震天價響的鳴笛，出發前往最近的醫院。

「呼……」

至此，今日子小姐終於稍作喘息。

剛才全速運轉的反作用力，似乎讓她連站都快要站不穩了。

「肩膀借我一下。」

她冷不防地把滿頭白髮往我肩上靠。

「哇……」

我怕沒能撐住她的身體，連忙站穩腳步。但她的身體輕若羽毛，根本沒這個必要。

這麼嬌小的身體，卻展露出那麼迅速的動作、那麼高強的性能、那麼精采的表現……我雖自認有出一份力，但基本上也只是遵照今日子小姐的指示，如果只有我一個人，恐怕什麼也辦不到吧。肯定只會眼睜睜地看著倒在地上的和久井老翁，像隻無頭蒼蠅似地驚慌失措。話說回來，如果只有我一個人，根本不會發現和久井老翁出事了。

「……和久井先生不要緊吧？」

我在充滿無力感的同時，擠出這句話。

雖然他還沒正式僱用我，但這一點也不重要——我又再一次沒能保護好應該要保護的對象了。

對祖父雖然不太好意思，但我已經想丟掉「守」這個名字了。

「不曉得。」

偵探不會毫無根據就隨便安慰人。

雖然已經進行了最快也是最妥當的處理，但急救能做到的還是有限，再說和久井老翁的年紀又那麼大了。

「可是……今日子小姐，我們不用一起去嗎？」

我還以為今日子小姐會順勢跳上救護車，跟去醫院……我們不用去醫院向醫生說明狀況嗎？

「我們又不是家屬，跟去也沒用。而且也沒什麼是我們能說明的。」

「是沒錯……」

「與其跟著去醫院，我們更應該做好我們的工作。」

「我、我們的工作？」

「是的。我們的工作。」

今日子小姐說完便起身，看來不再需要我的支撐。最快的她，休息時間竟連三十秒都不到。

她踩著堅定的腳步往回走——往工房莊的方向走去。

儘管救護車尖聲刺耳的鳴笛聲來了又走，整棟樓卻沒有半個住戶出來，都會的冷漠無情約莫就是這麼回事吧。可是一想到群居在這棟高樓裡的人、暗藏在其中的種種鬼胎，就覺得似乎又更加令人不寒而慄。

未破殼的雛鳥以身疊成高塔。

今日子小姐——忘卻偵探指著那棟體現了累卵之危的工房莊，語氣堅定地說道。

「——犯人就在這裡面。」

第三話

今日子小姐的推薦

1

偵探走過的地方一定會出事。

這句話在推理小說的世界裡經常被提起，幾乎可以說是一種法則了。所以才不想和偵探一起去旅行——也有人會這樣揶揄，但歷經這次的事件，讓我有了不同的想法。

既然從事偵探這個行業，在統計學上遇到案子的比例高出一般人許多應該是在所難免，但是因為這樣就說「偵探具有吸引意外或命案這類悲劇的體質」，我想絕非公道話。

不僅如此，我認為偵探甚至還能防止本來應該會發生的悲劇——應付已經發生的緊急狀況。

是今日子小姐讓我明白了這一點。

如果只有我一個人，肯定無法處理這次的狀況吧！我打從心底覺得有她在身邊真是太好了。

或許我壓根兒不會想到要救和久井老翁的命，單從他的出血量就認定老人已經死了，可能只會不停在原地打轉，驚慌失措又手忙腳亂。

經常遇見人出事，就代表有能耐出手管那麼多事——至少，掟上今日子就是這樣的偵探。

她成功地救了被害人。

此舉說不定也同時救了犯人……雖然針對這點，我也打算好好反省、向她學習，但是「犯人就在這裡面」會不會說得過分了些？

工房莊。

所有的住戶都是未來的畫家，是一棟極為特殊的摩天大樓。

縱使存在本身有許多可議之處，但若因此認定犯人就在這裡面，未免也太急躁。

即便是速度最快的偵探，要這麼說，也得有點像樣的根據吧。然而，在我開口問她之前，忘卻偵探早就又開始行動了……要繼續實況轉播她的速度固然不是一件容易的事，但我的視線不會再離開今日子小姐了。

犯人就在這裡面。

她如此斷言，並回到那棟建築物裡——我也跟了上去。

2

說是說「回去」，但工房莊的大門裝有門禁系統，必須重複入侵大樓時同樣的程序才能進去，也就是要把剛才做過的事再做一遍——讓今日子小姐踩在我身上，從停車場外翻牆進去。

只不過，用跳的翻牆再怎麼說都太不淑女了，在我的說服之下，改成由我把手搭上圍牆，讓她踩著我的背當梯子爬上去。

「哎呀，我真羨慕你這種高頭大馬的人啊！哪像我，只能鑽小洞。」

今日子小姐雖然這麼說，但我倒是挺羨慕擅長鑽小洞的她——因為無論再怎麼體形壯碩充滿活力，如果探頭就卡在洞口，一切都白搭。

於是我們又回到地下一樓的工作室——那個地板上還是血跡斑斑，怵目驚心的案發現場。

一想到自己認識的人在前一刻還倒在那裡，就覺得一顆心彷彿被揪得緊緊。縱使那個人嘴巴很壞，給人的印象也稱不上好，還是導致我被炒魷魚的罪魁禍首……我剛才不止驚慌失措，腦海也一片混亂，如今稍微冷靜下來，卻發現我快招架不住這件事的嚴重性了。

無論是身為一個保全，還是身為一個人。

然而，似乎只有我還陷在這種感傷的情緒裡，今日子小姐已經開始進入現場蒐證的階段了。

她肆無忌憚地在工作室的各個角落裡翻箱倒櫃，翻到讓人覺得有必要這樣嗎——那副模樣實在不像偵探，還是比較像怪盜。

「那個，今日子小姐。」

「什麼事？」

今日子小姐回應我時，依舊頭也不回地繼續她的搜索……她不只迅速，似乎還能一心多用。的確，她在對和久井老翁進行急救時，也是同時進行兩三項作業。

那麼一面在現場蒐證，一面搭理愣在一旁的巨人，對她而言或許易如反掌。我心裡雖然希望她至少回過頭來，但也不能太奢求。

「把屋子裡翻得這麼亂不要緊嗎？那個……我聽說發生命案的時候，讓現場保持原狀是很重要的。」

這不是身為保全的常識，而是從連續劇裡得到的知識……呃，我想應該是屬於一般常識。

今日子小姐將雙手從設置在牆邊的櫃子抽屜裡抽出來，並且特地高舉過頭讓我看個清楚——不知何時，她的雙手已經套上了手套。

不曉得那是她自己帶來的，還是擅自借用工房莊內的工作用手套（由於看起來像是園藝用的厚手套，以今日子小姐時髦的打扮來看，後者的可能性比較高），反正她似乎是想告訴我，不用擔心沾上指紋。

「我記得是怎麼弄亂的，所以等一下再恢復原狀就好了，總之現在以速度為優先。」

沒有時間了——今日子小姐說道。雖然她一句「我記得是怎麼弄亂的」說得輕鬆，但這句話其實很誇張。

既然這樣，也只好相信今日子小姐了……可是問題根本不在這裡。問題不在等一下要不要恢復原狀，我想說的是——今日子小姐根本沒有理由對這間地下室進行搜索。

剛剛救人是因為狀況緊急，無論如何當然都要先救再說，但接下來可就不是這麼一回事了。既然是傷害案，就應該讓警方來調查這件事。

我雖然被今日子小姐的快手快腳牽扯，或說是順其氣勢隨波逐流到這裡，但我們現在要做的，應該是盡可能將案發現場保持原狀直到警方抵達，而不是把房間裡的抽屜翻開來看吧……

「警察不會來喔。」今日子小姐說。「因為我根本沒報警。」

「是喔，那就算了，既然這樣就沒關……啊？」

怎麼可能沒關係。根本沒報警？為什麼？

「你、你說沒報警是什麼意思？」

「還能有什麼意思？就字面上的意思啊……字。面。上。的。」

今日子小姐並非故意一字一頓地回答，而是她當時的作業比想像中還要費神——不只是費神，而且還有點費力。

今日子小姐正打算撬開一個上了鎖的抽屜。如果只是打開抽屜還好，可是一旦開始撬開上鎖的抽屜，就已經是小偷的行為了。她正一步步踏入旁觀者必須正色阻止的領域——我衝向她，但為時已晚。

今日子小姐已經成功撬開抽屜，從裡頭拿出看起來明顯是重要文件的檔案夾，捧在胸前看了起來。

「不、不行啦。今日子小姐……」雖然已經太遲了，但我還是試圖阻止她。「再說，你為什麼不報警？是不小心忘了嗎？」

能實踐那麼完美的急救措施，很難想像今日子小姐會忘了報警……明明記得打電話叫救護車，卻忘了打電話報警？世上不可能有這種選擇性失憶，很明顯，她是刻意不通知警方的——

「只是想爭取時間而已。」

今日子小姐看完檔案夾的內容，將手伸向下一疊文件，就算是速讀，這速度未免也太快了——大概只抓重點跳著看吧。

可是想必「藝術」也不會是她的專業，拿到相關資料可以這樣挑重點跳著看，怎麼想都太不尋常了。

「因為肚子上的傷口明顯是刺傷，就連調色刀都還插在上頭……一旦結束治療，醫院必定會通知警方吧！可以爭取到的時間，最多也只有半天。我想在這段時間內，盡可能展開調查。」

「……可是，今日子小姐，調查應該交給專家吧？」

「我也是專家啊！」

我可是偵探——今日子小姐說道。

偵探的確是調查的專家沒錯，但是再怎麼說，她對這種刑案應該也沒有調查權。

所以今日子小姐才故意不報警，藉此爭取時間吧……只是，她為什麼要做到這種地步？

今日子小姐現在做的事，等一下肯定會挨罵的。說不定不只挨罵，還會被追究刑事責任。

她身為第一發現者，也是受雇於和久井老翁的我請來的幫手，或許這麼做還在合理範圍之內……但是身為第一發現者，故意不報警實在有點說不過去，而且今日子小姐目前根本尚未受到和久井老翁的直接僱用。

換句話說，今日子小姐現在是在沒有人委託她的情況下——明明沒有接受委託，卻擅自開始調查起這個案子。

這實在不是一件值得表揚的事……

而且也讓人覺得怪怪的。在推理小說的世界裡，的確是會出現那種一頭栽進案子裡而不小心逾越法律界線，或者是只以解決謎團為目的而不肯與警方合作的偵探……但是這些行為只能見容於架空的世界裡吧。

退一百步，假使現實生活中真有這種偵探，我也不覺得今日子小姐是那種偵探。我們雖然剛認識不久，但要我說的話，我認為她是個比一般人更有敬業精神的人，也具備著正當的道德觀念。

因此，搶在警方前面進行調查，企圖擅自破案、搶功這種事……我不認為今日子小姐會這麼老奸巨猾。

話說回來，我實在看不出這個案子有什麼吸引人的謎團。闖空門的強盜不巧與老人碰個正著，刺了老人一刀，因為害怕而逃走……單純只是一齣充斥社會的不幸悲劇，剛好發生在這裡而已吧？乍看之下，這間地下室好像什麼東西也沒少，但如果強盜是因為害怕而逃走，那什麼也來不及偷就落荒而逃，也不足為奇。

這絕非是會觸動偵探本能、充滿幻想的謎團——要說的話，老人莫名其妙用手杖砸爛美術館裡展示的畫作一事，還比較匪夷所思。

那麼，今日子小姐又是為何會不僅甘於救回老人一命，還刻意不通知警方，逕自進行調查呢？就算犯人就住在這棟工房莊裡——

「對了，今日子小姐。我可以請教你一個問題嗎？」

「你從剛才就已經問我很多問題了……說吧，什麼問題？」

「你為何會說『犯人就在這裡面』呢？」

因為她斷定得太理所當然了，我一時被她震懾住，雖然覺得也還算有說服力，但是仔細想想，根本沒有任何證據可以佐證。

單憑插在肚子上的凶器是調色刀就懷疑下手的是畫家，別說這番說詞不能當作證據，就連根據也算不上吧。畢竟到處都買得到調色刀，說得極端點，這個房間裡應該就有調色刀。犯人只是隨手抓起手邊的調色刀，衝動地刺了老人一刀——這才是比較合理的判斷吧。

就廣義而言，由於這棟大樓算是個密室，如果認為手上有門鎖感應卡，能夠自由進出大樓的住戶比較可疑也並非說不通，但是實際上，我和今日子小姐沒有卡片也進來了，所以這棟大樓的保全系統絕稱不上是滴水不漏。

……再說得更極端點，比起工房莊裡的住戶，我和今日子小姐這兩個不請自來的傢伙才是嫌疑最大的犯人候補。即使是無知的我也知道，懷疑第一發現者可是推理小說的常識……

「別擔心，親切先生。我並非基於那麼膚淺的推理，就隨便誇下海口『犯人就在這裡面』的。」

「喔……」

她用「膚淺」兩字來形容我的推理，讓我不免有些喪氣，但現在可不是受到打擊的時候。

「請先去看看和久井先生倒下的地方吧。」

「倒下的地方？」

我照她的吩咐回頭看——在日光燈的反射下，地上的鮮紅血跡此刻依舊怵目驚心，使我下意識地想移開目光。正因為我無法直視那灘血跡，所以才忽略了什麼嗎？

「……如果你覺得不舒服，可以在那邊休息一下也無妨。」

彷彿是察覺我心中所想，今日子小姐貼心地說。我雖然很感謝她的貼心，但在今日子小姐認真工作時，我卻躺在一旁納涼的話，做為一名保全業的專業人士，未免也太窩囊了。雖說現在我連續兩次執行任務都失敗，已經非常窩囊了——不能再繼續丟人現眼。

「不要緊。」我逞強地說。

「不要勉強喔！跟平常人不太一樣，我是無論面對什麼慘狀，都不會產生心靈創傷的。因為我知道自己不管看到多麼淒慘的案發現場，只要到了明天就會忘得一乾二淨，所以反而比較能平心以對。」

原來如此。這麼說來，身為偵探，這或許是非常有利的特質……但是反過來說，這也表示無論經歷多少次案發現場，都不可能習於那種悲慘場面。今日子小姐之所以這麼堅強，顯然不完全因為她是忘卻偵探的原因——她看起來雖然漫不經心，其實是一位非常強韌的女性。

倒不是要爭口氣什麼的，還是得向她學習才行——我不禁心生敬意。

「可是，我看不出和久井先生倒下的地方有什麼不對勁……」

「你確定？」

「是……是的，我確定。」

因為她特地反問，害我有點缺乏自信，但是我看到的就只是一灘怵目驚心的血跡——光從現狀來看，也像是不小心打翻顏料的現場。

「這樣嗎？我也是這麼想的。」

今日子小姐的回答讓我感覺這是個陷阱題，不禁回頭準備向她抗議。只見今日子小姐的視線仍落在打開的檔案夾上。本以為她已經拿起另外一個檔案夾在看了，但好像還是原先那個。

「沒有不對勁的地方——所以才不對勁呀！」

「什麼意思……」

「沒有留下 Dying message 對吧？」

今日子小姐說道。

「你是說……Dying message？」

我一頭霧水地嘟囔。記得這是推理小說用語。翻譯過來就是「臨死前的留言」。意思是被害人為了指出殺害自己的兇手所留下的訊息……吧？

「沒錯，就是死前留言。你很內行嘛！情況雖然還不容樂觀，但和久井先生已經撿回一命，所以正確地說，有的話也應該不是『臨死前的留言』，而是『瀕死前的留言』……但和久井先生倒下後卻沒有留下任何訊息。」

「啊，是……說得也是。」

她說得有理，所以我也只能點頭同意，但那又怎樣呢？發現倒在地上的和久井先生時，瞬間就能眼尖注意到這些細節，真是了不起的名偵探。只是倘若現場有死前留言也就罷了，刻意指出「沒有留下死前留言」，又到底是有什麼用意呢？

「不，親切先生，請你仔細想想，中刀的是腹部——就算傷到內臟，也與心臟或頭部受到傷害不同，不會立即致命，在失去意識之前，應該還有時間。既然如此，卻沒有留下任何訊息，你不覺得很奇怪嗎？」

「這個……我倒不覺得奇怪。」

明知不是她要的答案，但我還是據實以告。

「因為就算想留下訊息，手邊又沒有筆，想留言也沒辦法寫……」

「的確沒有體力走到筆筒前去拿筆……但根本沒必要去拿筆啊？可以用來寫留言的工具就近在手邊，連站起來都不用。」

「用來寫留言的工具……？你的意思是說，因為和久井先生是個藝術家，所以平常就會隨身攜帶筆記用具嗎？」

就算同是藝術家，畢竟和久井老翁不是畫家而是裱框師——就我實際和他接觸的經驗，也不敢斷言他平常會不會隨身攜帶筆記用具。

「這一點我也無法判斷。出門在外時或許另當別論，但就算是畫家，在家裡是否也會隨身攜帶畫筆，的確很難說。」

「是啊，既然如此……」

「可是，大可不用想得那麼複雜，如果只是要寫幾個字的話，不是很簡單嗎？用血和手指就好了。」

因為血正源源不絕地從傷口湧出來，手指也沒有被砍斷——今日子小姐說了很恐怖的話。

不過恐怖歸恐怖，說到「死前留言」，最典型的莫過於在現場用鮮血留下文字。雖然我看到和久井老翁的血跡，曾覺得那很像不小心打翻的顏料，從沒往「真的當成顏料使用」這方向想過——實在讓我自愧無才。

只是，真要是有用血寫下的血書，就算是外行人或許也能看出個端倪。但要從「沒有血書」一事看出所以然，恐怕連偵探也辦不到吧？

「明明有機會也有工具可以寫，卻沒寫下任何暗示犯人是誰的留言——親切先生，你對這件事有什麼看法？」

「你這樣問我也……」

我感覺不出這有什麼問題……就算有機會也有工具，也不是所有人都會留下訊息吧。雖說傷勢不足以致命，但那樣才更痛吧……我覺得，只是和久井老翁當時沒法想到這麼多吧。

「嗯，這樣的話就沒什麼好討論的。但如果不是這樣呢？請想想其他的可能性吧。」

「其他的可能性……」

感覺愈來愈像腦力激盪遊戲了。

明明已經出事了，我們卻在這邊猜謎，似乎有點荒唐。別再賣關子了，趕快告訴我吧——我心有不平地看著今日子小姐，但她還是在看她的檔案夾……咦？

她不僅還是在看同一個檔案夾，而且翻開的仍然是剛才我看到的那一頁——從我的角度看不見上頭寫了什麼（就算看見了，我想我也看不懂），但這份文件的內容困難到足以讓今日子小姐放慢閱讀的速度嗎？

或許因此她才無法一心二用地同時處理我的問題……如果是這樣，也不該勉強她現在就跟我說詳細。

更何況，既然決定要向她學習，就不該老是依賴她，也要試著自己動腦筋——於是我開始思考。

既然有機會，也有工具，卻不留下犯人的名字或具體的線索……或者是「不能留下」的理由會是什麼？

「會不會是因為……他不曉得是誰捅了他一刀？」

「沒錯，如果是這樣的話，就算想寫留言也無從寫起呢。因為縱使想寫，沒看到犯人是誰也不知道該寫些什麼。」

今日子小姐這麼說，目光還是停留在檔案夾上，並始終盯著同一頁……不，是反反覆覆地在同一頁看了好幾遍。既然她對短期內的記性很有自信，這個行為就非常不合理了。今日子小姐恐怕也心中有數，視線忙碌地在檔案夾上游移，一邊回答我的問題。

「但是，和久井先生並非從背後遇襲，而是腹部被捅了一刀，幾乎可以確定是從正面遇刺——不太可能沒看到犯人。」

「也是……啊，會不會是因為犯人蒙面呢？所以才認不出犯人是誰。」

若採用和久井老翁是不幸與強盜狹路相逢的假設，這就很有可能了。只是，會事先準備面罩的強盜，居然會不自備好一點（？）的凶器就來闖空門嗎？感覺也有點怪怪的。

「是啊，假設犯人是專業的強盜，也不確定和久井先生是死是活，還把調色刀留在現場就倉皇而逃，實在很不合邏輯吧。當然，不合邏輯歸不合邏輯，但也不是不可能——只是要這麼說的話，就沒得討論了。不過要那麼說的話，又有種情況，會有很多事得討論。」

「很多事得討論……的情況？」

「和久井先生明明知道犯人是誰，卻不肯留下任何線索的情況。」

啪地一聲——今日子小姐闔上檔案夾。

可是她的表情卻很憂鬱。與其說是因為想出解答而闔上檔案夾，感覺更像是遇上阻礙而不得不暫時擱置的憂鬱表情。似乎也正因為決心暫時擱置，才會終於要來和我驗證其他解答——

「有機會、有工具，應該要留下什麼訊息也昭然若揭，卻依舊不肯留下一字一句——就表示犯人是和久井先生認識的人，而且還是和久井先生有意包庇的人。」

「包……包庇犯人？和久井先生他嗎？」

「是的，所以說……」

今日子小姐邊走動邊說明。正想問她要去哪裡，就看到她走向地下室後面的門——亦即通往和久井老翁起居室的門。看樣子，她又切換成一心二用的模式了。

工作室也就算了，還要把搜索的魔手伸向起居室，會不會太過分了……不，目前這樣也已經夠過分了，但今日子小姐卻沒有一絲歉意地接著說。

「所以……刺傷和久井先生的犯人，是和久井先生會想要包庇的人。

像是家人或很熟的朋友——或是才華洋溢、受他看重的未來畫家之類。」

「難道這就是——」

這就是「犯人就在這裡面」的意義嗎？

犯人不只是熟人……還是自己對其未來寄予厚望的畫家，所以才不想指認他或她就是犯人。這當然是很牽強的想法，也是荒唐無稽的假設。

正常情況下，一般人才不會包庇刺傷自己的人——只不過，被人捅一刀也真的已經不是正常情況。或許人在腹部受到重創、思考陷入混亂的時候，情急之下也有可能會這麼判斷。

這麼說來，死前留言只是今日子小姐舉的一個淺顯例子，絕非只靠留言的有無，就做出這樣的推理。像是和久井老翁遇襲後分明可能還有意識，卻不主動打電話報警，也不叫救護車的作為，肯定也是促使她認定「和久井老翁包庇犯人」的根據。可是一般還是會認為老人是因為痛到動彈不得，才無法報警或叫救護車——以現狀來說，事實如此的可能性也確實更高。

想太多了，推理過頭了。

然而，明知這些事，今日子小姐仍刻意著眼於可能性較低的假設上。

「因為，這才是和久井先生留下的訊息。他想包庇犯人，不想讓警方知道犯人是誰，不願犯人受到懲罰——這些才是和久井先生想留給我們的。」

「……」

「當然，這是不對的。不管有什麼前因後果，至少，法治國家不允許刺傷人的人不用受到懲罰——但我們也必須尊重年紀那麼大的老人，冒著可能會沒命的危險也要留下來的訊息。所以，至少……」

我們要在警方展開調查以前，先找出犯人是誰，然後勸他自首——掟上今日子表明心跡似地說道。

3

時間最多只有半天。

絕對稱不上長——而且老實說，這還是較寬鬆的預估，如果抓緊一點，要是警方已經收到醫院的報案，那麼隨時衝進來都不奇怪。我雖然對今日子小姐說的話有部分同感，但是實在不覺得這樣做行得通。

就算今日子小姐是速度最快的偵探，但是一般要調查這種案子，最少也需要好幾天吧。一旦需要好幾天，先不管速度是不是最快，對於身為忘卻偵探的今日子小姐而言，就已經是不可能的任務了。

就算她想繼承和久井老翁的死前……不，是瀕死留言；想繼承他的遺願……不，是心願，然而今日子小姐只是個沒有組織撐腰的個人事務所所長，這簡直是難如登天。但是，她本人卻泰然自若地表示。

「沒問題的，親切先生，請你放心……雖然只是口頭上的約定，但你與和久井先生之間的僱佣關係已經成立了。沒能保護好和久井先生固然遺憾，不過接下來只要能揪出犯人，勸他自首，還是能向和久井先生敲詐工資……我猜他應該會很痛快地付這筆錢。」

我才不擔心做白工的事。

而且她還一下講出「敲詐」這種有夠不當的字眼……這麼一來，簡直像是趁人之危強迫推銷，整個格調都沒了。

話雖如此，但我也無法因為反正絕對來不及、只會白忙一場，就丟下今日子小姐逕自離開工房莊。雖然不曉得在檢查完地下室之後，接下來她打算採取什麼對策，但也只能盡全力協助今日子小姐了。

先把可不可能放一旁，至少我對今日子小姐的出發點是為了要承繼和久井老翁的心願這點是可以感同身受的。

雖然根本沒什麼我能做的……如果是靠體力的工作或許還好，但動腦筋實在不是我的強項。總之——雖不知時間到的提示音何時會響起，我和今日子小姐的限時搜查便就此展開。

當然，想必今日子小姐早已經馬不停蹄地展開下一步的行動……

「那麼，親切先生，還請你稍等一下。在正式展開行動之前，我要先去沖個澡。」

她丟下這麼一句悠哉到令人目瞪口呆的話，接著還真的走進工作室後方的浴室裡。

女生進浴室，我總不能跟進去吧……剛才這樣翻箱倒櫃還不算「正式展開行動」已經令人跌破眼鏡了，還要在這種情況下——沖澡？

嗯，想起她對和久井老翁進行急救時，那番猛烈的重體力勞動，或許是真讓她流了一身汗。不過就連我這個門外漢，都知道在這種分秒必爭的情況下，根本不是洗澡的時候。

而且萬一警方在這個瞬間趕到，今日子小姐到底打算怎麼自圓其說啊。身為偵探，我想她的口才想必非常好，但是在被害人的房間裡洗澡這種事，我實在想不出有什麼理由可以解釋清楚。

話說回來，光是會想在「連話都還沒說過的陌生人家裡洗澡」就已經非常神經大條了，更何況還是和幾乎是陌生人的我一起行動時提出這種要求，這個人到底在想什麼？

這已經不是什麼性格難以捉摸的問題了。

女性要怎麼注重儀容衛生，的確也輪不到我來發表意見。再說，面對現狀完全束手無策的我，也只能在和久井老翁的地下工作室裡無所事事，像隻無頭蒼蠅似地原地打轉，假裝自己有在做事而已。

而且由於今日子小姐早就已經全搜過一遍了，我也沒能找到任何新的線索或證據。說來把這個房間翻遍了的今日子小姐，也似乎沒發現什麼。畢竟沒有用工具進行科學調查、現場蒐證，光靠肉眼蒐集的情報當然有其極限——而目前，推理也可說是毫無進展。

唯一要說有什麼線索，果然還是那個時候……當她向我解釋為何會認定「犯人就在這裡面」的理由時，翻開的那本檔案夾。

她一直以快到令人眼花繚亂的動作進行現場蒐證，只有在那時放慢了速度……到底是怎麼回事？

關於這點，今日子小姐什麼也沒說。但是我猜想，那裡頭或許有很重要的線索吧——找出是誰刺傷了和久井老翁的線索。

犯人就是這棟工房莊裡的住戶，所以和久井老翁才會想包庇那個人……當這樣冷靜下來獨自思考，會覺得今日子小姐的推理雖不是完全說不通，但還是很牽強。

就算同意和久井老翁是在包庇某個人，可是就像今日子小姐自己說的，那個對象也可能是家人或朋友……但是在同時，卻又認定大多數人都與案情無關的工房莊住戶裡面有犯人，叫無辜住戶情何以堪？

她應該還是有所根據吧……不，大概不是，畢竟今日子小姐是人不是神。也正因為不是神，才會堅決只做自己辦得到的事。

盡全力——只做自己辦得到的事。

如果犯人不是工房莊的住戶，屆時就真的超出今日子小姐能力所及的範圍，只能交給警察處理了。只是倘若和久井老翁想保護的，真是工房莊的住戶，那個時候——

好吧，假設一切都如同今日子小姐的推理，犯人真的是工房莊的住戶，那麼犯罪的動機又是什麼呢？

為何在經濟上受到和久井老翁的資助、立志成為藝術家的人，會用調色刀刺殺他這個恩人呢？如果是強盜以搶劫為目的，還可以理解，如果是工房莊的住戶，動機就完全參不透了。

恩將仇報也不是這樣的。

雖然不曉得犯人到底是基於什麼樣的心態刺傷和久井老翁的，但如果今日子小姐沒有發現，以他的傷勢，就那樣死掉也不奇怪……就連現在，也還處於不容樂觀的狀態。

從丟下身受重傷的老人跑掉的那一刻起，要說沒有殺意，已經沒人會相信了——究竟發生了什麼事，會讓人想要殺害對自己恩重如山的人呢？

……講什麼都是藉口吧？

又不是推理小說，要一切都能推導又合理是不可能的——現實生活中，因為一時衝動就傷害自己恩人的例子，比比皆是。

而且對於住在這裡的人來說，和久井老翁真的是他們的大恩人嗎？仔細想想，這種看法其實非常一廂情願——他可是脾氣暴躁，一激動起來會破壞畫作的人。明明在繪畫的世界裡以製作畫框維生，居然會一時衝動就砸爛畫作和畫框。

那種性格我認為不太可能完全不招人怨恨。再說得極端一點，看樣子搞不好還是和久井老翁先出手打人，才會遭到犯人的反擊，犯人說不定也只是正當防衛。雖然現場並沒有爭吵的痕跡……但是從和久井老翁的性格來判斷，我倒認為這是非常有可能的事。

如果這次也像那天在美術館裡同樣，和久井老翁因為一時情緒激動，和某人起了口角而造成這樣的結果，那麼被害人會想包庇加害人一事，也就不難理解了。正當我逐漸摸索出屬於自己的一套推理時——

「讓你久等了。」

今日子小姐回到工作室。

我往聲音傳來的方向看，心想真是讓我一番好等，卻嚇了一大跳……別誤會，絕不是因為「看到今日子小姐出浴的模樣於是臉紅心跳」這等香艷旖旎之事。

而是我差點認不出眼前的人是誰。

因為今日子小姐那一頭招牌白髮居然染成了咖啡色……而且服裝打扮也和走進浴室前截然不同。

直到剛才，她都還穿著寬鬆的裙子，如今卻換上窄管長褲加外套，變得很正式——仔細一看，外套裡的粉紅色襯衫還是同一件，但是因為罩上一件外套，就像變魔術一樣，給人截然不同的感覺。

難道是為了要開始工作才換衣服？但我不記得她有帶衣服來換啊……而且，換衣服還說得過去，問題是頭髮。

為何要把那頭白髮染成淺棕色——給人的感覺固然不同，但這究竟是？該不會白髮才是染的，她只是進浴室洗掉而已？

「哦，這個嗎？」今日子小姐摸了摸頭髮。「這是染的。應該說，我借浴室就是為了染髮。」

「為了染髮——」

故意把白髮染成別的顏色嗎？原來如此，在這種情況下還要洗澡，再怎麼想都太沒有常識了，原來是基於這個目的。

可是，她還沒有回答我最根本的問題，為什麼要這麼做？

再說，是從哪裡弄來咖啡色染髮劑的？

「再怎麼樣我也不會隨身攜帶那種東西，所以借了那邊的顏料一用。」
「你用顏……顏料染的嗎？」
把那種東西抹在頭髮上不要緊嗎？
原本就是白髮，所以就像把顏料塗在畫布上一樣，可以染出很鮮艷的顏色，但是站在維護秀髮健康的角度，這行為真是太瘋狂了。
然而，這似乎只是外行人的杞人憂天。
「不要緊。」
今日子小姐斬釘截鐵地說。
「顏也有臉的意思吧？所以顏料原本就是塗在臉上的裝飾用油彩呢。塗在臉上都不要緊的東西，塗在頭髮上就更沒問題吧？」
「是嗎……」
這麼說來，明明不是化妝品，卻叫做「顏」料？這事確實蠻奇妙的，原來是因為這個由來啊。
但是顏料也有很多種類，不能一概而論，今日子小姐肯定是選擇對頭髮無害的顏料吧。

「那你身上的衣服呢？這也是借的嗎？還是你有帶衣服來換？」

「要說是借的嘛，也算是借的……」

今日子小姐似乎有些難以啟齒。

怎麼了？我心想。但是在聽完她接下來講的話以後，我則完全明白她欲言又止的原因。

「呃，其實這是我把和久井先生掛在後面房間衣櫃裡的衣服剪開，然後又重新縫製的。正宗純手工縫製的高級訂做服飾喔！」

原來如此，的確難以啟齒。

借用顏料還說得過去，但是擅自把人家的衣服剪破也實在太過分了……定睛一看，外套內裡還頗有日式風味，看來是用作業服縫製的。

我還以為她是剛才流了滿身汗，才會洗那麼久，沒想到居然縫製出了一件衣服……又是擔架、又是衣服的，這是在上家政課嗎？

這個人的手作力會不會太強了？

我甚至覺得比起偵探，應該還有更適合她的工作吧。

「好說好說，我只是把現有的材料臨時拼湊成一套衣服罷了。乍看之下可能有模有樣，但是幾乎跟紙糊的一樣，看不到的部分、內側的縫合全都非常隨便。動作太大的話，隨時都可能會解體，所以我穿得戰戰兢兢的。」

「不過……你這麼做的用意是？不僅染髮，還換了衣服……簡直像是變裝秀啊？」

「就是變裝啊！」

今日子小姐豎起大拇指。

「因為時間實在太緊迫了，沒有時間慢慢從外側包圍中央。所以接下來，我打算去拜訪工房莊裡的所有住戶。」

「去拜訪……所有住戶？」

「是的，直接進行交涉。」

要問此舉妥當嗎……也還真的沒什麼問題。

這個人只是速度很快，但所作所為並不算是異想天開——只是因為速度太快，讓她的行為看起來有點怪異，但基本上還是個按部就班的偵探。既然將嫌犯鎖定為住戶，接下來的行動當然是要找他們問話。

「可是，不是還沒確定嫌犯是誰嗎？如果能鎖定目標說『你就是犯人』也就算了，如果要一個一個問『你是犯人嗎』，我可不認為有人會老實回答『沒錯，我就是犯人』……」

要能這樣，今日子小姐應該什麼都不用做，犯人就會老實自首了。

「沒錯。所以我不打算讓大家知道我是偵探，而是用別的身分去問話。這時候，這頭白髮就太招搖了。」

倒也是，萬一住戶裡有人知道「忘卻偵探」的事，或許從特徵明顯的白髮就能認出今日子小姐。再說得極端一點，住在工房莊裡的人也不無可能曾經是置手紙偵探事務所過去的委託人。屆時反而是今日子小姐會處於狀況外——因為早就忘了。

要是那樣，不管再怎麼偽裝身分，也一下子就會被識破了，所以還是把白髮藏起來比較好。

之所以臨時變出一套較為正式的服裝，也是為了冒充某種職業嗎？要偽裝成什麼官方機構的問卷調查嗎？

「一人花個五分鐘應該就能問完了。最多只要有五個小時，就能清查所有住戶——當然，如果能在那之前找出犯人就更好了。」

「話是這麼說沒錯……但是，這樣好嗎？」

「嗯？什麼東西好不好？」

她不解地反問我，我一時語塞，但又不能不問清楚。

「我是說……我以為對今日子小姐來說，那頭白髮應該是你身為偵探的自我象徵……或像是身為偵探的註冊商標的存在吧。這麼輕易……而且還是用顏料當場染成別的顏色，沒問題嗎？」

我原先以為她頂著一頭白髮是為了好看，但事到如今，實在很難相信只是為了好看。大概是發生過什麼事，才害她變成滿頭白髮——但是她既不遮掩，也沒戴帽子，就這麼落落大方地呈現在世人面前——所以我一直以為其中必有她個人的主義或主張在裡頭。

「親切先生，你說了一句好奇怪的話。」

今日子小姐笑著說，好像我真的說了什麼奇怪的話。

不管是自我象徵，還是註冊商標。

「對偵探而言，最大的願望只有解決案件，別無其他。」

聽到這句話——

我在心裡靜靜地收回剛才的想法。

對這個人而言，沒有比偵探更適合她的工作。

4

得救了——我是真心這麼想。

而之所以這麼想，則是因為從工房莊的地下室走上一樓時，發現電梯已經會動了。

畢竟這是棟三十二層樓的超高層塔式住宅，光是要拜訪所有住戶想必就相當費力了，還要再加上還要爬樓梯的話，誰受得了啊……就連因為工作關係，對體力還算有自信的我也覺得很吃力，即使今日子小姐的身體比外表還強壯，但是身形畢竟如此纖細，就不用說會多辛苦了——可是她卻在當下一臉毫不在乎地說了句「那我們走吧」就往逃生梯去，看她這麼有行動力，我想自己當然也不能示弱。因此我也有所覺悟，跟了上去……但是就在從地下室走樓梯來到一樓之時，今日子小姐突然跑去打開通往電梯間的門。

「不好意思。」

不管採取什麼行動，今日子小姐都沒問過我的意見，也不做任何解釋，不僅動作快如閃電，而且還跳過所有的程序，幾乎是一意孤行的她，這時卻突然改變了原有的路線（後來她給我的理由是「因為聽到聲音」），還在爬樓梯的我根本什麼也沒聽見，但她的注意力已經跑到兩層樓以外了。今日子小姐的天線似乎永遠都是全方位，毫無死角。

有兩個穿著作業服的男人就站在門的另一邊——懷裡抱著梯子還是什麼大件的行李，正準備離開大樓的模樣。

「你好，我是這棟大樓的住戶，不好意思，請問電梯可以用了嗎？」

今日子小姐問他們。從第一句話就臉不紅、氣不喘地撒謊，就連躲在旁邊聽的我，也差點相信今日子小姐真的住在這棟大樓裡。

而且為了不讓對方察覺自己說的是謊話，詢問方式也非常巧妙。不是問工人「你們在做什麼」，而是更進一步地問「電梯可以用了嗎」，真的只能說是膽大包天的妙招。既然已經謊稱自己是住戶，要是對大樓內的施工一無所知，反而很不自然，也會自相矛盾吧——在說謊時記得自己說過的謊，是比編造天衣無縫的謊言更不可或缺的能力。

今日子小姐雖然是忘卻偵探，但是只要把時間侷限在一天以內，似乎就能把記憶力發揮到淋漓盡致。

「是的，維修已經結束，可以使用了。」工人回答。

「這樣啊，謝謝你們。」

「別這麼說，這是我們的分內事。」

「對了，你們是從幾點開始施工的？是否比預定時間還要早？」

「咦？沒有喔？跟預定時間一樣，從早上九點開始施工。」

「這樣啊。不好意思，耽誤你們了。」

今日子小姐低下染成咖啡色的頭行禮。

「不會，沒有的事。那我們告辭了。」

工人們爽朗地打過招呼便離去了。看樣子，電梯不能用跟案情毫無關係，只是定期維修。

我住的公寓只有兩層樓，沒有電梯這種奢侈的裝置。原來如此，電梯是一種無論如何都不容許意外發生的機械，所以每隔幾個月，就必須像這樣定期維修一次。

因為只有一部電梯，如果因為定期維修而不能使用，這段時間裡住在高樓層的住戶想必會很傷腦筋吧。不過也還好，只要忍耐幾個小時。

無論如何，隨著電梯恢復運作，拜訪所有住戶時應該就不用爬樓梯了，我真是鬆了一口氣。

「太好了，今日子小姐。」我說。

「嗯……」

今日子小姐卻一臉狐疑地歪著頭，嘟著嘴看著工人離去的背影。她那模樣就像是原本打算一展身手的爬樓梯大會被取消，滿懷的期待全部都成空而一臉落寞——但這絕對是不可能的。

可是如果不是那樣，她在想什麼？我完全追不上她的思考速度，只能老實問：「怎麼啦？今日子小姐。」

「欸？啊，沒什麼，不好意思。我只是在衡量那些人是犯人的可能性有多少而已，沒什麼。」

「喔、是喔。是這樣啊。」

雖說她用一句「沒什麼」輕鬆帶過，看她請教對方時明明笑容可掬，既友善又不擺架子，但是心底卻在懷疑對方，這可是很嚴重的行為。

要說她是忠實執行身為偵探的職責，的確也是這樣沒錯。能不以為意地扯謊——這個人果然不像她的外表或言行舉止那麼天真無邪。一邊懷疑嫌犯是這棟大樓的住戶，對外面的人也絲毫沒掉以輕心，這種無懈可擊的謹慎，算是值得贊許的優點嗎……

只是，身為與她一起行動的人，難免覺得不安……今日子小姐跟我說話時，雖然也是笑咪咪地十分親切，但是在她的內心深處，會不會其實也在懷疑我？

實際上，我與和久井老翁才剛認識不久，也有可能因為薪資條件談不攏而和他起口角——所以，理當是應該懷疑的可疑人物。

再進一步說，我是因為和久井老翁的關係才丟了上一份工作——說是有充分動機也不為過。所幸請教過今日子小姐之後，我心裡的烏雲已經散去，若非如此，即使說不上心中懷有殺意，我為了向和久井老翁抗議而來到這棟工房莊的可能性，還是相當高的。

人們之所以說「不想和偵探一起旅行」，或許還有另一個原因——不只是因為會出事，而是因為自己也會被當成嫌犯來看待。

「不過，可能性應該很低。單純討論有沒有可能的話，當然不是完全沒有，但如果真的要偽裝成工人行凶，應該會記得貼張『維修中』的牌子，裝得像一些吧！」

而且和久井先生也沒有包庇他們的理由——今日子小姐說著，將視線從玄關大門移開，走向剛維修完的電梯。

這麼說來，既然在維修，照理說應該會有張「維修中」的牌子才是……看來是工人疏忽忘了貼，但如果是有計畫地偽裝成工人行凶，反而不可能忘了這麼重要的事。

要說粗略，如此推理確實很粗略，但我想這大概就是今日子小姐身為偵探的作法。把重點放在速度而非正確性上，先做出結論，再回頭驗證——或許不夠縝密，但是卻合理又有效率。再說回來，今日子小姐雖然以速度為前提，但依舊能合理又有效率，換成是我，就真的只是粗心的推理了。

同時我也鬆了一口氣。

縱使今日子小姐真的懷疑我，應該也會基於同樣的原因將我剔除在嫌犯名單之外——因為和久井老翁沒有理由要包庇我。

「親切先生？你再不進來，門就要關嘍！」

在她的催促下，我連忙走進電梯裡——因為今日子小姐可沒有摁住「開」的按鈕等我，我再不進去，她可能會拋下我，自己上樓。

「嘿呀。」

今日子小姐微微踮起腳尖，摁下頂樓——「32」的按鈕。

咦？照她剛才所說，要去拜訪所有住戶，應該是要從二樓依序往上走啊。莫非她改變主意了嗎？

不過不管是由上往下，還是由下往上，只要最後能把所有的住戶都拜訪過一次，要說沒差也其實是沒差……

「不，因為我有點想法……所以現在『從樓上下去』和『從樓下上去』可就不一樣了呢！」

「咦……？」

今日子小姐說了一句很玄的話。

不過，我已經大概能理解，當她說出這種莫名其妙的話，就是她正在腦中進行思考的時候。

像是剛才在地下室看著檔案夾時也是如此……說來，那個檔案夾裡究竟有什麼呢？我被今日子小姐的變裝嚇了一跳之後，就忘了要問她——但是就算問了，她可能也不會告訴我。

只是，密閉的電梯是個令人喘不過氣的空間，為了填滿長達數十秒的空白，我還是開口了。

「那個檔案夾裡，究竟夾著什麼文件啊？你似乎很在意的樣子……」

「哦，你說那個啊。嗯……倒也沒有很在意啦。」

不知何故，今日子小姐的回答有些吞吐含糊。只見她反覆沉吟再三「嗯……」了許久之後，反問我。

「親切先生，你又是怎麼想的呢？」

「怎麼想……你是指什麼？」

「犯人的動機啊！剛才在現場蒐證的時候，比起尋找物證，我更著重這一點。」

動機。

被她這麼一問，我愣了一下。因為我也在想同一件事，看起來今日子小姐似乎比我更早開始推敲動機。不過，她的速度現在已經嚇不倒我了。

「畢竟實在沒有時間，所以我在想，不知是否能從動機這方面來鎖定犯人……最重要的關鍵，我想還是和久井先生接下來將要進行的工作。」

「是呀，說得也是。」

我表示同意，但是說實話，我完全忘了這件事。

話說從頭，我就是因為和久井老翁為了完成他人生最後的工作，需要個警衛，才被找來這棟工房莊的。

既然事情發生在這個節骨眼，要說我完全沒有關係，才不自然吧……而如果真的被說有關係，又讓我不沮喪也難。

我不僅沒能保護好和久井老翁，就連親眼見證他完成最後大作的機會，我都沒能守住。就算他大難不死，受了那麼重的傷，也不見得還能像以前一樣精力旺盛地工作。不僅要住院一段時間，搞不好還會留下什麼後遺症……

一思及此，我的心情就低落到不行，但卻又同時產生至少要幫他完成心願的情緒——想必今日子小姐早就已經達到這個境界了。

雖然是因為看準可以收到報酬，但是身為職業偵探，不會因為正義感或好奇心就採取行動的今日子小姐，光是在沒有被正式委託的情況之下展開行動，就已經很了不起了。

或許打從一開始，今日子小姐就從我的敍述裡間接對於和久井老翁的為人產生共鳴——作風雖然不同，但這兩個人都把一切賭在自己的工作上。不惜染髮、換衣服、喬裝成別人也要展開調查，雖然讓人覺得有些脫離常軌，但是這點和覺得自己的作品受到侮辱，在美術館大鬧一場的和久井老翁並無太大不同。

也不算是物以類聚，然而努力工作的人只會認同努力工作的人——一想到這裡，我不禁再次覺得沒能讓今日子小姐與和久井老翁說上話，真的是件非常可惜的事。

將來要是有機會能在哪裡實現這個願望就好了……

「假設那份最後的工作是這件事的導火線，那麼和工房莊的住戶之間的關聯便一目瞭然了。」

「咦……」

她居然說「一目瞭然」，讓我很怕接錯話，結果一時答不上來。不過，在重視速度勝於慎重的這個情況下，總之要先講個答案，畢竟想太多不如腦放空。所以我也不再多想，想到什麼就說什麼。

「最後的工作、最後的畫框……裡面的那幅畫對吧？住在工房莊的某個人……現在應該正在製作那幅畫。」

「沒錯，就是這個意思。」

今日子小姐微微點頭。

「所以有兩個可能。第一，犯人就是正在製作那幅畫的住戶。第二，犯人是正在製作那幅畫的住戶以外的人。」

「……？」

咦？等等，她兜了這麼大一個圈子，就為了講這句廢話嗎？只交代了不是A，就是A以外的全部，完全聽不出來是在想啥可能性。

「不，這其實是極為關鍵的重點呢！和久井先生可能是和正在製作那幅畫的人，因為作畫的方向性起了口角……結果就發生悲劇——假設這是可能性之一。對於自己沒能獲選參與和久井先生的最後大作，感到非常不服氣的住戶直接闖到地下室找他談判，結果也發生悲劇——則是另一種可能性。這兩種可能性南轅北轍，但究竟是前者還是後者，將會大大影響我在之後試探住戶的方式。」

「喔……這麼說，也的確。」

的確，如果是前者，就可以把嫌犯縮小到只剩下一個人，但如果是後者的話，只是減少一個嫌犯，稱不上有什麼進展。

可是在我的印象裡，後者的可能性高多了——因為和久井老翁為了對最後的工作保密，刻意不讓人知道是誰在畫那幅畫，加上了一層保護色。

說是加上了一層保護色，聽起來像是用了什麼高超的工作技巧、進行多麼高度的風險管理，但老人實際採行的方法，就只是讓許多住戶同時製作用來混淆視聽的作品罷了。

奉命製作根本不會見天日的作品——雖然我只能用想像去推測這些藝術家的內心世界，但是要對這種事保持平常心應該是非常困難——會對和久井老翁產生憤怒、怨恨、不諒解的情緒，也是很正常的吧。

「當然，也有可能根本毫無關係。就算假定嫌犯即是工房莊的住戶，動機也可能跟畫作、和久井先生的工作完全無關——縱使如此，找出那個被選中的幸運兒還是有意義的。因為有些情報，應該只有他或她才知道。」

「……那本檔案夾的文件裡有寫出那個人是誰嗎？」

我猜她是因為那樣才僵住的。

「沒有，什麼也沒寫。」

今日子小姐搖搖頭。

「很遺憾，根據我把那間工作室、還有起居室匆匆翻過一遍的結果，暫時還無法判斷誰才是和久井先生選中的人。」

「這樣啊……我想也是。」

對最後的工作保密成那樣的和久井老翁，想必不會把他指定的人選寫下來……留下紀錄吧。

就算有紀錄，犯人逃走時很可能也一併帶走了……或許是情急之下，趕緊把對自己不利的資訊帶走。如果是這樣，犯人就是前者……也就是可以將目標鎖定為受和久井老翁委以重任的人物。只是問題在於即便是被選中的他或她本人，應該也不知道自己就是那個人。

「今日子小姐，既然如此，為什麼你會一直盯著那本檔案夾呢？」

「身為偵探，我實在不太想這麼說——因為我有點搞糊塗了。」

「……？」

「或許該說是不小心接收到目前需求以外的資訊，陷入了混亂……不，這件事以後再說吧。」

今日子小姐的話告一段落，同時電梯也抵達頂樓，門打開——眼前是比想像中更為寬敞的走廊。

「當務之急是先打聽消息，我們就盡可能多蒐集一點情報吧！我會配合對方切換不同身分，所以親切先生，請你隨意地附和我說的話。」

「隨意地……好，我知道了。」

我不是很精明的人，所以要我像今日子小姐那樣扯謊，我一定應付不來，但如果只是附和她說的話，應該還能勉強勝任。基本上，我只要默默地站在口才辨給的今日子小姐身後，向對方施加無言的壓力就好了吧……雖然並非我的本意，但我還挺擅長利用高大身材釋放出壓迫感的。

今日子小姐毫無懼色，大搖大擺一路走到走廊盡頭，毫不遲疑地摁下對講機。

「親切先生，請你再往右邊退一步。」

雖然我一時反應不過來她這句話是什麼意思，但還是照做了。看來是為了讓住戶從貓眼往外看的時候，不會看到我巨大的身軀。

在有門禁系統的大樓裡，居然有人挨家挨戶敲門拜訪，的確會讓住戶充滿戒心吧。要是還沒開門就給人壓力，可能會讓對方根本不應門。

相反地，如果從貓眼看到的走廊上只有一個咖啡色頭髮、個頭嬌小、長相可愛的女生，於是掉以輕心打開房門的可能性就大多了——如此說來，她的喬裝打扮也是為了這個吧。

過了一會兒。

「請問哪裡找？」

回答不是透過對講機，而是直接從門裡面傳出來的——看樣子，裡頭的住戶已經從貓眼捕捉到今日子小姐的身影了。

或許意識到住戶的視線，今日子小姐手持不知是何時冒出來的活頁夾——大概是從地下室拿來做為小道具的吧——用看似無害的微笑打招呼。

「打擾了，我是市公所派來的。」

當然，她既不是市公所的職員，也不是市公所派來的人。

5

查訪大樓裡的所有住戶。

光想像就覺得累，要講出口也覺得厭——就是這般既無聊又無味還需要一步一腳印的工作。該說是感覺很單調嗎……坦白講在眾多勞務之中，這實在是會讓人覺得是為了工作而做的工作。

不同於推理小說，現實生活中的偵探大半都從事過這種需要很有耐心的調查活動吧。然而能夠一臉神色自若——卻也不是機械化的千篇一律，而是針對每個住戶臨機應變的今日子小姐，果然非等閒之輩。

從結論說來，針對工房莊住戶的查訪行動，在途中也沒發生什麼意外，不到四個小時就全部問完了。我原本以為會花上五個小時左右，所以感覺比預定時間提早很多。

當然，有人不在家，也有人（大概是）假裝不在家——但我們還是見到了五十名以上住戶裡絕大部分的人。

見了面，也問了話。

這也可說是多虧今日子小姐人緣好——不過「途中也沒發生什麼意外」的結果除了帶來欣慰，也伴隨著「未能得到什麼意外線索」的徒勞之感。

但光是過程中警方沒有獲報出現，或許就已經要謝天謝地了……能夠這麼有效率地完成查訪，可能也是因為問話時除了要隱藏身分，也要隱瞞已發生的事，所以可以問的問題也很有限。

從大樓住戶們口中問出的消息，不外乎就是每個人與和久井老翁的關係和最近的「工作」，再加上今日子小姐不著痕跡地打聽出一些個人的生活習慣，可是幾乎沒有得到任何有用的線索。

頂多只知道住戶們對和久井老翁的評價似乎非常糟……他們對和久井老翁本人此刻正在鬼門關前徘徊一事渾然未知，紛紛肆無忌憚地對著今天才第一次見面的今日子小姐大說和久井老翁的壞話。

該說是意外，還是不意外呢？明明是他們的金主兼恩人，和久井老翁卻受到大樓住戶的百般嫌棄——話雖如此，但是一路聽下來，也不覺得有討厭到想殺死他的地步。

不曉得今日子小姐對這群住戶講的話有什麼想法，可是我想他們之所以敢這樣大放厥詞，或許也是因為受到和久井老翁的照顧，又住在同一個屋簷下，已經混得太熟了也說不定。

就算想去推量動機，但根底終究是不可捉摸的人心——正是因為親如家人、朋友、情侶，才更容易起爭執吧。倘若感情壞到萌生殺意的地步，想要遠離對方才是人之常情，根本不會生活在觸手可及的距離裡——真要說，人與人之間不管是怎樣的關係都可能會出事，也可能怎樣都不會有事。

只不過，這四個小時倒也不是白白浪費。

人的內心世界雖然充滿了不確定性，不容易參透，但也有些不會因為單純的損益、利害關係而擺盪的確定性。

從這角度看，很明顯的，包括不在家的人、假裝不在家的人、即使在家也問不出個所以然來的人，工房莊裡的住戶沒有人會因為殺死和久井老翁而得到好處。相反地，他們多半還是不成氣候的藝術家，老人要是出了什麼事，基本上只有百害而無一利。

不只是會失去金主資助——雖然不管怎麼看，這棟工房莊都是一棟摩天大樓，但好像沒有提出做為社區大樓使用的申請。

這是其中一位住戶告訴我們的。

在產權的登記上，這裡還是和久井老翁的私有住宅。換句話說，住在這裡的住戶全都是沒有使用權的食客。

如果登記為社區大樓，簽訂了租賃契約，就算大樓的所有權突然落入別人手中，即使會產生要不要支付租金的爭議，他們至少還能再住一陣子。但照現狀要是和久井老翁忽然去世，大樓的所有者一換人，這些住戶說不定馬上會被掃地出門——雖說經濟不景氣，這個國家基本上還算是豐衣足食，流落街頭應該不至於，只是難免會陷入困境。

失去和久井老翁這個金主，不是一切歸零，而是比歸零更慘——真的有住戶會不顧這樣的利弊得失，也要謀害屋主嗎？有什麼理由會令人感情用事到這般地步，連利弊得失都無法判斷呢？在拜訪過所有住戶之後，今日子小姐「犯人就在這裡面」的說法，突然變得很站不住腳。

「不可以操之過急喔！親切先生。換個角度想——假設和久井先生認為某個住戶已經江郎才盡，打算停止援助。讓他覺得反正遲早要被趕出去，最後孤注一擲地訴諸於武力的結果，引發了悲劇，也是有可能的吧？」

今日子小姐說道。這也的確很有可能。但與其說是孤注一擲，這更像是自暴自棄……如果還有想在最後出一口氣的心情，可能更容易出狀況吧。

要是果真如此的話，接下來的推理就很簡單了。只要再查訪一次住戶，找出那些可能會被斷絕金援的人就好。而且從大樓住戶的八卦中，這倒也不是太難推敲。

「只是這時又會產生一個新的疑問——和久井先生有必要包庇自己打算棄之不顧的住戶嗎？」

今日子小姐又出言翻轉自己的推理。看樣子，這樣反覆也是她最拿手的驗證式推理——把所有可能性都列出來一一擊破——的一個過程。不過，為了檢驗查證所有想得到的可能性，我們已經花了四個小時。

「當然也有存在共犯的可能性吧？假設有兩人、或是三名以上的住戶勾結，共謀殺害和久井先生的話……」

「是有可能。不過，就目前所有住戶都是競爭對手，彼此處於競爭狀態的情況下，實在很難想像他們能建立起互相勾結的共犯關係。」

「競爭……是嗎？」

沒錯。既然住在同一棟大樓裡，自然會有一定程度的交流，但彼此都是在同一條道上競爭的同業，感情也無法好到哪裡去。另一方面，和久井老翁也打從一開始，就想方設法地不讓住戶之間的感情太好。

就像他為最後的工作加上的那層保護色一般——利用不曉得誰才是被選上的幸運兒，誰又是煙霧彈的作法，在他們心裡播下疑心生暗鬼的種子。

其中一位住戶（忿忿不平地）告訴我們，和久井老翁似乎三不五時就會滔滔不絕地高談藝術家結成朋黨的壞處。說是藝術家之間的感情愈好，文化藝術反而會愈衰退等云云……

老人這話雖然不好聽，但也不是不能理解——甚至該說是有其見地吧。把立志成為藝術家的人聚集在一起，若只是任其組成感情融洽的團體或互相吹捧的社團，呈現的風貌肯定不是和久井老翁心中工房莊該有的模樣。

話雖如此，倒也用不著故意製造出一個讓大家感情不睦的環境吧……附帶一提，單就這次查訪時所見，連我這種門外漢都覺得住戶們的生活環境實在受到太多限制了。

住戶裡有不怕生的人，也有長袖善舞的人，還有很多人或許覺得今日子小姐很親切（我想應該不是覺得我很親切）而讓我們進房裡坐坐。每個房間裡的設備雖然都很高級，但說穿了全都像是只能做為畫室的空間。

簡單地說，除了最基本的日常用品，那些房間裡都只有美術用工具。和久井老翁對他們的「援助」，則似乎僅嚴格限定在與畫圖有關的東西。

如果是沒有顏料、想買畫筆這種需求，無論要多少和久井老翁都會慷慨應允，但是對於衣服或食物等支出的援助，則幾乎可以說是杯水車薪。

還有住戶透露了令人不禁一掬同情之淚的事例——因為沒錢吃飯，只好說是要畫素描才得以買麵包，說是要練習靜物畫才得以買水果用來果腹——實在難以想像，這會是發生在這種摩天大樓住戶身上的現代故事。

除此之外，也不能養寵物、不能和家人同住、不能讓朋友或情人留宿，規定之嚴，簡直跟宿舍沒兩樣。

雖然可以免於挨餓受凍，只要別太貪心，生活倒也沒什麼問題，但是住在這裡，想從事「畫圖」以外的活動可是比登天還難。得知工房莊是和久井老翁的私有住宅時，我一時也曾經有過像是「把藝術家齊聚一堂的沙龍」那樣的想像，但是在聽了眾多當事人口述實際情況之後，感覺的確比較像是某種強制勞動的集中營。

當然，這裡既沒有業績壓力，甚至也不抽佣金，賣畫的收入全數進到畫家的荷包裡，所以用「強制勞動」形容是言過其實了。只不過，長時間待在這種生活環境下，想必會對心理造成極大的負擔。

至少從福利的角度來看，完全沒有福利可言——只有外表看起來氣派，裡頭完全不適合生活。不，因為有廚房和浴室，說這樣不適合生活，實在也太人在福中不知福……但是不管再怎麼說，仍然無法否認這裡是個把藝術擺在生活之前的空間。

因此，也不能排除是在精神上被逼到極限，失去理智，無法分辨利弊得失的住戶，分明沒有動機卻依舊行凶的可能性——也因此，訪問過所有住戶以後，唯一可以斷言「事實擺在眼前」的，或許就只有工房莊的這群住戶並不是生活在一個健全環境裡的事實。

老實說，我已經搞不清楚了。

當今日子小姐推理出和久井老翁想要包庇犯人的時候，我還以為看到他身為屋主的宅心仁厚，但是在工房莊的經營管理上，卻看不到一絲放縱或隨便，甚至還有些苛刻、殘酷——太過於重視藝術性，反而犧牲了人性。

「你搞不清楚和久井先生究竟是好人還是壞人嗎？」

彷彿看穿我的困惑，今日子小姐這麼問，而我也只能點頭。雖然感覺自己想把人分成「好人」和「壞人」的幼稚想法被識破，多少有些難為情，但那的確是我真心無偽的想法。

「該怎麼說……只是覺得，你有必要這麼盡心盡力完成他的心願嗎？如果一切都只是他自作自受的話……」

「你好善良啊！親切先生。像你這樣，才算是好人吧。」

感覺今日子小姐笑得很開心。

「那麼，換個角度想如何？如果搞不清楚和久井先生是好人還是壞人，那就繼續調查到搞清楚為止。萬一他是壞人的話，到時候再停手就好了——因為萬一他是好人，現在就抽手不管的話，到時可是會後悔莫及的。」

這的確也是一種思考方式。

亦即所謂的「與其是後悔沒做，不如做了再後悔」嗎……我雖然不太喜歡這句話，但是對於像今日子小姐這樣的忘卻偵探而言，這種策略應該非常有效吧。

反正今日子小姐到了明天，就會忘記今天做過的事——不管做或不做，都不會後悔。

既然如此，就只能做該做的事。

縱使結果一切都是徒勞也無妨——就算一切都很順利也還是會忘記，那跟一切都是徒勞也沒有差別。因為不知後悔為何物，才能用最快的速度，不顧一切地面對挑戰——正常情況下，從事偵探這一行，只能維持一天的記憶是非常大的缺點，但想來想去，我反而覺得在她身上是非常大的優勢。

當然，正因為是她，才能把缺點轉為優勢——其他人不見得也能將危機扭轉成轉機。

但這也表示，由於她無論完成什麼工作都不會後悔，同樣也不會得到任何成就感……今日子小姐的心裡，到底是如何取得兩者之間的平衡呢？

「今日子小姐，呃……以現階段來說，你覺得呢？」

「你的意思是？是想問和久井先生是好人還是壞人嗎？」

「也有這個意思……但主要還是想知道你對這棟工房莊的環境有什麼看法。我不太明白，這個環境到底是好是壞……」

「很難回答呢！我本身是覺得置身於這種環境好像會很痛苦，避之唯恐不及，可是具有繪畫天分的人會怎麼想，我就不確定了。你也看到大家縱然滿腹牢騷，但也沒有要搬出去的打算，或許對於立志成為畫家的人，這裡既是天堂，也是地獄吧！」

一旦投入這個環境，縱使想逃離或許也脫不了身——今日子小姐總結。

聽她這個結論，又讓我有更多的想法，但只要是立志成為畫家的人，必定都會夢想能身處一個能夠無止盡地給予資助的環境吧……雖然那個環境本身，也無疑是同時在毀滅他們。

「該說不管是好是壞、是善良是邪惡，終究取決於個人的感受……吧？就像鑑定畫作值多少錢那樣。」

今日子小姐早已忘了自己曾經鑑定過畫作的事，之所以舉這個例子，應該沒有特別的用意。然而這句不經意的話，卻讓我想起那幾天，同一幅畫從兩億圓變成兩百萬圓的種種。

那項鑑定——為那幅畫訂的價錢確實是出自今日子小姐個人的判斷。而當那幅畫成了碎片之後，我的鑑定價格則是零圓。

只是，當時被放在天平上鑑定的，其實是我也說不定。聲稱「凡事都要親眼看過才判斷」的和久井老翁會那樣問我，或許就是在掂量我——親切守這個人的價值。

掂量我是從何判斷價值的人。

為了了解我的價值觀——假如這就是他會想要僱用我的遠因，同樣地，也是今日子小姐會在這裡的遠因。

從結果而言，就是他的判斷救了他的命……

該怎麼看和久井老翁？要怎麼看這棟工房莊？……我不確定自己之後會做出什麼樣的判斷，但是那個結論，或許反而會如實地呈現出我這個人的價值觀，以及與我的價值。

「對了，親切先生。」今日子小姐說：「你從剛才就一直說查訪住戶是徒勞一場、沒有任何收穫云云的，但事實並非如此吧。明明有兩個大收穫，難道你忘了嗎？」

「兩大收穫……」

在她的提醒下，我這才想起，的確不是什麼收穫都沒有。

有兩件值得記錄的事。

只是，這稱得上是豐碩的收穫嗎？我無法判斷……而且我覺得其中之一件甚至應該算是差點讓查訪中斷的突發狀況，而另一件要說也只是讓事情變得更複雜難解，絕說不上是能促成破案的線索。

「也不盡然喔。請你再仔細回想，親切先生。」

忘卻偵探都要我仔細回想了，也只能照辦。我依序回想當時的事。首先是剛開始沒多久的時候，還記得是在三十樓發生的事——

6

「少騙人了。」

他這麼說。

當今日子小姐依照標準程序，自稱是市公所派來的人時，他馬上對她這麼說。

是的，在工房莊超過五十名的住戶之中，只有一個人，識破了今日子小姐虛構的自我介紹。

事發地點在三十樓，也就是完全還在查訪住戶行動的第一局上半就發生狀況了，所以當時我內心有多著急，實非筆墨所能形容……而後來直到我們走完所有樓層，整棟樓也只有他一個人識破了褐髮今日子小姐的謊言。

不過，嗯，要說是他厲害，其實有點牽強……因為這個人根本見過在今日子小姐背後扮演守護神，原本應該是要對他施壓的我。

既然知道我的真實身分，當然也會懷疑跟我在一起的今日子小姐所說的一切——原本是美術館的保全人員，即將以警衛身分受僱於和久井老翁的我，卻陪同市公所的職員來拜訪，怎麼想都太不自然了。

總之，那個「他」——住在三十樓的這個人，就是剝井小弟。

是呀，是我的疏忽。

我應該老實告訴今日子小姐，住戶裡有認識我的人……如果她心裡有個底的話，必定會事先想好應對的方法吧。可惜再怎麼厲害的偵探，也無法處理不知道的事。

「那顆頭是怎麼回事？用顏料染的嗎？」

剝井小弟很沒禮貌地指著今日子小姐的頭說——真不愧是繪畫方面的專家，一旦察覺不對勁，連應急的染髮劑都也逃不過他的法眼。

「沒錯，就是用顏料染的呢！染得很好看吧？」

我還以為被識破變裝會讓今日子小姐不知所措，沒想到她仍是一派悠閒地回答。

一點也看不出心生動搖。

對了——我這才意會過來。

就算被識破不是市公所派來的人，也不表示她是偵探的事、發生在地下室的事也被看穿——至少現階段，今日子小姐的真實身分在剝井小弟眼中，應該還是個謎，所以不需要驚慌失措地不打自招。

沒必要自掘墳墓——今日子小姐一定能安然度過這個難關。

這樣的話，我也只能盡可能提供情報。

「呃，好久不見了，剝井小弟。」

我跟他打招呼，在姓名之外，也想一併傳達自己曾經見過他的資訊……想必不是很自然，但總得讓今日子小姐知道這個孩子為什麼能識破她的謊。

「好久不見？我們不是昨天才見過嗎？大叔——」

剝井小弟一臉詫異地說。態度則是依然狂妄。

「怎麼啦？你這麼快就開始上工了嗎？這人是你女朋友啊？」

「呵呵。差不多哪。」

今日子小姐阻止急著想否認的我，曖昧地肯定他的話順著說。雖然不清楚她葫蘆裡賣的是什麼藥，但她都這麼說了，我也不能自亂陣腳。

「哼……」

剝井小弟盯著今日子小姐看了又看，然後又看著我。

「所以呢？你女朋友幹嘛要來騙我？想從我口中問出什麼嗎？」

我才剛從美術館回來，也讓我休息一下吧——剝井小弟意在言外地說。

他說他去美術館，應該是像我第一次見到他的時候那樣，又去研究別人的畫吧。他明明說有參考價值的畫作大都已經臨摹過了一輪，才過沒多久又去畫，也太好學了……該不會是去畫第二輪吧？

「嗯，老實說……」

今日子小姐笑著回答，完全沒有因為對方是小孩子就改變態度——基本上，在查訪剝井小弟之前的住戶時，她也都是同樣的態度。

先把識破她說謊的事擱一邊，光是能住在這棟工房莊裡，今日子小姐大概就已經明白剝井小弟並非尋常的少年。

「是和久井先生拜託我來調查工房莊住戶的狀況。我為說謊的事向你道歉，真是非常對不起。」

今日子小姐放軟身段，把染成咖啡色的頭壓低低。不過事實上，那句「我為說謊的事向你道歉」也是在說謊。

總覺得再繼續和這個人一起行動，自己好像會開始不相信人……只是就連這個謊言也被剝井小弟識破了。

「這也是騙人的吧！」

剝井小弟斬釘截鐵地說。

我已經盡可能消除自己的存在感了，所以他這次是真的憑實力看穿今日子小姐的謊言。儘管如此，她還是絲毫不為所動，乾脆地抬起頭來。

「哎呀？你怎麼會這樣想呢？」

今日子小姐問。而他也配合說明依據。

「因為老師才不在乎我們怎樣呢！那個人只在乎我們的成果——如果是要監視我們有沒有偷懶，倒還比較有可能。」

「是喔，早知道就這麼說了。」

今日子小姐臉上毫無愧色。

是一個巧笑倩兮，卻對孩子的教育只是個糟糕示範的大姊姊。

剝井小弟似乎對她像是捉弄人的態度已經很不耐煩，厲聲斥喝。

「你到底是什麼人？」

雖說是「斥喝」，但是因為年紀小，少了點魄力……

「你認為呢？我才是最想知道自己是什麼的人呢。」

今日子小姐顧左右而言他，感覺更為挑釁，但這或許也是她的真心話。

對於身為忘卻偵探，只記得今天的她而言，再也沒有比自己的真實身分——自己的過去更難解的謎團。

「話說，剛才我回家的時候，恰巧和救護車擦身而過——該不會是老師出了什麼事吧？」

「！」

突然扔過來的高速直球，讓我整個人都當場僵住了。或許今日子小姐順利地閃過這個問題，但光看我的反應，剝井小弟似乎已經得到他要的答案。

「呿……」

剝井小弟咂了咂嘴，轉身背對我們。

「原來是這麼回事啊……雖然我早就知道會有這一天了。」

「呃，啊，你在說什麼啊？剝井小弟。和久井先生並沒有……」

「少來了。」他背對著我們說：「如果你再扯，我就召集這裡的住戶去地下室喔？」

唔——我被他堵著說不出話。

剝井小弟要是這麼做，今日子小姐的計畫就全泡湯了。而且想必會引起軒然大波……就算不會，只要看到地下室的血跡，也會有人馬上報警吧。

今日子小姐的盤算是要在案情曝光前先找出犯人來，所以無論如何也不能讓剝井小弟這麼做。

我急得有如熱鍋上的螞蟻，但是今日子小姐居然還繼續進攻。

「我們沒有要隱瞞的意思。要是你想知道，我願意一五一十地告訴你。只不過，一直站在門口也不是辦法，可以讓我們進去嗎？」

謊言被揭穿，整件事也幾乎都露餡了，但她依舊不打算放棄調查。不僅如此，今日子小姐甚至還想利用這個機會，大膽地殺進少年的房間裡——心臟未免太大顆了。

「好。進來吧。」

剝井小弟說完便直接往房內走。今日子小姐也接著進去，我則是手足無措只得跟在她身後。

在工房莊住戶查訪行動的途中，也有好幾個人邀請我們進屋裡坐坐。他們的房間就如同我之前所描述，可是剝井小弟的房間卻又與眾不同。

因為只有小孩子一個人住，房間亂七八糟也是情有可原，然而絕不是我誇張，除了畫具之外，房裡什麼都沒有。散落在地上的垃圾，也只有揉成一團的紙球、折斷的鉛筆、舊的美術雜誌之類的東西……只看這房間，甚至會讓人擔心起他有沒有好好吃飯。

「自己找地方坐吧。」

剝井小弟說完，逕自坐在畫架前的椅子上。雖然感謝他的好意，但是這個房間完全不會讓人想要坐下來。亂得這樣，不但找不到立足之處，能的話我甚至還想穿著鞋子走進來。

今日子小姐在仔細觀察了房間內部之後，把手伸向地板。我還以為她是要移開東西，清出一個可以坐下的空間，結果並非如此，她似乎只是在做垃圾分類——居然擅自打掃起別人的房間——她是他媽嗎？

在地下室蒐證時，她的身手也很俐落，可能原本就很擅長整理吧……還是根本有潔癖呢？

就像那個年紀的少年會有的反應，剝井小弟對於有人擅自整理起房間顯然很不悅，但是自己剛剛又說了「自己找地方坐」，所以也無法阻止今日子小姐的行動，頂多只能說些不知所云的酸話。

「你好像《拾穗》的真人版喔！」

今日子小姐彎腰打掃房間的樣子，的確很像那幅連我都知道的名畫。

「所以呢？到底發生什麼事？老師怎麼了？病倒了嗎？如果是病倒的話，犯不著不惜說謊也要調查吧？」

剝井小弟以不輸給偵探的洞察力說道。

雖說在美術館裡看到他的素描本時，我就覺得千萬不能因為他是小孩就小看他，但所謂藝術家的感性，是這麼敏銳的東西嗎？

今日子小姐說她沒有要隱瞞的意思，照這樣看來，就算想隱瞞，或許也瞞不過他。

「這棟工房莊的所有權人──和久井和久先生，被人用刀刺傷了。」

今日子小姐或許也有同樣的感覺，乾脆來個直言不諱……不過仍舊沒有停下打掃的手。

即使已經有所預感，但剝井小弟似乎還是受到衝擊，沉默不語──今日子小姐說得未免也太直接了，難道沒有比較委婉的說法嗎？

「……死掉了嗎？」

過了一會兒，剝井小弟冷靜地問。

「傷得很重，在昏迷不醒的情況下送往醫院，應該還在動手術吧——」

今日子小姐似乎過於專注在打掃這個房間，答話口氣相當冷淡……我總覺得她的用詞不太對勁。

傷得很重。昏迷不醒。動手術。

全都是很強烈、非常有衝擊性的字眼……雖然都是事實，但是明明還有其他的說法，像是「撿回一條命」、「現在正在接受治療」之類的。

當然，說得再委婉也改變不了任何事。假使今日子小姐是故意用這麼強烈的字眼來描述，那這個策略也實在太狠心了。

刻意赤裸裸地形容和久井老翁正處於不容樂觀的狀態，好將剝井小弟逼到絕境，藉此套出線索的盤算，看在第三者眼裡，這企圖真是再明顯不過了——人一旦亢奮起來，精神狀態處於異常，就很容易說漏嘴講錯話。

雖說對付個孩子實在不需要做到那麼絕，但是反過來想，這也表示今日子小姐是認真的，完全沒有把對方當做小孩子看。

到底今日子小姐有多少是算計呢？另一方面，就算她是故意的，也不知道這個策略能收到多大的效果。只見剝井小弟沉默了好一會兒。

「大姊姊。」

他這麼叫今日子小姐。這聲「大姊姊」對才剛認識的今日子小姐未免也太親暱了……我在心底碎碎念，但是仔細想想，今日子小姐並未向剝井小弟報上自己的名字。查訪之前的住戶時，她都是用假名（以防萬一有人知道「掟上今日子」這個偵探的存在導致一切都穿幫），只是來到剝井小弟這裡，還沒來得及自我介紹就先被他看破手腳。

雖然我不太明白他叫我「大叔」，卻叫今日子小姐「大姊姊」這當中的界線在那裡。

「你剛才說你想知道自己是什麼人，對吧？」

「是說過，有什麼問題嗎？」

「沒什麼……」

剝井小弟拿起放在畫架上的素描本，翻到新的一頁，然後重新握好一直捏在手中的鉛筆。

「如果你想知道的話，我可以幫你畫出你是什麼來著……你願意當我的模特兒嗎？」

「你的……模特兒嗎？」

今日子小姐抬起頭——這個可以一心多用的人仍然沒有停下打掃的手，但似乎對剝井小弟的這句話非常感興趣。

老實說，在這之前——在這之後也是——查訪住戶的時候，提出這種要求的工房莊住戶多不勝數。不知道是容易激發藝術家的創作欲，還是單純只因為今日子小姐長得可愛，又或許是立志成為藝術家的人示好時的常套句也說不定，總之想為今日子小姐畫像的人，絕不只剝井小弟一個。

不過，他的說法非常特別。

——幫你畫出你是什麼來著——

面對所有希望為她畫像的邀約，今日子小姐一律和顏悅色卻又斬釘截鐵地拒絕，只唯獨對剝井小弟的提議表現出興趣，關鍵果然還是這句話吧。

「只是速寫，很快的，不會佔用你多少時間……給我一分鐘。」

說著說著，剝井小弟已經開始在素描本上運筆如飛。他的動作讓我想起初次在美術館見到他的那天——在我阻止他以前，就已經將展示畫作臨摹完成的那種飛快筆觸。

不，他的速度比當時還快……一想到他正用最快速度描繪速度最快的偵探，就覺得這個畫面還挺有意思的。

我無從揣測剝井小弟為何會突然想畫今日子小姐，或許對於精神受到今日子小姐言語攻擊的剝井小弟而言，畫圖是為了恢復冷靜的一種儀式。

也或許只是因為今日子小姐很有魅力——讓他感興趣而已。

「如果大姊姊肯讓我畫，我可以說些你想知道的。」

「你不是已經在畫了嗎？……你說我想知道什麼？」

「別裝蒜了。你很想知道參與老師最後工作的住戶是哪些人吧？」

剝井小弟閉上一隻眼，舉起鉛筆測量他與今日子小姐之間的距離。

「理由我是不知道啦！大姊姊和大叔正在找犯人吧……可是我只聽見

救護車的鳴笛聲，沒有聽到警車的，所以你們根本還沒報警……對吧？」

「這個嘛……」

「就叫你別裝蒜了……若說有什麼刺殺老師的動機，想也知道跟他最後的工作脫不了關係。」

順便告訴你，我跟這件事沒有任何關係——剝井小弟說道。

這句話我昨天就聽過了。

別說是要真的拿來裱框的畫作，就連要做為混淆視聽用的煙霧彈也沒找他畫……當時我還以為是因為工房莊整體水準實在是太高。

「不用擺姿勢嗎？」

今日子小姐說。言下之意就是答應要當他的模特兒了。

「你想擺的話就擺吧！如果你想脫，我也無所謂。」剝井小弟半開玩笑地說：「我很擅長裸體素描的。」

「哎呀。你這孩子說話很早熟呢！」

今日子小姐噗哧一笑。

「要我脫也不是不行，不過今天還是算了，時間不多，我也有些原因而不能脫。」

有些原因而不能脫？

還真是挺拐彎抹角的說法。

「麻煩你就直接畫吧！反正這也不會是素描吧？如果你真的能——畫出我是什麼來著的話。」

「哼。」

剝井小弟嗤之以鼻，繼續畫他的素描本——突然開始的「美術課」讓我有種被排擠的感覺。該怎麼說呢？就是感覺有兩個天才在對話，像我這種凡人是插不進去的。

是因為擁有卓越才能的人彼此有共通之處——或其實是像磁鐵的兩極般異極相吸呢？兩人之間孕育出一股令人難以靠近的氣氛，讓我只能地呆呆站一旁，束手無策。

「你剛才說你早知道會有這一天……和久井先生和住戶們以前也發生

過同樣的糾紛嗎？」

「糾紛什麼的根本家常便飯，我和老師也從早吵到晚……老師本人就不用說了，住在工房莊裡的傢伙基本上都是一些怪咖，常在吵架……只是，倒也還不到去拿刀捅人的地步。」

「原來如此。那麼，你知道為什麼偏偏這次會演變成這樣嗎？」

「大概是因為這次實在太過分了吧。」剝井小弟邊畫邊說：「如果只是偏愛其中一個住戶，選他當代表那也就算了——但那老傢伙為了搞神秘，讓大家畫一堆根本派不上用場的圖，就實在太過分了。這樣對待想成為藝術家的人，不出事才怪。大量生產是藝術家最痛恨的事，老師他怎麼可能會不明白呢……」

剝井小弟語帶嘲諷——聽起來頗有幾分「和久井老翁根本不值得同情」的味道。雖說今日子小姐也認為犯罪動機應該與最後的工作有關，或許站在與老人熟識的立場，感受又更加深刻。

只是，解讀剝井小弟的想法，他似乎認為是負責畫煙霧彈——或說是被指定畫煙霧彈的住戶下的手。照理講也沒錯，但這樣要找出是誰就很困難了——因為老人用來混淆視聽的障眼法，同時也成了隱匿犯人的障眼法。

「不用搞那麼複雜吧？等警察來查，一下就會知道犯人是誰了！然後就全部都結束了！」

「這麼一來就沒有意義了。就我個人而言，我希望犯人能自首呢。」

今日子單刀直入地說道。

「如果你就是犯人，我希望你現在就坦白承認。」

「……你在懷疑我啊？我不是說過了嗎？很抱歉，我連畫煙霧彈的資格都沒有！要是因為這樣就怨恨老師，也太不自量力了。」

「原來如此。」

「不過，說到是誰參與了最後的工作……我會按照約定，把我知道的告訴你。但我也只知道其中幾個，當然也不知道誰是那個被選中的傢伙。」

剝井小弟說著，又舉出幾個人名和他們的房間號碼……這還是第一次得到這麼具體的資訊，我連忙想要抄下來，卻被今日子小姐制止了。

我一時有些不解，但馬上就恍然大悟，這是她身為忘卻偵探的鐵則——為了能在日後把一切全忘記，不管是手寫還是電子檔，都不可以留下紀錄。最多只能記在腦子裡。

話雖如此，但我實在沒辦法用聽的就把名字和房間號碼全都背下來，所以只能仰仗今日子小姐了。真沒用……這下子我真的只是呆站在一旁了。

「原來如此，非常有參考價值。只不過……剝井小弟。」

今日子小姐聽完之後說道。我這才發現，她的身後已經變得十分整潔。因為沒有出去倒垃圾，所以物品的量應該沒有減少，但房間地板面積比我們剛進來的時候寬廣多了。我不禁懷疑，被她整理得這麼乾淨，剝井小弟會不會反而不曉得東西被收到哪裡去？

「我想請教的其實是別件事……可以請你也一併回答嗎？」

「啥？」

剝井小弟頓時停下作畫的手。

「別件事……幹嘛？要問我不在場證明嗎？剛才我也說過了，我今天去美術館，直到剛剛才回來。」

「啊哈哈。很可惜，我根本不曉得事情是什麼時候發生的。什麼不在場證明的，你推理小說看太多嘍！」

被偵探這麼說也挺尷尬。但是剝井小弟只冷冷回了一句「我才沒看過什麼推理小說」，接著再度動手以飛快的速度畫他的圖。

「幹嘛啦！到底哪件事啦？」

「也沒什麼，是在之前，因為我想知道誰的畫才是和久井先生真正要用的畫，所以拜見了他房間裡的文件。」

什麼拜見，根本是擅自翻閱好嗎？但是今日子小姐講得一副好像按照正常程序取得同意才看的樣子……看來她連撒謊的能力都高人一等。

少年恐怕也有所覺察，催她繼續說下去。

「然後呢？」但看那樣子，比起與今日子小姐的對話，他似乎更重視作畫。「有什麼發現嗎？」

「沒有，什麼發現也沒有。他似乎刻意不留下任何紀錄呢！再找得仔細一點，或許總是能找出什麼蛛絲馬跡，但……」

「我想還是找不到的。因為那個老先生在這種地方特別小心。該說是不相信任何人，還是太相信自己呢……從連被選上的人都不知道自己被選上，而且為了完成最後的作品，還打算僱用大叔等等就可以看得出來吧！」

的確，在看似豪氣磊落的言行舉止背後，他無疑也是個細心又慎重的人──之所以那麼容易發脾氣，或許也是因為太敏感。

「沒錯。只不過，我也注意到一個不太尋常的地方。」

「不太尋常的地方？」

「對。是夾在某個檔案夾裡的文件──那是一張訂單的影本。」

今日子小姐說道。檔案夾的文件……我在電梯裡也跟她提過，唯一讓今日子小姐的動作停下的那份文件──原來是訂單的影本嗎？

「該說是細心嗎？和久井先生似乎是個一絲不苟的人，會把訂單按照日期整理。引起我注意的，則是最新的訂單。我猜上面寫的材料就是他為了完成最後的工作──最後一幅畫框下訂的。雖然東西好像還沒送來……」

「……那又怎樣？既然要製作畫框，當然會有訂單啊！就算他是個能使得畫作的價值提高無數倍的裱框師，也不會變魔術，不可能無中生有變出畫框。當然會需要材料啊。」

「沒錯，當然需要材料，問題是——太多了。」

「啊？」

「我說他訂購的材料太多了。和久井先生訂購的材料數量之多，可不是用『以備不時之需』就可以解釋的。數量多到讓人不覺得那會是他要完成裱框師人生最後的集大成作品——製作一個畫框的分量。」

這點我怎麼想都想不通——今日子小姐說著，抬起頭來。她停下打掃的手，目不轉睛地看著剝井小弟，看來她又從一心多用的模式切換到全心全意的模式了。

跟她注視檔案夾的時候一模一樣。

當時在我看來，今日子小姐彷彿是在反覆閱讀同一份文件，原來她不只是在閱讀，還在腦子裡計算、比對訂購的材料分量啊……

感覺總算是有個心中疑問得到解釋，但今日子小姐剛才提的，也的確又是個疑問。

「……那也是保護色、煙霧彈吧？如果只訂購需要的分量，不是會讓人猜出他打算製作什麼樣的畫框嗎？所以故意訂了沒必要的分量、無意義的材料，好讓供應商也猜不出他想做什麼，不是嗎？從他蓋了一棟這麼瘋狂的工房莊給大家住，就可以看出老師有足夠的財力這麼做吧？」

「是的，你說得沒錯，我也是這樣想的。當然，也有故布疑陣的用意在吧。可是就算是煙霧彈，數量還是太多了。他訂的材料之多，多到連那間地下室也放不下。」

那的確是蠻驚人的。

而且「訂的材料多到連那間地下室也放不下」這句話，從剛才把剝井小弟的房間整理得井井有條、騰出許多空間的今日子小姐口中說出來，可是相當有說服力。

和久井老翁的財力雄厚是事實，實際上他也跟工房莊的住戶邀了一大堆可能只是用來模糊焦點的畫，所以是可以先把「浪費」這種想法暫時擱到一邊——不過訂材料訂到會妨礙在工作室做事，就超出故布疑陣的範圍了。另有目的嗎——正常人甚至會以為，那才是他主要的目的。

就連起初認為今日子小姐的疑問只是「沒什麼大不了，老師平常就是這樣」的剝井小弟，聽到這裡似乎也覺得不太對勁，又提出另一個假設想要自圓其說。

「……那麼，會不會是訂錯了？像是不小心多打一個零……」

雖然是很平凡的假設，但也是很實際的推理，就連我也想不出除此之外的可能性。可是在最後之作這麼重要的舞台上，老人會犯這麼蠢的錯誤嗎？不過，人類這種生物，就是不曉得會在什麼樣的情況下搞砸什麼樣的事。

推到年齡上可能不太好，但和久井老翁的年紀的確已經大到就算犯下這樣的失誤也不奇怪。或許就因為如此，他才決定要從裱框界退休吧。

「我倒不這麼認為。因為訂購的數量很精確，不太可能是多打一個零，他就連個位數都指定得好好的，所以那些數量肯定有他的用意。」

剝井小弟默不作聲，沉思了半晌，結果似乎還是想不到更好的說法，反而開口問今日子小姐。

「你又怎麼想呢？大姊姊。」

「這只是我的假設……」

今日子小姐擺出姿勢——剛剛不是說不用擺了嗎？雖然打掃告一段落，但剝井小弟也已經畫到一半了，現在才擺姿勢，剝井小弟也不可能因此改變構圖吧……再說那是什麼姿勢？外行人完全看不懂……但是我又覺得好像在哪裡看過？是她上次在咖啡廳裡擺的姿勢嗎？不，不是……再說今日子小姐早已喪失那天的記憶了。

今日子小姐維持著那個莫名其妙的姿勢，接著說道。

「會不會是全部都要用上呢？」

「……？全部都要用上？什麼意思？你是說他打算把訂來的材料全部都用上嗎？所以你才會說材料太多嗎？」

「我不是指畫框的材料，而是指他向工房莊的住戶邀稿的畫作。和久井先生打算幫所有畫作製作畫框……」

「怎麼可能！」

剝井小弟下意識地——而且是情緒化地——放聲怒吼。

那種情緒潰堤的模樣，宛如在美術館大鬧時的和久井老翁……因此我一時之間還以為他會出手毆打今日子小姐，心想勢必得挺身而出，所幸剝井小弟馬上就恢復冷靜。

「啊，抱歉。」

他一臉尷尬地埋頭素描本，用著比剛才更迅速也更有力的筆勁作畫——看樣子「畫圖」這個行為對他來說，確實具有安定精神的效果。

「抱歉，對你那麼大聲……」剝井小弟小聲道歉。

雖然這道歉的態度並不佳，但是被吼的今日子小姐本人倒是一動也不動地保持著怪怪的姿勢，從容不迫地回答。

「別這麼說，我完全無所謂喔！」

從她臉上的笑容，絲毫揣度不出她心裡在想什麼。

「不過，方便的話，可以把你認為『怎麼可能』的根據告訴我嗎？」

「……」

「我個人倒認為這是個合情合理的推理。嘴上說是要大家畫煙霧彈，其實全部都是要派上用場的。他不只是賞識工房莊裡的某一個住戶，而是對大部分的住戶都很欣賞……你不覺得這很像是和久井先生會做的事嗎？」

今日子小姐根本沒見過和久井老翁，所以後半部分完全是信口開河，但前半倒的確是合情合理。

是呀，雖說是最後的工作，也不見得只能拘泥於一幅畫來作，和久井先生打算製作大量的畫框做為人生最後之作，也是很有可能的吧？障眼法本身才是障眼法，其實他是向工房莊住戶邀了大量真的要使用的畫作——

這種小小壞心眼，算是合乎和久井老翁的作風嗎？還是一點都不像？

「一點都不像他。」

剝井小弟說道。

「工房莊可是競爭之地。老師才不可能會有那種『大家一起手牽著手走向終點』的想法。更何況……」

「更何況？」

「如果是選中其中一個人、其中一幅畫也就罷了，如果他打算幫一堆畫製作畫框……」

怎麼可能不選我。

剝井小弟靜靜看著他的素描本，但又以不容反駁的口氣如此主張……

原來如此，所以他剛剛才會那麼激動啊。

雖然還是個少年，還是初出茅蘆的無名畫家，仍舊有其不容侵犯的尊嚴與驕傲。要是認同今日子小姐的說法，自己就連煙霧彈的任務都沒接到的事實，就顯得更沉重了。

不，若只是沒有名列煙霧彈畫家名單之中，還可以用本來就不想為他人做嫁衣的態度來保有自尊——可是在當選比落選的人還要多的情況下落選，對藝術家來說是難以忍受的屈辱吧。

雖說藝術不是選舉，不能用落選當選來衡量……

「假如……」

今日子小姐持續追擊——她還是維持著同樣的姿勢，所以也持續散發出一股荒謬，但她的語氣卻非常嚴肅。

「假如真的是那樣，你會對於沒選中自己的和久井先生萌生殺意嗎？」

「會啊。」

剝井小弟毫無顧忌地回答今日子小姐毫無顧忌的問題。

「我當然會想殺了他……任誰都會這麼想吧？」

剝井小弟用詞粗魯地斷言，然後卻很文雅地輕輕闔上了素描本，將畫到筆芯幾乎磨平的鉛筆放回畫架上。

「哎呀。你畫好啦？請給我看看吧——我究竟是什麼來著？」

「抱歉，還沒好……大姊姊是什麼來著，只有一分鐘是畫不完的。之後我再一個人靜下心來畫完它，你晚點再來拿吧！」

剝井小弟明白表示想請今日子小姐趕快離開。這也難怪。這些對話已經超出查訪的範圍了……就算對方不是小孩子，今日子小姐的問題都是需要出示公文才能問的了。

別說應該報警處理，就連今日子小姐本人被警察帶走我都不意外。而今日子小姐給剝井小弟畫像的時間，也已經遠超過原先說好的一分鐘。

或許認為也是該撤退的時候，只見她終於解除那個詭異姿勢。

「那麼我晚點再來拜訪。很期待完成的作品。」

從她的語氣聽來似乎真的很期待，但今日子小姐太會說謊了，所以我無從揣測她真正的想法。

儘管剝井小弟一臉已經受夠今日子小姐的樣子，但是身為未來的畫家，在趕她出去以前還是忍不住問她……

「大姊姊，你那個姿勢，到底是什麼意思？」還補上了一句。「總覺得好像在哪裡見過……」

「哦，你說這個嗎？」

今日子小姐又擺出那個姿勢。就像形狀記憶合金一樣，從頭到腳都跟剛才一模一樣——這種高度的重現力，讓人難以相信她是「忘卻」偵探。

「如你所見，是米羅的維納斯。」

「米羅的……啊！」

剝井小弟大吃一驚，不禁喊出聲來——我雖然沒有喊出口，但給她這麼一說，我也才恍然大悟。

因為有手臂反而不易聯想，但從扭轉身體的方式和脖子的角度來看，的確是米羅的維納斯。那尊說是全世界最有名也不為過的雕像——這次的謎底是雕像啊……仔細想想，居然將自己比擬為維納斯，看起來恬淡無爭的今日子小姐，實在是個臉皮比城牆還厚的人。

「……有手臂的話，就不是米羅的維納斯了啦！」剝井小弟說。

「就是說啊！」今日子小姐繼續保持同樣的姿勢說道。「一般我們會說，米羅的維納斯正是因為沒有那兩條手臂才美——但是你不覺得這種說法非常自私嗎？可能是因為已經沒有了，後人只好這麼說。不過，站在創作者的立場，應該還是希望能以完整的狀態接受評價吧。就拿你來說好了，如果是畫到一半的畫或弄破的畫、失敗的畫受到好評，你也不會開心吧？」

這個問題——剝井小弟並沒有回答。

7

在查訪工房莊住戶的過程裡，有兩件事值得記錄，其之一就是遇到剝井小弟，以及與他的一番攻防——因為我的關係，害今日子小姐的謊言被識破，但就結果而言，還是成功地打探到很多消息。縱使不得不提到老人遇襲的事，但也因此聊到與其他住戶無法深談的內容，所以雖多少留下禍根，整體可以說是功大於過。

只是，在此浮上水面的「檔案夾文件之謎」還是沒有答案——後來我們也問了工房莊的其他住戶，依舊沒有結論。

今日子小姐提出的假設「會不會全部都要用上」在現階段，固然還是最有力的說法，但是從住戶們對和久井老翁的評語——對他的壞話聽來，我實在不覺得他是個會去安排這種意外驚喜的淘氣老人。

認為大量的訂單別有目的還比較正常——不過既然今日子小姐並沒有往這個方向思考，現在我也只能先把這個疑問束之高閣。

因此，我先來說說另一件值得記錄的事吧……那是發生在工房莊住戶查訪行動接近尾聲之時。

雖然早早就在剁井小弟那裡出了狀況，後來也逐漸習慣依序走訪素未謀面的未來畫家……此時，我和今日子小姐發現了一件意想不到的東西。

說到這，雖然時間順序有些顛倒，還是說明一下。即使今日子小姐並沒有告訴我在查訪工房莊時為何不從底層往上爬，而選擇了從頂樓由上往下走訪全戶的理由，但我很快就自己想通了。而且一旦想通，就會覺得這根本理所當然，接著再次體認到自己的駑鈍。

如果要一一造訪住在這種高樓大廈裡的住戶，搭電梯是非常沒效率的。

雖說原本見到有剛結束維修保養的電梯可搭，不用氣喘如牛地上下樓梯而感到一陣慶幸……但如果只為了上下一層樓就要搭一次電梯的話，老實說是件非常浪費時間的事，更不用說這棟大樓根本只有一部電梯了，在這種分秒必爭的情況下，哪有時間慢慢等電梯。

這樣的話，如果問我是要由下往上、還是由上往下攻克這棟工房莊，等於是在問要一層一層地爬樓梯上樓，最後再搭電梯一口氣回地下室——還是一開始就先搭電梯到頂樓，再一層一層地走樓梯下樓？考慮到體力的消耗，正常人當然會選走下樓而非爬上樓吧。

不過由於選擇從頂樓依序往下問話，才會一下就出師不利地遇到住在高樓層的剝井小弟……但遲早都是要遇到他，其實也沒差。只是即使在每層樓撥出時間休息片刻，要從下往上爬完三十二層樓的樓梯也還是太辛苦。

所以，今日子小姐會先搭電梯直達頂樓，可說是再正常不過的選擇。雖說途中也可以搭乘剛好停在該層樓的電梯，但是今日子小姐就連每次都要確認電梯停在哪層樓的時間也不想浪費，所以才沒這麼做。

因此當我們充分利用逃生梯拜訪完工房莊所有住戶後，也等於把除了屋頂以外，整棟建築物的內部全都看過了一遍。如果要問我的意見，就曾經身為保全業從業人員的觀點，我覺得這棟大樓在防盜設計上有些奇怪的地方。

昨天應和久井老翁之邀來這棟大樓的時候，我看到安裝在自動門附近的監視器，就以為該有的防盜措施似乎都有，可是當我實際進到大樓裡，才發現天花板上完全沒有設置這一類的監控設備。

以現代化社區大樓而言，我必須說這警覺性實在太低落了——若先讓我看到這個狀況，才說在完成最後的工作時需要警衛，我也比較能理解吧。

不過，如果其中一位住戶所述，這棟摩天大樓並非合法的社區大樓，而是私人住宅，要不要在天花板設置廣角監視器，完全取決於和久井老翁的一念之間。

既然如此，要如何解讀沒有監視器的事呢？

……像店面防盜也會有這種狀況，要管理監視器畫面，其實比想像中還要麻煩許多，成本也很高。基於小偷又不是三天兩頭就會上門的想法，為降低不必要的支出，減少監視器的數量也是無可厚非的。

明明是高達三十二層樓的超高層摩天大樓，竟然只有一部電梯，而就連那唯一的一部電梯也只有一排按鈕，做為屋主的和久井老翁雖是年事已高，顯然似乎欠缺無障礙設計精神。感覺這棟大樓在設計上並沒有顧及到居住者的舒適及便利，所以也才會沒有監視器。

不過，也有別的解讀——比如說就是為了要製造黑箱，所以才刻意不留下影像紀錄。像是店內有違反勞基法、職場罷凌之類的行為，留下紀錄只會成為自己犯罪的證據，所以店家才會不裝監視器。

不請教專家的意見，也無法確定工房莊在法律上的定位……我只好懷疑或許這裡真的是類似勞動集中營，老人才盡量不想留下影像。

當然也可以想得單純些——因為這裡住的都是立志成為藝術家的人，為保護創作者的「商業機密」，所以才不在大樓裡設置監視器。

也罷，無論基於什麼樣的用意，或者單純只是節省經費而沒有用意……至少有一點是確定的。那就是之後警方要介入調查時，將很難從監視器影像找出刺殺和久井老翁的犯人——拜訪過所有住戶之後，我根據自己的經驗加以思考而得到的答案，就只有這麼些了。

說到這，今日子小姐果然是調查的專家——接下來我要講的另一件值得記錄之事就是這個——在住戶查訪行動的途中，她發現了一條線索。

那是在查訪行動進行到一半時發現的，這也是自從調查開始以來，好不容易發現到的——可以稱得上是線索的線索。

當我們查訪完住在十八樓的住戶，接著要往十七樓移動時……由於行動的主導權在今日子小姐身上，大多時候都是由她走在前面，唯有在下樓時，才依照國際禮儀，由我先行。

就在此時，今日子小姐短促地喊道。

「別動（STAY）！」

她突然說英文，害我嚇了一大跳，但也因此整個人都僵在原地，完全停下腳步，所以結果還是她要的結果。

「怎、怎麼了？今日子小姐。」

「抱歉，請你把跨出去的腳收回來——」

今日子小姐繞過我，自行率先衝向樓梯間……不，用「衝向樓梯間」這形容太溫和了，她就像個國中男生，一躍直接跳過好幾個階梯。

未免太活潑了——我還沒反應過來，她已經轉過身來蹲下，將臉湊近我原本正要踩下去的那個階梯。

為了不讓自己巨大的鞋子一個不小心踩上今日子小姐的臉，我小心翼翼地往上退了一階……

「親切先生，你快過來看。」

今日子小姐卻反而叫我下去。

「就是這裡。」

「……？」

我站在原處彎下腰來，看著今日子小姐手指之處——於是我也發現了。

地上有個小小的紅色「圓點」。

那是小到一不留神就會錯過的紅點，彷彿是在上下樓梯時不小心滴落的顏料痕跡……不，難不成……這不是顏料……？

「這是……血嗎？」

「目前還無法判斷，不過，是有這個可能。」

今日子小姐邊說邊移動位置，試圖從各種角度觀察那滴血跡（？）。

「從顏色看來似乎還很新……當然，假設這不是顏料而是血跡的話。」

「……」

「這裡是工房莊，所以也不能排除只是有人在移動的時候，不小心打翻顏料的可能性。不過，假設這是血跡的話，就只能想到兩種可能。第一種，這是和久井先生的血——而另一種，這是和本案毫無關係的血。」

今日子小姐意外地冷靜。

哪像我，早已一心認定找到一個新線索了。想想也是，這裡住了這麼多人，我們又無法作血液鑑定，要確定這是誰的血，實質上是不可能的。

「有沒有可能是犯人的血呢？與和久井先生爭執的時候，犯人也受了傷……」

「也有可能，但是單看案發現場的狀況，卻不覺得爭執有激烈到那種地步……如果犯人也流血了，我想現場的血跡應該會再更大片一些。」

今日子小姐邊說邊站起身來，看來是認為繼續觀察下去也不會有更多收穫——她這方面的判斷總是迅速。
「不過，這樣『犯人曾使用這座樓梯』的推測就充分成立了……犯人可能在行凶時沾到和久井先生的血，滴落在這裡。」
「嗯……與其說成不成立，這應該是最自然的推測吧！」
我立刻將這滴血跡與和久井老翁的血作聯想，可是腹部被刺了一刀的老人要從地下室爬到這裡，留下血跡，再爬回地下室，怎麼想都不太可能。如果學今日子小姐把所有可能性都列出來推理……說不定這裡才是真正的案發現場，和久井老翁在此遇襲後又回地下室？但在肚子上還深深插著一把刀的狀態下，即便只是下樓也辦不到吧。
「電梯當時還在維修，所以犯人很有可能是爬樓梯回自己房間嗎？」
我說著說著，靈光一閃——說靈光一閃是有點誇張，因為也只是注意到一件原本就該注意到的事而已——假設犯人在行凶之後，爬樓梯回自己的房間，而血跡既然在這裡，不就表示犯人的房間一定是在十八樓以上嗎？否則血跡沒理由會落在十七樓通往十八樓的樓梯間……喔，這可是個大發現。

可疑的不再是多達三十二層樓的所有住戶，而是住在十八樓到三十二樓之間的住戶，單純計算下來，可以將嫌犯縮減到一半以下。

「的確，要是這滴血跡是和久井先生的出血濺到犯人身上，或許也可以這麼想。」

然而，相較於喜形於色的我，今日子小姐的態度依舊不急不徐。

「就算不是顏料，也很有可能是毫無關係的血跡，所以還不能太早下定論。」

「這、這樣啊……」

憑良心說，我當時的確心存僥倖，想著如果能夠把嫌犯鎖定在這個範圍內，就可以省下從十七樓拜訪到二樓的工程了。但是今日子小姐雖然重視速度，卻似乎也沒像我這麼想要偷懶。

「話說回來，就截至目前的觀察，配合我們問話的住戶們都沒有受傷的跡象……不過，衣服底下就不知道了。」

「……」

「還有一個可能性，那就是犯人意圖要誤導我們。」

「誤導……？你的意思是說，其實是住在十七樓以下的人故意爬到這裡，留下血跡嗎……？為了讓我們以為犯人是十八樓以上的住戶？」

「是的，我就是這個意思。」

「……有這種事嗎？」

連這種可能性都要考慮進去，豈不就永遠沒有結束推理的一天了……而且這麼點的血跡，因為是今日子小姐心細如髮才會察覺，一般人在爬樓梯時應該不會發現，像我這樣差點就一腳踩上去才是平常……就誤導來說，這未免也太不起眼了。如果是意圖誤導調查的方向，也該留下明顯一點的血跡不是嗎？

「沒錯，我也是這麼認為，所以這血跡用於誤導的可能性並不高。但是，這或許才是犯人的目的——因為想成功誤導的首要條件，就是讓人認為那不可能是誤導。」

說完，今日子小姐往旁邊一站，似乎是為了把路空出來，好讓我能像剛才那樣走在她前面。

這動作也表示她打算貫徹截至目前的方針，繼續向十七樓以下的住戶問話……也罷，此舉的目的除了揪出真兇，也有為了找出擔任和久井老翁人生最後大作的作畫者之意，所以無論如何都得繼續查訪……

然而，雖說是我想太多，但是瞬間以為不用再追查的想法讓我失去了緊張感，結果只好抱著比剛才更強烈的徒勞感，繼續拜訪下一位住戶——

8

——就這麼到現在。

對工房莊住戶進行的探查訪問隨著日落告終，我們又再次回到地下室。歷經將近四個小時幾乎馬不停蹄地奔走，我實在是累壞了，也顧不得禮不禮貌，就在工作室的地坂上癱成個大字形。

從那嬌小身形難以想像其強壯的今日子小姐，這番折騰下來也難掩疲勞神色，但她當然不像我這麼不顧形象，甚至沒急著休息，一抵達地下室，便先在設置於工作室牆邊的流理台洗頭髮。

大概是覺得既然已經拜訪完所有的住戶，沒有必要繼續保持變裝造型，所以就想洗掉吧……像她這麼重視效率的人，或許也不在乎就這樣頂著咖啡色頭髮，但是平心而論，頭髮塗滿顏料的感覺一定很不舒服。而且也很明顯並沒染均勻……再說利用休息的空檔洗個頭，應該也能轉換心情吧。

之所以直接用流理台的冷水沖洗，我想也是基於「沒時間再洗一次澡」的判斷……是呀，雖然還沒看到警察來，但從開始調查到現在，也已經過了五個小時以上。

據今日子小姐的估計，我們最多只有半天的時間——如今那個「最多」也即將來到尾聲了。

再者，警方還沒趕到工房莊也不完全是一件值得慶幸的事，因為這也意味著和久井老翁被送進的醫院還沒報警……說不定和久井老翁的緊急手術根本還沒結束。

萬一和久井老翁有個三長兩短，今日子小姐的調查活動就真不知該何去何從……說得坦白些，對於身為職業偵探的今日子小姐而言，和久井老翁一旦去世，便等於委託人死亡，她連一毛錢的報酬都收不到……調查已經進行得不算順利了，如今狀況更是愈來愈糟。

「……不用換衣服嗎？」

想想自己也不好一直休息，我撐起上半身，問今日子小姐。

「不用，就算想換，穿來的衣服也已經在做這件褲子的時候，被我拆來當材料用了。」

今日子小姐結束在流理台的沖洗，同時這麼回答我。原來如此。該怎麼說呢？嚇這多次我也麻痺了，但她還真是敢做這種難以收拾……或說是破釜沉舟之事。

話雖如此，臨時拼湊出來的衣服也很適合今日子小姐，所以應該不會對她造成太大的壓力……不過，這種話從，直把「喀什米爾圍巾」誤以為是「沙西米牌圍巾」的我口中講出來，一點說服力也沒有就是了。

「呼……讓你久等了。」

今日子小姐順利恢復了原本的髮色，一邊用毛巾擦頭髮一邊走過來。

雖然她說白髮無關她的自我象徵，也不是註冊商標，但我不禁覺得，還是白髮最適合今日子小姐——掟上今日子了。

「千萬別這麼說……反倒是我，一點忙也幫不上就算了，還淨是扯你的後腿，真對不起……」

這不是過謙，是我打從心底深感反省，站起身來——雖然站起來也沒事做，但是既然今日子小姐沒有坐下，我也不能一直躺在地上休息。

「扯後腿？哦，如果你是指我說謊被剝井小弟識破的事，大可不用放在心上。就結果而言，反倒得以從那孩子口中問出很多訊息，比什麼都問不出來好得多了。」

「這樣嗎……」

她能這麼大方釋懷，我當然很高興，但也覺得她是在安慰我，感到有些歉疚。而且明明是我把今日子小姐帶來這棟工房莊的，所以還是希望自己能以更像樣的方式協助她，不像這樣……

只是，垂頭喪氣也改變不了什麼。如果放著不管，心情可能會一直往沮喪的深淵裡沉溺，我硬是打起了精神。

「接下來該怎麼做？」

我開口問今日子小姐。

「已經查訪過所有住戶了，但似乎沒什麼顯著的進展……還是你已經明白什麼了嗎？像是在查訪過程中，發現有誰特別可疑之類的……」

「很遺憾，目前還無法確定犯人是誰。就連是誰的畫作將裱在那幅最後的畫框裡，我也毫無頭緒，只不過……」

今日子小姐將毛巾放在一旁。

「總而言之，整合所有人的回答，雖然無法特定誰不是煙霧彈，但已經可以歸納出受和久井先生之託作畫的住戶有哪些。」

「真、真的嗎？」

基本上，今日子小姐和住戶們的對話我也都有聽到，但光是要記住所有人在話中透露的資訊，就已經超出我的能力，若還要在腦海中進行比對，簡直比登天還難。就連剝井小弟好心告訴我們的名字，我也幾乎全忘光了。

「……就是說，同時也可以歸納出哪些住戶是像剝井小弟那樣，就連當煙霧彈的資格都沒有嗎？」

「是的。只要用消去法就知道了。這有什麼問題嗎？」

「當、當然大有問題啊……」

我已經忘了細節，但在剝井小弟說過的話裡，有一句話是我怎麼也忘不了的……就算那是受到今日子小姐的挑釁，在回答的時候帶了點意氣用事的賭氣。

他承認——自己想殺了和久井老翁。

「哎呀！親切先生真是的，你該不會把剝井小弟說的話當真了吧？討厭啦！那種話聽聽就算了，畢竟是小孩子的氣話嘛。」

我超想反駁她「是誰那樣挑釁一個小孩子的」……但還是忍了下來。也罷，既然今日子小姐並未因為那句話懷疑剝井小弟，這樣就好了。

雖然我們只見過三次面，既不是朋友，也沒啥交情，但一想到若是年紀還那麼小的孩子動手傷人，心裡仍會覺得很不舒坦。不過他既是工房莊的住戶，就暫時都還擺脫不了嫌疑……

「可是，會讓剝井小弟心生『我想殺了他』的前提，是建立在和久井先生委託工房莊住戶畫的作品全部最後都會被裱框——也就是獲得參與資格的人數相當多的情況之上。」

「是呀，確實如此。然而就現階段而言，那個可能性也絕不低。」

今日子小姐邊說邊抓了抓頭，撥弄著自己的白髮——這原本是用來表示困惑的肢體語言，但她似乎只是在確認頭髮乾了沒有。

像這種可以一心多用，同時思考兩件事以上的人，很難從行為舉止去窺探他們的內心世界。也或許今日子小姐就是為了不讓別人探究她的內心，才故意不集中精神只想一件事或只做一件事，而以一心多用為基本。

不過看起來這次真的只是在意頭髮乾了沒……

「絕不……低嗎？」

「假設和久井先生只是要製作一個畫框，訂購的材料顯然太多了，這是事實……就連外行人也看得出來。」

雖然今日子小姐這麼說，但我想外行人大概是看不出來的。因為我也看了同樣的文件，卻完全看不出個所以然……能夠看出什麼來，都是因為今日子小姐博學多聞而使然。

「既然是最後的工作，身為裱框師，想必還是會希望製作出最完美的作品吧。但再怎麼說，畢竟是屬於藝術、文化的領域，講一句『最完美』，實際呈現方式也是千差萬別。以繪畫為例，最完美的風景畫和最完美的抽象畫肯定是完全不同的東西吧？」

「這個嘛，呃，的確……」

更進一步說，即使都是風景畫，仍會因為畫法不同而有更細緻的分類，而且用來判斷是否為「最完美」的標準，也是因人而異……「最完美的作品」的定義，可說是多到數不清的。

「為了製作各種領域中最完美的畫框，要求工房莊的住戶們描繪各式各樣的作品——事實上，被和久井先生點到名的每個住戶筆下的作品，從主題到尺寸都不一樣呢！」

這麼說來，的確是如此。

姑且不論是煙霧彈還是真的都會派上用場——和久井老翁委託住戶們製作的作品內容確實琳瑯滿目，絕不是學校美術課時會出的那種畫一課題。

有不少住戶在今日子小姐的花言巧語下，偷偷拿了畫到一半的作品給我們看。在我眼中，每幅畫的差異都很大。我不會因為在美術館待過幾天，就自以為懂得欣賞藝術作品……但如果看起來都差不多，我也覺得是要另當別論，可是每幅畫顯然都差很多，我想應該是真的不一樣吧。

如此一來，今日子小姐的假設終於帶了一點現實的況味了嗎？

「如果這才是和久井先生的企圖，那麼嫌犯就只剩下幾個人了。」

「欸？幾個人……？幾個人是什麼意思？」

「假設所有受託作畫的住戶畫的圖都會被裱框，那麼嫌犯就只剩下像剝井小弟那樣，連煙霧彈都當不成的住戶，而這種人時其實沒幾個呢！」

今日子小姐做出這宛如演繹法推導的結論，或許，事實也是如此吧。即使把剝井小弟的話當作童言同語不去照單全收，但是若換成大人遇到這樣的狀況，一定無法忍受這種屈辱和憤怒。

當然，要產生這種屈辱和憤怒，必須先察覺到和久井老翁秘密進行的計畫……但該怎麼說，那些沒有被選中的人有辦法知道些嗎……

「老實說，今日子小姐，你認為那些人會是犯人嗎？」

我鼓起勇氣問她，但是話說出口才發現，這或許只是個很不負責任的問題。把自己不願思考的難題，丟給今日子小姐去想。

「不管我是否這麼認為，這個可能性原本就相當大。」

然而，今日子小姐似乎對回答這個問題絲毫不覺負擔。

「順便再補充一件事——這幾個人當中，住在十八樓以上的住戶，就只有住在三十樓的剝井小弟而已。」

「！」

「當然，這完全不能代表什麼，因為我們並沒有證據能證明那一小滴

血跡是什麼。」

今日子小姐搶在我反應過來之前說。多虧她的預先設防，讓我內心受到的衝擊少了一半，但就算只剩下一半，還是很大的衝擊。

「反過來說，我們也可以先認定那麼小的孩子不可能行凶，所以認為那滴血跡與這件事無關。」

「……不。」

我開口說——我可不是為了讓今日子小姐安慰才待在這裡的。

「我並不否定在小時候，大家可能都曾經有過那種無法以『裝腔作勢』來解釋的殺意。」

「對吧？」今日子小姐翻案如翻書。「當一個人還無法控制野性的殺意時，通常也還沒有執行的能力；等到真正有能力的時候，已經能控制突如其來的殺意了。或許這就是所謂的成長——如果假定剝井小弟是犯人，那麼和久井先生能夠保住一命，也就會是一種必然不是嗎？」

「必然……」

就算是一時衝動捅了和久井老翁一刀，一想起對方是自己稱為老師的巨匠，也會馬上回過神來……她是這個意思嗎？但要這麼說，所有住戶不都符合這點嗎。雖然大家都把話說得很難聽，但身為畫家，應該都還是打從心裡尊敬著傳說中的裱框師和久井老翁。

「不不不，雖說這也是部分原因，而我也不是要咬定剝井小弟很可疑，但也還有其他理由使得我無法因為他是小孩，就排除他的嫌疑。」

「其他理由……是什麼呢？」

「簡單一句話，他的觀察力太敏銳了。」

今日子小姐拈起一縷自己的頭髮說道。

「如果只看穿我的頭髮是用顏料染成咖啡色，還可以說是恰如其分的觀察力……但是光靠我們的來訪，加上剛好與救護車擦身而過，便能夠推理出和久井先生出事了，這就有點太超過了吧？」

「……嗯，是啊。」

那你不是更超過嗎……我雖然這麼想，但就連很超過的今日子小姐都這麼說，或許剝井小弟的直覺之敏銳，真的不能用理論來解釋。

倘若那不是足以與偵探比肩的推理能力，而是他早就知道發生在地下室的事才假裝識破……今日子小姐想說的是這個嗎？

要是這樣，剝井小弟又是怎麼知道的呢？會知道和久井老翁遇刺的，當時應該只有今日子小姐和我，以及遇刺的當事人和犯人而已……

「而要說他突然開始畫起圖來很可疑，那也是挺可疑的——會不會是面對上門探查的我們，為了掩飾內心的動搖，才藉此安撫自己的情緒呢？」

「……」

我以為剝井小弟是想掩飾聽到和久井老翁遇刺的震驚，才開始畫圖——但是換個角度，的確也能這麼解釋。

雖然今日子小姐這麼解釋是有點小人之心，但確實也沒有理由一定要把剝井小弟當作個君子……無言以對，大概就是這種感覺吧。

可是——我心想。

假如當時使得他不禁怒吼的殺意是真的，不也表示直到那時候——直到受到今日子小姐的挑釁之前，他都還沒想到「所有畫作全部都是和久井老翁要用的」這個可能性嗎？

「也有可能是因為戳到他心中的痛吧？或許是因為觸碰到動機的核心部分，才又燃起殺意……」

「又……燃起殺意？」

「因為我救了和久井先生──說不定剝井小弟內心的憤怒，強大到還想再殺他一次才能解恨。親切先生，你要不要試著思考看看，假設剝井小弟就是犯人，會產生什麼樣的矛盾呢？」

「呃……好，我想想。」

根據經驗，我知道當今日子小姐像這樣要我思考的時候，往往就是她在想別件事的時候。而且如果假設剝井小弟就是犯人，我還是覺得不太對勁，或說是感到有點彆扭，所以這種思想實驗似乎還是值得一試。

模擬剝井小弟就是犯人的情況……沒錯，這時不用設定動機也無妨。不知是基於什麼樣的理由，總之就先假設他捅了他口中的「老師」一刀。

看到和久井老翁倒在地上……也許是冷靜下來，也許還驚慌失措，剝井小弟隨即逃出地下室。

爬樓梯……逃往自己的房間。

沒錯，他應該是爬樓梯上樓的——他之所以變得涉嫌重大，就是因為滴落在十七樓和十八樓之間的血跡，如果他是搭電梯上樓，就說不通了。

可是，他住在三十樓。

不用說，三十樓是非常高的。

要爬樓梯到三十樓，幾乎是在為難自己——就像我這種成年男子都覺得是件苦差事了，更不要說是才十歲上下的男童。

那為什麼還不搭電梯，要爬樓梯呢？自然是因為不能用——電梯正在維修中——下樓時或許還可以搭電梯，但是上樓時就沒辦法了。

他身上應該沾到了和久井老翁的血，或許也盡量小心了，但還是滴落一滴血在樓梯上……那滴血跡小到只有今日子小姐才會注意到，所以就連本人也沒發現吧？要是注意到了，應該會擦掉才對……

然後回房裡換下沾到血的衣服、洗了個澡……嗎？因為當時才剛開始查訪住戶沒多久，我不確定今日子小姐懷疑剝井小弟到什麼地步，但既然是從「觀察力太敏銳」這點對他產生懷疑，難不成她不動聲色自動自發地整理剝井小弟的房間，其實是為了尋找物證嗎？雖說應該沒人會把染血的襯衫或擦血的毛巾隨便亂放吧……感覺今日子小姐的所有行動都有其用意，實在讓我很佩服。

乍看之下好像是想到什麼就做什麼，但實際上每一個動作都有其戰略目的……真是服了她。但是經過這麼一番模擬推演，我仍找不出假設「剝井小弟就是犯人」會造成任何矛盾之處……那麼，那股不對勁究竟從何而來？只是出自於「不希望自己認識的人是犯人」這種自私的心情嗎？

……也或許是一種惜才的心情。

可惜他在美術館露一手給我看的那番才情。

只用一枝鉛筆就能畫出那樣精采作品的孩子，居然會成為重大刑案的犯人……或許就是因為與我有同樣的心情，和久井老翁才不用血書寫下死前留言，而選擇了包庇剁井小弟。

外人恐怕難以理解和久井老翁這種包庇犯人的行為，但他原本就是因為欣賞剁井小弟的才華才會資助他——更何況犯人是個年紀尚幼，還有大好未來的孩子，會這麼做其實也不難理解。

「再說得實際一點，以剁井小弟的年紀，即使殺人，也還不需要負上刑責。畢竟被害人會寫下死前留言的用意，無非是希望殺害自己的犯人被捕、接受法律的制裁，既然對方是法律無法制裁的人，寫什麼都沒有意義，所以才沒寫……也可以這樣想吧！」

今日子小姐說的每一句話都非常合理，但就是因為非常合理，使得我的心情才更黯淡。深深感受到這個人雖然總是笑咪咪地散發出一股溫柔的氣質，骨子裡卻是個如假包換的偵探。

相較之下，我未免也太感情用事了。

我多麼希望和久井老翁之所以不告發加害人，是因為愛惜剁井小弟的才華，而不是因為刑法什麼的……但是，假如老人要工房莊住戶畫的圖沒有一張是煙霧彈，全部都是要拿來裱框的，那剝井小弟在他心裡的順位鐵定排得很後面。也就是說，他對剝井小弟的評價並不高。但如果是此舉引發剝井小弟對他的殺意，同理可證，和久井老翁不也沒有理由包庇剝井小弟嗎？

不，等一下？

不用想得這麼複雜。

對了，我差點忘了，剝井小弟剛才不是說過嗎——就像遇見我的那天一樣，剝井小弟今天上午也去美術館畫畫。

雖然今日子小姐對這項證詞不置可否，還說不在場證明什麼的是推理小說看太多……但是如果能確定犯案時間，不在場證明就有其意義了。

假設剝井小弟就是犯人，從鐵證如山的血跡可以反推他爬了樓梯。而之所以會爬樓梯，則是因為不能使用正在維修的電梯。

今日子小姐已經向那兩名工人確認過了——電梯從上午九點開始，到我們在電梯間遇到他們的下午一點左右，都因為在維修而不能使用。

沒錯，即使無法確定和久井老翁被調色刀刺傷的時間，但電梯不能用的時間是很明確的。如果剝井小弟說他一早就去美術館的說詞為真，他的不在場證明就成立了。

至於這個不在場證明的真偽，倒是輕易即可查證。設置在大樓入口天花板的監視器，應該有拍到他出去和回來的影像。而且與工房莊的內部不同，美術館為了防治宵小，應該都設置了監視攝影機——只要拍到那身影，他的不在場證明就牢不可破了。不，就算因為角度不對沒拍到，他也不是去美術館欣賞畫作，有個與眾不同的小孩在美術館裡那樣畫圖，應該會讓人留下深刻的印象，保全人員可能會比照我當初的作法上前盤問——當然，這並不是我和今日子小姐現在就可以當場查證的不在場證明，但剝井小弟的態度雖然狂妄，卻絕對不是笨蛋，不太可能會扯這種馬上就會穿幫的謊。

我找到矛盾了。

也不是說我想這麼久才終於釐清的矛盾，就必定是剛才假設剝井小弟為犯人時直覺的那股不對勁——等等，別急。今日子小姐或許有別的想法。

我慎重地請教偵探的判斷。

「嗯，基本上就是你想的那樣。」今日子小姐也表示贊同。「所以我不是說過了嗎？那只是小孩子的氣話。」

與其說是贊同，感覺這件事在她心裡早就已經結案。說來，在我們搭電梯上頂樓的時候，今日子小姐看似若有所思，幾乎都沒有在聽我說話。

難不成當時今日子小姐知道電梯不能動的原因之後，馬上就在比對這個事實會對命案造成什麼影響嗎？之所以不搭電梯而選擇從頂樓走樓梯下來，不只是因為這樣比較有效率，也是因為假設犯案時電梯還在維修，犯人必須爬樓梯的話，可能會在逃生梯上留下線索……嗎？

如果是這樣，也難怪她下樓時看也沒看電梯一眼。對今日子小姐而言，會發現那滴血跡絕非偶然，或許打從一開始，她就刻意在尋找蛛絲馬跡——她總是跑在我的一兩步之前。

……就這樣，我鬆了一口氣。其實也沒什麼好鬆一口氣的，原本就是我擅自對剝井小弟抱持莫須有的懷疑……不過能夠因此減少一個嫌犯，雖然步伐不大，但還算是前進一步了。

「今日子小姐，擁有不在場證明的住戶，人數可能還不少吧？」

細節我不記得了，但是今日子小姐在查訪住戶之際，也問了他們的生活習慣。我當時完全不明白聊那些閒話有什麼意義，如今想來，那應該是為了確認不在場證明吧？她嘴上說剝井小弟推理小說看太多了，其實她自己也沒放過這方面的任何蛛絲馬跡。

遺憾的是，似乎沒得到太豐碩的成果。

「畢竟事情發生在上午，這裡的人都不用上班，所以好像大多都睡到中午才起床。像剝井小弟那麼認真的住戶，反而是少數。」

「這樣啊……唉，其實直接問和久井先生應該是最快的吧……」

說著，我不自覺地顯露疲態。

「還希望手術能一切順利……」

「聽你這麼說，好像推理已經卡關了？」

今日子小姐半開玩笑地說道。

「和久井先生就交給醫生吧！我們只能做我們能做的。」

做我們能做的——全力以赴。

「再說，就算平安搶救回來，他也不會告訴我們犯人是誰，因為和久井先生打算包庇刺殺自己的犯人。」

「啊……說得也是……」

倘若今日子小姐對於現場沒有留下血書的解釋正確，和久井先生就算是真的撿回一條命，也會繼續保持沉默吧。搞不好還會推說是工作上的意外，自己不小心刺傷了自己。

「是呀，搞不好真的會這麼說。但是這種說詞說服不了任何人。因為只要看到傷口，就知道是不是自己刺的。」

「……儘管如此，犯人還是會提心吊膽地不是嗎？擔心和久井先生恢復意識，可能會把自己供出來。」

「這就要看犯人是如何認知現狀了。看他是以為和久井先生還活著？還是已經死了？是以為事情已經穿幫了？還是尚未有人發現？救護車抵達時，雖然大樓裡沒有半個人出來關心，不過他們是否有將把鳴笛聲和事情聯想在一塊？還是只把鳴笛聲視為生活噪音，左耳進、右耳出了呢？可以探討的可能性非常多。」

「但是，目前工房莊的住戶裡，明確知道地下室發生事情的人，應該就只有剝井小弟一個人吧？」

「嚴格說來，是『在我們所知範圍內』明確知道地下室發生事情的人，就只有剝井小弟一個人。」

與其說是嚴格，今日子小姐說得嚴謹。

「當然，刺傷和久井先生的犯人也知道有事發生，但絕不會主動提及吧。要是能更進一步地對所有人問話，或許就能抓住他的尾巴，可是這麼一來，我們也必須揭露事實，只怕會難以收拾。」

「嗯……」

我不禁悶哼一聲。

光是要模擬分析一個剝井小弟的行動，我就已經暈頭轉向了，如果還要再揣測犯人現在的心情，腦袋可能會燒起來。不管是驗證法還是反證法，要同時處理千頭萬緒的資訊，對我來說還是太難了。這種需要同時把所有的可能性一網打盡的邏輯解謎遊戲，真是讓我頭痛欲裂——甚至產生想就這麼撒手不管的衝動。

「邏輯解謎遊戲……啊，『Logic puzzle』嗎？說起來在歐美，本格推理小說也被稱做『Puzzler』呢……」

今日子小姐說道。接著像是被我說的話觸發似地，突然開始行動。她抽出立在工作室角落的薄木板——大概是在外面作畫時用的畫板吧，上頭滿是年代久遠的顏料污漬，使得畫板本身便宛如一幅抽象畫。

就像大理石花紋……但即使不是剎井小弟，應該也會覺得這「很髒」。

該不會是因為我提到邏輯解謎，她打算把大張的紙鋪在這塊畫板上，用圖表來彙整現狀吧？的確，光用頭腦思考想不通的事，只要將數據寫在紙上，或許就能看出一點端倪來……但是，結果跟我想得完全不一樣。

今日子小姐身為忘卻偵探，絕不會把心中所想寫下來。

而且，對於腦中一切井然有序的今日子小姐而言，原本就沒有必要再特地寫出來彙整釐清吧……那，今日子小姐撿起那塊畫板是想做什麼呢？在我開口問她以前，今日子小姐就已經採取行動了。

在地下室入口旁邊，有一台大得誇張的線鋸機。只見今日子小姐走近機器，迅速插上插頭，啟動線鋸，開始切割起畫板來！

線鋸機發出驚天動地的巨響，今日子小姐毫無懼色，靈活地移動著畫板，轉眼間就把畫板切割成一片一片的零件。她的動作實在危險到我都快要看不下去，但要是現在出聲阻止她的話，反而更危險——我連靠近都不敢，只能靜靜地看著今日子小姐作業。

「線鋸翻譯成英文時是『Jigsaw』……所以這不是邏輯解謎『Logic puzzle』，而是線鋸拆謎『Jigsaw puzzle』——『拼圖』的話，嗯？」

今日子小姐捧著切割成二十塊左右的畫板，回到房間的正中央來……似乎不該說是「塊」，而應該說是「片」吧？

今日子小姐拍了拍衣服上的木屑，開口問我。

「你知道要怎麼拼圖嗎？」

「呃，從邊緣……先拼出一個框框嗎？」

「沒錯，先拼出邊框來。因為靠邊的拼圖必有一邊呈一直線，很容易分辨。先找出有直角的拼圖放在四角，再循序拼接，這是拼圖的第一步。」

今日子小姐說著，把畫板的碎片分成「邊框」和「非邊框」兩疊。

「第二步是依照顏色分類拼圖。雖然也有例外，但相鄰的拼圖基本上都是差不多的顏色。接著第三步是觀察拼圖的形狀，找出各種組合——最後再嘗試拼合。而拼圖最有趣的地方，則在於拼到愈後面愈不用費心。」

因為拼圖的數量會愈來愈少呢——今日子小姐說，一邊依照剛才說的步驟完成了拼圖。因為是自己做的拼圖，原本就沒那麼多片，能夠輕易拼好或許也是當然，但是縱然如此，也實在是神速。

「懂了嗎？就算是看起來很複雜的拼圖，只要這樣按部就班地操作，總是能拼好的。請不要因為一時卡關，就使性子把整幅拼圖都打散。」

看樣子，我又被今日子小姐安慰了。光是被安慰就已經很丟臉了，還因為我的不中用，害今日子小姐浪費了寶貴的時間，感覺更加丟臉。

「……可是，如果這樣還是拼不起來，又該怎麼辦才好呢？如果拼圖片數不多，的確可以一一嘗試各種組合，但如果是更困難的拼圖呢？」

「困難的拼圖主要有三種。一種是單純片數很多——像是一千片、兩千片、甚至是一萬片的那種。另一種是無法用顏色分類的拼圖——你看過嗎？那種整幅都是白色的拼圖。聽說是訓練太空人時用的拼圖。」

「嗯，原來如此……那最後一種呢？」

「少了幾片的拼圖。」

這種拼圖當然怎麼拼也拼不起來——今日子小姐說著，從地上拿起一片剛剛完成的即興拼圖。

「一旦片數不夠，拼圖就永遠也不可能完成——最吊詭的一點是，通常是在拼圖完成大半以後，才會發現片數不夠。要是少的是最後一片，感覺真的是非常挫敗。」

我嘗過這種挫敗感。

而且片數愈多的拼圖，愈容易發生這種事，真是可悲。

何況此刻的我，就宛如在挑戰一幅不曉得完成時長什麼樣、片數更是完全不夠的拼圖……光是現在手上這幾片，就已經讓我不知該如何處理。

「但是，也不用這麼悲觀喔！親切先生，我們並不需要完成這幅拼圖，即使片數不夠，只要拼到足以想像完成時長什麼樣就夠了。」

這種量力而為的決斷的確很有見識。

因為沒有調查權，今日子小姐的舉動始終受到限制，但是反過來說，正因為沒有調查權，也就沒有必要非得掌握確切證據或釐清事件全貌不可。就算只有八成可靠的推理，也可以用來與嫌犯談判——要求他自首。

「但如果只是想知道全貌，從外框開始拼起的正攻法，或許反而是繞遠路……因為光是把框拼好，裡頭空空如也的話，很難想像完成時的模樣。那邊不如從正中央開始拼，可能還快一點。」

我說著自己也覺得做不到的事，學今日子小姐撿起放在地上的拼圖，只留下邊緣一圈外框。

「啊哈哈。要從正中央開始拼很困難吧！連我也覺得很困難。即使要繞遠路，還是只能從外框開始拼——不過要是在拼外框的時候就發現片數不夠，真的會讓人情緒低落呢！」

「就是說啊。只是要從這種狀態去想像拼圖完成時長什麼樣，不就像是要只看和久井先生製作的畫框，就得去猜是用來裱什麼畫一樣嗎？」

說來拼圖跟畫作一樣，完成之後也是要裱框的，所以我聯想到和久井老翁……但我真的只是說說而已，並未深思。

不過，雖然我未及深思，但今日子小姐也是一樣的吧。突然用線鋸做起拼圖來，肯定也沒有什麼特別的意思，只是被我不經意提到的「邏輯解謎」、「Puzzle」觸發想像，又看到放在工作室一隅的畫板，接著與地下室那台充滿了存在感的線鋸機做聯想，才會想要製作拼圖……如此而已。

不去擔心做白工，能做的事就都去做——這應該也只是她實踐行動綱領的一環吧。

「嘿！」

冷不防，今日子小姐突然撲上來抱住我。那強而有力的擁抱，抱得我全身的骨架都快散了。我大吃一驚，嚇得拿在手裡的拼圖都掉落在地。

「今、今日子小姐!? 你怎麼了!?」

「幹得好！親切先生。」

我還以為她講完這句話就會放開我，沒想到今日子小姐竟握住我的手，然後毫無顧忌地使勁上下搖。

「托你的福，我終於想通了。」

「想……想通了？想通什麼了？」

目前為止，今日子小姐已經有過太多不合牌理出牌的舉動，我還以為不管她再做什麼，我都不會感到驚訝——所以當她開始用手邊現有的工具做起拼圖時，我還能隱藏內心的動搖，盡可能若無其事地看她表演——但是我做夢也沒想到她會抱住我，真的讓我一陣臉紅心跳。

「難不成，你知道犯人是誰了？」

「不，我完全不知道犯人是誰。」

今日子小姐非常乾脆地否認——搞什麼嘛。

「不過，我知道和久井先生為何不讓剝井小弟參與他最後的工作了。」

「……？」

「其實我很納悶。當我趁打掃剝井小弟房間時也四處查看了一下，發現剝井小弟的繪畫功力就連外行人也能看出十分厲害，別說是叫他畫煙霧彈，說他就是那個被選中的幸運兒，我也不會覺得奇怪。他的才華在工房莊裡，絕對不是要用倒數來算的。」

又是一邊打掃房間一邊評估剝井小弟的才華……真是如同往常般水準安定的一心多用能力。我也有同感，挨家挨戶查訪時，我們也看了不少住戶的作品，剝井小弟的功力絕不比他們差。但也或許因為我們外行人容易被表面的技巧吸引，才會這麼認為也說不定。

「換句話說……雖然還不知犯人是誰，但你已經解開和久井先生最後大作的謎團了嗎？令你那樣在意的大分量畫框材料訂單……果然並非不小心訂錯嗎？」

「是的，而且也不是為了想要隱瞞實際材料的故布疑陣。雖然多少有擾亂的企圖，但終究不是重點。還有，認為所有人的畫都會被裱上框的假設也錯了。」

「真的嗎？」

這樣的話，剝井小弟就更沒有嫌疑了——因為他被今日子小姐的挑釁而激起的憤怒，只是以錯誤的假設做為前提才產生的反應。

不過這麼一來，又回到誰才是幸運兒的原點了……而且，那麼訂購大量材料又是為了什麼？

「我不是說我已經想通了嗎——都是托親切先生的福。」

「托、托我的福？」

「因為我完全沒想過可以『只從外框來想像』這件事。沒錯……只有畫框，繪畫是無法成立的，但是逆向推算是有可能的。光看畫框也可以推理出裡頭會裱入什麼樣的畫作。吔！」

今日子小姐的情緒十分亢奮，還趁勢要與我擊掌，所以我也順了她的意——兩人的手掌合奏出美妙聲響——但是，真的能推理出來嗎？光是看到畫框，就能猜出是什麼樣的畫？與其說是推理，根本是超能力吧……雖然好像是我給了她靈感，這麼說似乎並不妥，但我實在不認為辦得到這種事。

「會嗎？可是在逛書店的時候，不是會看到小說的封面，就決定要不要買嗎？唱片封套也是同樣的道理，也有人是看封套買唱片呢！」

「嗯，也是，是有這樣的人。」

「不是大量生產的畫框，而是由裱框師親手製作的畫框——專為內容量身訂做的外框，必然會顯露出作品的模樣吧？」

經她這麼一說，我也開始覺得蠻有可能——問題是，現在那幅畫框根本不存在。

和久井老翁到底打算製作什麼樣的畫框呢？我們僅能從他訂購的材料來推測，然後再去想像什麼樣的作品會適合那個框。只要能成功地想像出來，挑出相近的作品，就能從受到和久井老翁委託的住戶之中鎖定目標——找到的將被和久井老翁欽點的她或是他。

理論上是這樣沒錯，但我總覺得不切實際。如果是手藝與和久井老翁不相上下的裱框師也就罷了，今日子小姐說到底也只是個偵探，對藝術的品味應該跳脫不出欣賞的範圍……

「是呀，的確如此。的確無法斷言，必須確認過才會知道。」

今日子小姐看了看手表。

說來，雖然今日子小姐截至目前的調查活動都一直被時間追著跑，但這時才第一次看她這樣注視著表——就像在計時似的。

「嗯，差不多該完成了吧！我是什麼來著的那個。」

「我是什麼來著……的哪個？」

「那個啊，剝井小弟幫我畫的畫呀！我不是當了他的模特兒嗎？」

「對喔！是有這麼回事。」

「再怎麼用心完稿，應該也已經畫好了吧。我上去拿一下，順便再問他兩、三個問題。」

「喔……好的，那我們走吧。」

那句隨口說說的話到底讓今日子小姐靈光一閃想到什麼，我一點頭緒也沒有，但是再繼續待在這裡，事情的確也不會有任何進展。如果今日子小姐閃現的靈光確實正中真相，至少可以終結眼前的膠著狀態。然後就是鎖定負責畫那幅畫的住戶……

另外，明知現在不是好奇心發作的時候，但我也很想知道剝井小弟是怎麼畫今日子小姐的。

正當我滿心以為自己理所當然要和她一起去找剝井小弟，今日子小姐卻伸出手來——顯然不是為了和我擊掌——制止了我。

「不用了，這段時間我還有別的事要拜託親切先生。」

……咦？

「時間緊迫，所以我們分頭進行吧！我想請你幫我一本一本地檢查放在那個書架上的書。」

今日子小姐指著擺在工作室的角落，做為書架使用的兩層櫃。櫃子上陳列著大開本的書，應該是與美術有關的資料。

「大略翻一下就好了，請你檢查有沒有哪一本書裡夾了可疑的東西。」

「可疑的東西是指……？」

「這我還說不準。請你發揮你的感性，檢查時不要有先入為主的想法。等我從剝井小弟那裡回來之後也會幫忙，但是請你盡可能動作快一點。」

請你發揮你的感性——感覺好像是要測驗我的品味，讓我有點緊張，什麼都能自己搞定的今日子小姐都要託付給別人做的事，我真的能做好嗎……只是如果我連找出夾在書裡的東西都做不好，還有臉做人嗎？

我反而擔心今日子小姐和剝井小弟單獨見面會不會出狀況……事實上，剛才就有好幾次氣氛都處於一觸即發。不曉得天才與天才的交手會引起什麼樣的化學反應……但是今日子小姐說得也有道理，時間已經所剩無幾。

「……你多久才會回來？」

我問今日子小姐——想以她的回答設個基準，萬一今日子小姐和剝井小弟之間真的發生什麼不愉快，可以馬上趕過去。

「機會難得，這次我想爬樓梯到三十樓，所以可能會多花一點時間……不過，三十分鐘以內一定會回來。」

爬樓梯到三十樓？這算是什麼機會難得……不過我在下一瞬間就想通了，今日子小姐是想模擬犯人的行動。

假設在樓梯上發現的血跡與凶案有關，犯人是爬樓梯回到自己房間的話，她可能是想回溯犯人的行動，看能不能得到什麼線索吧。

在這個與和久井老翁最後大作之謎逐漸解開的重要關頭，還牢牢地記得要調查凶案的事，今日子小姐到底是個多有活力的行動派啊……

「那就待會見，麻煩你嘍。」

在尚未達成結論以前，今日子小姐又已經展開行動。轉眼之間，她就出了地下室，我還來不及告訴她，頂著那一頭白髮去找剝井小弟的話，可能會嚇到小朋友……她不僅動作很快，腳程似乎也很快。

算了，也沒時間再染一次頭髮，反正剝井小弟早就識破她的身分，應該不會有問題吧……

滿頭白髮的今日子小姐與只用黑色來畫圖的剝井小弟——看起來宛如對照組的兩個人，但其實還是有些相像吧。

兩個天才碰頭會出事——或許是我想太多了。比起這個，我應該先處理今日子小姐交代給我的工作才對。

我照她的吩咐走向兩層櫃，先把裡頭的書全部抽出來。

不過是幾本書，留下指紋也沒關係吧……說來，我記得今日子小姐白天在案發現場蒐證的時候，好像也徹底檢查過這個櫃子，難道還有「什麼東西」是當時沒注意到的嗎？

雖不曉得自己能不能發現今日子小姐沒注意到的「什麼東西」，但也只能試試了。我把抽出來的書堆成一座小山，由上往下依序翻頁。

雖然我滿懷信心地開始挑戰，只是用不了多久，就把所有書都看完……不，我沒看內容，所以就只是翻完而已，幾乎沒花多少時間，可是完全沒有達成託付的成就感……因為沒有一本書裡夾著讓我覺得「不太對勁」的「什麼東西」。

雖然今日子小姐叫我「不要有先入為主的想法」，但我並不認為她要找的只是區區的書籤或小冊，所以為求滴水不漏，我還拆開封套，檢查裡頭有沒有夾什麼東西，結果什麼也沒發現。

失望極了——原本想力求表現，多少減輕一點今日子小姐的負擔，結果還是得等今日子小姐回來再檢查一遍。現在我能做的，大概只有為了讓她屆時方便調查，先把書按照尺寸排好吧……

此時，我的手停在一本雜誌上。

倒也沒什麼特別在意的地方……只是我剛才隨手翻閱那本雜誌的時候，目光曾不經意地停留在某個特輯上。

那是一系列有關工房莊的報導，還登了和久井老翁和幾個住戶的訪談——感覺像是常買的雜誌裡剛好有這篇報導，而不是刻意買來收藏的。這棟工房莊似乎是業界內赫赫有名的設施，只是我孤陋寡聞不知道。

看在我這種外行人眼裡，工房莊或許怪異地不得了，但是在不以其為異的世界裡，則是理所當然地不得了——懂的人就是會懂。

不可思議的是，當我看到工房莊的故事這樣登在雜誌上，先前揮之不去的五里霧彷彿全都煙消雲散了。當然，只憑這樣的雜誌特輯，絕對是無法看透工房莊本質的。

只是，雖然我也沒有認真細讀，但做為新獲取的資訊，看到報導中介紹和久井老翁興建工房莊的理念之類的，令我很感興趣。

算是對畫壇的報恩、回饋——老人是這樣跟我說的，就算這是他最大的目的，在此之外似乎也還有私人的理由。

該說是年輕時吃過苦嗎……報導中提到和久井老翁過去似乎也曾經立志要當個畫家，但是因故放棄了這條路，成了裱框師。之後做為一名裱框師也是功成名就，當然這也沒什麼不好，但他不希望其他年輕人也經歷同樣的挫折——不希望他們因為「環境不好」的理由放棄了夢想。

基於這個心意，和久井老翁興建了工房莊。

……不過，畢竟是訪談，不曉得真實性有多少，但是這比單純說一句報恩更容易理解。像是只資助繪畫的理由、瀰漫在整個工房莊裡某種禁慾的氛圍，都是源自於和久井老翁過去受到的挫折。

把夢想託付給年輕人——這樣寫語意可能不甚準確，也表現不出「其實並不完全是好事」的另一面——結果，我更加搞不清楚到底該怎麼解讀和久井老翁的人格才好了。

他到底是「好人」？還是「壞人」呢？

這種二分法，或許只是在貼標籤……不，不是標籤，或說是——外框。只不過是用來襯托人本身的畫框。

就像即使採取同樣的行動，由「好人」來做和由「壞人」來做，在意義上就截然不同……

說來。

今日子小姐怎麼還沒回來——在我想著這些有的沒有的問題時，三十分鐘早就過去了。

無意中浪費了原本就所剩無幾的時間使我心急如焚，但去找剝井小弟的今日子小姐遲遲未歸卻更讓我擔心。雖說是爬樓梯上去，可是拿張圖再問幾個問題，算算也該回來了。明明說好三十分鐘內一定會回來，不會是起了衝突吧？畢竟今日子小姐是個溫和穩重的人，而剝井小弟則不太有耐心……

我很快就下定決心要去三十樓接她。雖然是完全稱不上「最快」的慢了好幾拍，但或許此刻就是輪到我效法今日子小姐走一趟的時機。

不過，有點效法過頭了。冷靜一想，如果要去接她，搭電梯就好了，但我似乎被今日子小姐所說的話影響，雖然也並非刻意，還是選了爬樓梯上三十樓。這或許是潛意識裡為了賭一口氣——今日子小姐都能爬樓梯上三十樓了，如果我搭電梯的話，不就輸了嗎？另外，想想今日子小姐雖說要爬樓梯上樓，卻也沒說半個字要走樓梯下樓（何況已經走樓梯下過一次了），萬一在我往上爬的時候，今日子小姐剛好搭電梯下樓，兩人不就錯過了……

考慮到彼此錯過的可能性，應該要留張紙條在地下室，但如果又特地為此再回地下室的話……我到底在做什麼啊！不如就直接爬上樓吧。

我心中莫名燃起對於今日子小姐的競爭心。就算我的能力遠不及她，但如果能在上樓時找到點有力線索也好……我一邊做著我的春秋大夢，三步併成兩步地往上爬，只可惜天底下沒那麼多好事，一路走來都沒什麼發現。

罷了，或許我就是缺乏一心多用的本事，一面急著爬樓梯，一面尋找線索，實在太困難了。既然如此，不如我就化身成越野賽跑的跑者，一股作氣地衝到三十樓吧？這大概是唯一一件今日子小姐辦不到，而我辦得到的事了——正當我下定決心的時候。

大概也是爬到十樓的時候。

從正上方——傳來巨大的聲響。

「!?」

我立刻抬頭看，映入眼簾的只有通往十一樓的樓梯內側，完全看不到那邊發生了什麼事。雖說是逃生梯，但挑高挑得奇形怪狀，所以只知道聲音來自正上方，卻無法判斷是從哪一層樓傳來的。

而且那聲音不只響一次，是在短時間內「咚！咚！咚！」地連續響了好幾次，聽起來感覺像是「有東西從樓梯上掉下來」的聲音，也像是在搬運大件行李時，不小心手滑砸落地的聲音。

是呀，認為是正在走樓梯搬運畫布或模特兒石膏像的住戶不小心手滑，應該比較正常吧……那麼，我也應該改變方針。

在查訪住戶時，我已經和工房莊的大多數住戶照過面。直接和他們談話的是今日子小姐，所以他們對我可能沒什麼印象，但是若看到在今日子小姐背後散發出壓迫感的那個「市公所派來的調查員」至今還在大樓逃生梯晃來晃去，應該會覺得很可疑吧。如果是今日子小姐，或許會一臉沒事人的小事化無事，我可是會把心虛寫在臉上的那種人，還是避免與人照面方為上策。

不過……我想到一件事。

雖然我直覺地認為那聽起來像是「有東西從樓梯上掉下來」，所以也可能是「有人從樓梯上滾下來」的聲響。不是手滑，而是腳滑——

「唔……！」

從這裡無法判斷是手滑還是腳滑，但如果是後者，可能會需要幫忙。

的確聲音很大，但似乎也不用想太多。就算真的有人腳底打滑，也不見得一定會受傷，而且畢竟我還有任務在身，沒有必要特地過去湊熱鬧。

然而在腦中的理性下定論之前，我的身體就已經先採取行動了——我以最快的速度，放任野性驅動衝上樓。

因為我已經想到最糟的可能性——真是的，我完全被今日子小姐感化了，才會妄想如果自己也能像她一樣。明知不會因為今天開始模仿她，今天就能突然達到她的水準。

但是在我衝上樓的時候，如此冷靜客觀的心情也煙消雲散——是呀，只不過就是上樓而已，不會有任何損失。如果只要如此舉手之勞，就得以排除最糟的可能性，不是很划算嗎？倘若什麼事都沒有，不就可以放心了嗎？反正又不是勉強自己做辦不到的事，只是作自己能做的事而已。盡力做能力所及的事——而已。

約莫在加速衝刺將近十層樓之後，展開在我面前的，卻是比最糟糕還糟的情況——不，或應該說是比糟還更糟糕嗎？

總之，這是完全超出我想像的——糟糕情況。

「今……今日子小姐!?」

忘卻偵探——掟上今日子，就倒在工房莊十七樓和十八樓之間。

9

我都不曉得眼睛該看哪裡了。

今日子小姐躺在我眼前，原本穿在身上的褲子整個鬆脫，點綴著蝴蝶結的蕾絲內褲全都露了出來——不，用「鬆脫」來說明不甚正確，正確地說是整件褲子都散了。

她為了變裝而臨時縫製的衣服……說來，她是說過「動作太大的話，隨時都可能會解體」。看樣子，似乎是從樓梯上滾下來的時候扯斷了縫線。

「……！」

我無暇細想，先衝向今日子小姐。脫下自己的外套，遮住她的下半身，在她身旁蹲了下來。

只見她雙眼緊閉，似乎失去了意識——但是摸她的脖子，還有脈搏，也感覺得到體溫。把耳朵湊近去聽，還可以聽到呼吸的聲音——太好了。比最糟還糟，糟到極點的狀況似乎沒有發生。

我調整今日子小姐的姿勢，希望讓她舒適些……動作雖然不如今日子小姐那般俐落，但身為接受過保全公司正規訓練的人，還算清楚該怎麼處理這種情況。樓梯間雖然不算寬敞，所幸今日子小姐的個子嬌小，還能讓她把腳伸直。我把已經不成褲子的布條折疊捲起，當做枕頭用……該說是有樣學樣嗎？但這種程度的應變根本及不上今日子小姐之前施展的水準。

似乎沒有外傷或出血，也沒有目視可見的骨折。那麼，能做的就僅止於此。應該說，該做的也到此為止。從剛才的巨響聽來，好像摔得很嚴重，萬一有腦出血，隨便移動可就大事不妙了。雖說呼吸也很穩定，看起來就像是睡著了一樣，我想應該沒什麼大礙……

可是，我卻也無法因此鬆懈，緊接著又從樓梯間往上看。樓梯盡頭是通往工房莊十八樓的門。今日子小姐是從那裡摔下來的嗎——不是。

不是摔下來的。

雖然我跟今日子小姐共同行動的時間不過半天，但就我所知，今日子小姐絕不是會踩空的人。擅於一心多用，同時處理好幾件事情的她，可能會讓人以為她是個注意力散漫的偵探。但是相對地，正因為今日子小姐能一次處理那麼多件事，縱使她在做別的事，也必會顧及腳下的事，絕不會失足。

對了。

當時從樓上傳來的聲音讓我想到兩個可能性，一是「有東西從樓梯上掉下來」，二是「有人從樓梯上滾下來」……光是這樣或許已經想太多，但如果我是今日子小姐，應該會想更多、想更遠吧。

像是想到「有人從樓梯上被推下來」的可能性……而看到此時此刻今日子小姐的狀態，顯然這絕不是想太多，而是理所當然的推理。

實在不該讓今日子小姐單獨行動的——無論她說什麼，我都應該陪在她身邊，不應該分頭調查。

因為，如果今日子小姐的推理沒錯，刺傷人的犯人就在這棟工房莊裡。

我怎麼會蠢成這樣。

或許是因為受到和久井老翁想包庇犯人的成見影響，我總有種這件事的犯人「其實是個好人」的印象……好似那個人會是無害的。

然而，冷靜想想，那個人可是捅了和久井老翁一刀——而且還是將老人捅成放著不管可能會死掉、現在還在生死邊緣徘徊的重傷，但我卻蠢得完全沒想到要親身揪出這個人是多麼危險的一件事。

找出犯人，勸他自首。

今日子小姐在理解和久井老翁的心意之後，決定採取的行動或許帶有某種高尚的情操，但是完全沒把風險考慮進去。面對面去接觸剛剛才出手傷人的犯人，還以為能全身而退，未免太過樂觀了。

假設犯人就在查訪時見過面的住戶之中——如果除了剝井小弟以外，還有人看穿今日子小姐撒的謊，只是沒有點破呢？若是那個人動手傷害到處打探消息的今日子小姐，也一點都不奇怪。

要是犯人以為自己已經殺死和久井老翁，或許會有「殺一個人跟殺兩個人沒什麼兩樣」這種可怕的想法。雖然是既不合理、也沒效率的判斷，但人類有時候就是會採取這麼不合理又沒效率的舉動。

這真的只能說是我們太大意了。

沒有調查權，同時意味著萬一有什麼突發狀況時，也無法保護自己——明知如此，還在沒有人委託她的情況下，自發性地展開調查的今日子小姐，就算被人從樓梯上推下來，或許也只會被當作是自作自受。

或許沒有同情的餘地。

但我心中仍充滿了對犯人的怒火——居然這樣對待想趕在警方展開調查以前，勸他自首的今日子小姐。

現階段還不清楚犯人為什麼要刺殺和久井老翁，兩人之間發生過什麼事——所以關於這點，我可能沒有立場說什麼。身為局外人的我，可能也沒資格批評工房莊的那些規矩。但是無論如何，惹出這風波的犯人都沒有任何理由可以加害今日子小姐。

我認為這是絕對不可原諒的。

或許會違反和久井老翁的心願，或許也會違反今日子小姐的心願，但是事到如今，已經不能再用包庇犯人、勸犯人自首這麼溫吞的態度應對了。

這是兩起殺人未遂案——應該馬上打電話報警。自作主張進行調查的我和今日子小姐肯定會被罵到臭頭，但現在已經顧不得這麼多了。

雖然若去考慮各種可能性，今日子小姐自己失足也不是絕無可能，就算是被人推下樓，也不見得就是這次凶案的犯人幹的好事……但是不趕快報警的話，犯人可能就會逃出工房莊了。

這麼一來，無論如何都不可能再私底下進行調查——雖然時間還沒到，但是如果要棄權的話，只能趁現在。

我拿出手機——不，是想要拿出手機，但手機不在我長褲的口袋裡。難道是忘在地下室嗎？不對，是放在蓋住今日子小姐下半身的外套口袋裡。

想起這件事，我把手伸向外套——就在這個時候。

「……」

今日子小姐靜靜地睜開雙眼。

「唔……唔哇！」

我連忙把手縮回來。要是被她誤會，以為我想對失去意識的她動手動腳，那我可就跳到黃河都洗不清了。雖然沒能拿回手機，但今日子小姐總算醒來了，真是謝天謝地。

「今日子小姐，你不要緊吧？啊，不要勉強坐起來，保持這個姿勢比較好！」

要是突然坐起來可能會走光——我沒有講得這麼明，但她似乎聽進我的忠告，維持躺在樓梯間地板上的姿勢，視線忙碌地四下遊走。看似一下子反應不過來，又像是陷入了混亂……這也難怪，光是想起被人從樓梯上推下來就已經夠恐怖的吧。

不，等一下喔？

被推下樓的時候，今日子小姐該不會看到對方了吧？從時間上來推測，大概是在拜訪剝井小弟之後，今日子小姐不知為何在回程不搭電梯而選擇走樓梯，於是被人從背後推了一把……不過，她摔下來的時候，或許是因為在樓梯上翻滾了兩三圈，今日子小姐最後是仰躺在地板上。那麼，她在昏倒前目擊犯人的可能性就很大了……知道犯人是誰的話，謎底就將在此揭曉。

就結果而言，今日子小姐以身犯險的行動，終究解開了謎團——於是我滿心期待地開口問。

「今日子小姐，你還記得是誰推你下樓的嗎？」

這是個在認定她記得的前提下，有點冒失的問題。但是今日子小姐就這麼躺在地上，搖搖頭如此說。

「我連你是誰都不記得了……」

10

今日子小姐只有今天。

一到了明天，就會把昨天忘掉的忘卻偵探——然而我卻誤會了這個意思，也或許只是因為今日子小姐的說明不夠清楚……仔細想想，不管是今天還是明天，人類的腦子又不是機械化的系統，記憶怎麼可能剛好在凌晨零點的時候重置。

體內時鐘未必與地球的自轉一致。

既然如此，該如何認定「今天」這個概念呢？看來今日子小姐定義很簡單——一覺醒來就是明天。

換句話說，今日子小姐會在睡著的時候喪失記憶。

不只是單純的睡眠，昏迷或失去意識之類的，似乎也包含在其中。

聽起來雖然荒誕無稽，但比起記憶一天就會消失的說法，記憶因睡眠而重置的說法感覺上還比較容易接受——應該是說，也只能相信是這樣。因為那是今日子小姐用自己的筆跡，寫在自己的左手臂上的內容，由不得我不相信。

「我是掟上今日子，偵探。記憶會在每次睡著的時候重置」——只見她挽起袖子的雪白肌膚上，有著用極粗簽字筆寫的這樣一行字。

今日子小姐說那確實是她自己的筆跡。

該說是不做紀錄的忘卻偵探唯一的備忘錄嗎……當剝井小弟開玩笑地說要幫她畫裸體素描時，她會回以「有些原因而不能脫」，大概就是因為身上寫著這些字吧。當然，倒也不是說沒有這些字她就會寬衣解帶。

正因為有這層最基本的用心，她才不至於連自己是誰都不曉得。但這麼一來，就算今日子小姐目擊到推自己下樓的犯人，也都不記得了。

不僅如此，就連和她一起行動了半天的我是誰，還有自己為什麼會在這棟大樓裡的事也都忘了。

和我的關係又回到初次見面，當然也完全不記得和久井老翁遇刺的事。忘了自己曾經查訪過工房莊所有住戶、忘了工房莊是什麼樣的地方，當然也忘了稍早前靈光一閃——對裱框師和久井和久最後大作的見解。

與這件事有關的一切，都憑空消失了。

長達半天的調查活動，至此全部化為烏有，這是令人無法不感到痛心的事實。早知道也至少先問出她認為誰是那個被選中的幸運兒……心裡雖然這麼想，但是換個角度看，或許這樣也好。

不管怎樣，今日子小姐已經恢復意識了，而且看樣子除了喪失記憶以外也並無大礙。既然如此，她忘記這件事反而是件好事，對和久井老翁雖然有點不好意思，但現在正是撤退的最佳時機。

「去看醫生吧！今日子小姐……看起來雖然沒大礙，為了慎重起見，還是去做一下精密檢查比較好。」

「嗯……說得也是。」

今日子小姐看似還有些昏昏沉沉地答道。她雖然已經完全忘了我的事，但憑藉與生俱來的聰慧，似乎仍然猜到我是來救從樓梯上摔下的她，所以並未對我這個素未謀面的男人過度警戒。

「嗯……你是親切先生……對吧？可以請你就這樣把外套借給我嗎？因為這條四分五裂的褲子已經有穿等於沒穿了……請讓我用來圍在腰間。」

「啊，好的。當然，請用。那件外套就送給你。」

我也失去了冷靜，一句話講得顛三倒四的。

「不過，我想我的手機應該放在口袋裡，可以請你把手機還給我嗎？我要叫救護車。」

「我想應該用不著叫救護車……」

今日子小姐邊說邊從外套口袋拿出我的手機遞給我。是因為被我搭救而感到受之有愧嗎？總覺得她過於聽話——乖得像是裝出來的。

從樓梯間走到十七樓，開門來到走廊上——當然是為了搭電梯回一樓。然而，今日子小姐興緻盎然地把（她應該已經看過一遍的）工房莊內部又再看了一遍，跟著我走進電梯裡。

看樣子，這個人一旦不是處在工作模式下，感覺真的就只是個脫線的小姑娘……也對，如果她在平時也是那樣風風火火地動個不停，就算是想帶她去看個醫生，我可能也辦不到。

「……嗯。」

想要學今日子小姐在工作時的一心二用，我試著在移動時叫救護車，只可惜在電梯裡收不到訊號。

對了，不只救護車，原本也想順便報警……嗯，還是先送今日子小姐去醫院再說？

萬一不小心讓今日子小姐知道發生在地下室的事，難保她不會又開始行動。目前看來，她似乎尚未深思自己為什麼會在這裡，但只要有個風吹草動讓她想起自己是來這裡工作的，難保會發生什麼事。

我想趁她發現以前，先把她塞進救護車裡……明明知道並無大礙卻還是想叫救護車來，就是基於這個用意。

然而，當電梯抵達一樓時，我還是沒能打電話叫救護車——因為電梯門一打開，我就碰到一張熟面孔。

不是別人，正是剝井小弟，他似乎要上樓，雖說他身為工房莊的住戶，會在這裡遇見他也很自然，但是這下子慘了——我在心裡暗叫不妙。

因為今日子小姐才剛見過剝井小弟——如果只是要跟剝井小弟來段雞同鴨講的對話倒也罷了，要是剝井小弟重提剛才與今日子小姐聊過的內容，事情就會（對今日子小姐）穿幫了。

不，等等，今日子小姐剛才也不見得與剝井小弟見過面……像這樣會在一樓遇到他，就表示剝井小弟剛才出去了……可能又是去哪家美術館畫圖，所以今日子小姐去剝井小弟房間拜訪的時候，他可能不在家。

這麼一來，剝井小弟應該是現在才第一次看到白髮的今日子小姐吧——

可是，他看起來一點也不驚訝的樣子。

那，他剛才果然還是在房間裡見過今日子小姐，現在只是剛好去附近走走嗎？如果是出去畫圖，卻又沒帶素描本和鉛筆……

「哎呀，真可愛的小弟弟。你是親切先生的朋友嗎？初次見面啊。」

今日子小姐毫無心機，低頭打招呼。

事到如今，又窺見她好像喜歡小孩的一面……或許這是她在工作之外，不加矯飾的模樣，但是可以的話，希望她不要再給我增加新設定了。

「大叔。」

幸好剝井小弟對今日子小姐的寒暄充耳不聞——他指著我手中的手機。

「可以把你的手機借我一用嗎？」

「咦……可以是可以，但你要打給誰？」

「警察。」

剝井小弟說道。那口氣一點也不像個孩子，沒有半點抑揚頓挫。

「警察……？為什麼？」

「這還用問嗎？」

剝井小弟這時才轉身面向今日子小姐——面對滿頭白髮的偵探。他盯著她幾秒之後——平靜地開口說。

「因為是我刺傷老師的。」

11

劇情就此急轉直下，迎向圓滿大結局——這也太莫名其妙了。不理會還陷在混亂漩渦中打轉的我，剝井小弟真的用我的手機打電話給警察。他單方面地報上姓名、告知地址、說自己殺了人。然後彷彿什麼事也沒有地把手機還給我，從我旁邊走過，走進電梯裡。

「剝、剝井小弟……」我好不容易才喊出聲。「你、你為什麼……」

「可以讓我一個人靜靜嗎？可能免不了被加油添醋一番，不過詳細情況你看了明天的早報就會知道了。」

剎井小弟不容我發問。說完，他轉向今日子小姐。

「那個……」話說到一半卻又吞回去。「沒什麼。」

最後他只丟下一句。

「掰啦！今日子小姐。」

剎井小弟摁下電梯的關門按鈕。

「等等……」

雖然完全搞不清楚狀況，也知道不能就這樣放他走，我摁下電梯往上的按鈕，試圖阻止電梯上樓，但今日子小姐抓住我的手臂，搖搖頭說。

「讓他走吧。」

「可、可是……」

「由我來負責解釋吧——親切守先生。」

她連名帶姓地稱呼我，讓我覺得不太對勁。奇怪？從我在樓梯間救了今日子小姐之後，至今尚未報上自己的全名，只說了親切這個姓。而且我今天穿的是便服，當然也沒別上名牌。她怎麼會知道我的名字是「守」？

她應該已經不記得我了啊……

在我還兀自怔忡的時候，載著剝井小弟的電梯已經上樓——摁再多下也無法讓電梯停下來了。

「請往這邊走。」

今日子小姐走向逃生梯——我一頭霧水地跟在她背後。看樣子，今日子小姐打算前往地下室。要在那裡解釋嗎？既然剝井小弟已經打電話報警，不消五分鐘，警方就會趕到現場，已經沒有時間在案發現場慢慢解釋了。

「只要給我五分鐘就夠了——我將用最快的速度揭開謎底，別擔心。」

今日子小姐從容不迫地說完，走下樓梯——她的腳步十分堅定，沒有半點遲疑。果然，她就算是倒著走也不會失足跌倒——而且聽她的語氣，彷彿根本就清楚記得地下室發生過的事。於是我一踏進工作室，就直接問她。

「今日子小姐，你該不會……還記得這次的事吧？」

「沒錯。我記得一清二楚。」

「這、這是怎麼回事？忘卻偵探不是一睡著就會失去記憶嗎……」

「是的。我沒騙你。我怎麼會欺騙親切先生呢——只是當時的我，並沒有昏過去啊。」

只是假裝昏過去而已。

所以沒忘記。

今日子小姐臉不紅、氣不喘地說——就算說得臉不紅、氣不喘，這不就是騙我嗎……明明已經看過今日子小姐一路矇騙工房莊住戶的模樣，甚至還提高警覺以防被她耍弄，卻仍然被唬得團團轉。

可是，她為什麼要扯這種謊？而且還連我都騙。

「那……那你也知道是誰把你推下樓的嗎？該不會是剃井小弟吧？」

「沒人推我下樓——我是自己摔下去的。因為是自己摔下去的，所以才免於昏過去。」

「……？」

這句話沒頭沒尾，讓人難以理解，但唯一能確定的是，裡頭並沒有「不小心跌倒」的意思——縱使如此，我還是一頭霧水。

今日子小姐把我留在地下室，獨自一人行動的那三十分鐘裡，到底發生了什麼事？

「就說了，我會負責向你解釋的。請不要著急。急也沒用，隨著剝井小弟的自首，事情已經解決了。」

「咦？啊，可是……」

我看了一眼放在房間角落的兩層櫃，櫃子旁邊還堆著我抽出來的書。

「那這些該怎麼辦？我在書頁之間還沒有找到任何東西……」

「哦，沒找到就沒找到，如果真找到什麼才會把我嚇死呢。因為那只是我用來做為和親切先生分頭行動的藉口罷了。」

今日子小姐若無其事地說道。也就是說，她故意讓我做些不必要的工作嗎？假藉分頭行動之名，把我困在地下室……她則利用那段時間去找剝井小弟密談嗎？的確，要我再檢查一次今日子小姐已經檢查過的地方，原本就像是浪費時間的工作……

「因為我無論如何都想一個人去見剝井小弟——順便告訴你，因為實在沒時間，我上樓時是搭電梯上去的。」

「什麼……」

她說要解釋給我聽，但講的都是一些令人摸不著頭腦的話，我反而愈來愈困惑了。

「欸？呃，你的意思是說……你去找剝井小弟，並不是要問他與和久井先生最後大作有關的事，而是去勸那孩子自首嗎？」

「嗯，沒錯，就是這樣。細節我等一下再告訴你。」

「可是……你當時不是說，還不曉得犯人是誰嗎？」

「那是騙你的。」

那也是騙我的啊。

那落落大方、絲毫沒有一點罪惡感的態度，達到如此境界，我只能佩服。當然，對於她說了那麼多謊，尤其是假裝昏迷這件事，真的因此為她擔心的我實在有很多話想說，但我更在意的是——她怎麼知道剝井小弟就是犯人呢？

「那你從什麼時候……何時開始懷疑剝井小弟的？」

這是推理小說中一定會有人問偵探的問題——基本上，偵探都會用「從第一眼看到他的時候」來回答，但是最快的偵探又更超越了這個標準答案。

「從看到和久井先生倒在這裡的時候。」

「喔……啊？」

不就是發現異狀的當下嗎……正當在進行那迅雷不及掩耳的急救時，今日子小姐已經推理出答案了嗎？在那之後的調查，全都只是驗證嗎？

這也太——神速了吧。

那時都還沒見到剝井小弟呢。

「是呀，嚴格說來，當時我還不知道剝井小弟就是犯人。不過，我打從一開始就懷疑犯人或許就是像他那樣的小孩。」

「怎、怎麼說？」

「因為傷口的位置。」

今日子小姐指著自己的小腹說。由於我的外套還包覆著她的下半身，所以看不太出來，但我記得和久井老翁的傷口位置確實是在那一帶。

「傷口的位置太低了。如果是大人刺大人的腹部，傷口應該再高個十公分。」

這麼一說也真的不是多了不起的推論，但確實如此——身高差異。

就像從刀子刺進去的角度可以研判出是否為自殘那樣——明眼人從傷口位置就能判斷出對方的身高。原來今日子小姐早就一面進行急救，一面仔細分析過傷口了。

「因此，也可以說和久井先生是僥倖逃過一劫呢！因為那孩子不夠高，所以無法捅到他的心臟。」

「這就是……你剛才在地下室裡提到的『必然』嗎？」

再補充一點的話，也由於犯人是平常只拿鉛筆作畫的剝井小弟，所以連拿放在現場的調色刀行凶時都沒能握好。這恐怕也是一種必然。

「如果是在爭執時用調色刀捅人，捅到哪裡都不奇怪，但好像也沒有爭執——所以我當時就認為犯人若不是小孩，就是身材矮小的人。」

對了，這麼說來，在查訪工房莊所有住戶的途中，見到剝井小弟時，我只注意到他識破今日子小姐的變裝……但其實真正應該著眼的，是「今日子小姐對於有小孩住在工房莊的事毫不驚訝」才是——原來今日子小姐當時就已經猜想到工房莊裡有小孩了。

「所以當我見到剝井小弟時，便對他設下各種陷阱，想要試探他。」

「……像是故意把和久井先生的傷勢形容得很嚴重之類嗎？」

「沒錯。還有我只說凶器是『刀子』，期待對方會不小心脫口說出『調色刀』這個關鍵字……只可惜他沒上勾。」

好像有這麼一回事——我還以為她只是單純在問話，沒想到當時偵探與犯人的勾心鬥角就已經開始了。

「總之查訪過住戶之後，也確定住在工房莊的小孩只有剝井小弟一個人，幾乎可以鎖定他就是嫌犯，因為其他住戶最矮的都比我長得高。」

她大概是用自己當比例尺去衡量住戶的身高……啊，所以才堅持要見過所有住戶嗎？她的一舉一動真的都是有其用意的……不過既然有這番道理，為什麼不早點告訴我呢？

「我怎麼能告訴你呢？我又不是要解開這個謎，只是想完成和久井先生的心願而已……若是如此，一旦剝井小弟想要自首時，如果還有其他人知道他的罪行就不好了。不管這個『其他人』是你，還是我，都不好——因為那麼一來，就稱不上是自首了。」

咦？什麼意思？為什麼這麼一來，就稱不上是自首了？

「還用問嗎……假使我用證據確鑿、無懈可擊的理論將犯人逼到絕境，要他自首的話，其實等於是讓他別無選擇，那跟脅迫有什麼兩樣？如果不能讓犯人基於自己的意願自首，就不算完成和久井先生的心願。」

說得也是……理想上或許是這樣沒錯，但實際上這才是不可能的。如果是會基於自己的意願自首的人，就算今日子小姐什麼都不做，他也早就出來自首了吧。正因為事與願違，犯人行凶後還逃離了現場，才讓身為偵探的今日子小姐得親自出馬……嗯？偵探。

忘卻偵探。

啊……原來是這麼回事啊。

所以今日子小姐才會假裝昏迷、假裝喪失記憶嗎？雖然我不清楚發生了什麼事……但今日子小姐第二次去找剝井小弟的時候，是以忘卻偵探的身分去的。

露出滿頭白髮用以揭露自己就是忘卻偵探，找了個藉口，把剝井小弟約到逃生梯，告訴他自己的推理。然後大概是假裝腳底一滑，當著他的面從樓梯上滾下來——

失去記憶。

其實是假裝失憶。

剛才在一樓的電梯間見到剝井小弟，打招呼的時候也刻意強調「初次見面」——裝出一副初次見面的模樣。

故意讓剝井小弟以為指出自己罪行的她——把一切全忘了。

用這個方法，賦予他自首的選項。先將他逼到絕境，再給他一條生路。

基於自己的意願自首——

「呵呵。說來也真是丟臉，我沒有料到褲子真的會整個散掉……不過我知道三十分鐘一到，親切先生就會來救我的。」

剝井小弟好像是聽見你衝上來的腳步聲，一時嚇得逃走了──今日子小姐雖然這麼說，但天曉得呢？說不定就連這點也在她的意料之中。

可是褲子散掉這種事，我並不認為用一句「沒料到」就能帶過去……雖然不敢說她自作自受，但誰叫她滿口謊言，才會遭此報應。

「你想過真的喪失記憶要怎麼辦嗎……」

「那也無所謂呀！考慮到剝井小弟的處境，說不定那樣還比較好……但是，那樣的話就無法解釋給你聽了。」

「……」

「然而說來慚愧，我到最後還是有個謎團無法解開，那就是和久井先生身為裱框師最後的工作──既然動機跟這點脫不了關係，也不能等閒視之──所以我真的很感謝親切先生。托你的福，我才能解開這個謎團。」

「是、是嗎……」

我以為自己會因為聽今日子小姐說了太多謊話，再也不敢相信她說的任何話……但也不盡然如此，聽到她對我表示感謝之意，我還是很高興。

我其實有點害怕，這個人，頂著一張笑意盈然、看似純良的臉，骨子裡會不會根本是個驚世駭俗的壞女人呢？比起高超的說謊能力、不會搞混自己說過哪些謊的能力——她就算說謊也會被原諒的能力之強，或許更值得大書特書一番。

「這麼說來，今日子小姐一直對動機耿耿於懷呢……」

我還以為她打算從動機揪出犯人，但結果並非如此，之所以想確實掌握住犯案動機，是為了做為勸犯人自首的王牌。

追求速度之餘，也絕不會輕忽關鍵的部分——這就是最快的偵探。

不過，如果今日子小姐說感謝我不是在說謊，給她提示的我卻完全不曉得和久井老翁製作畫框的玄機，也實在太丟人了。

只是我雖然很想知道那個謎底，但說真話我到現在還無法接受剝井小弟就是犯人的事實……即使他本人都承認了。

「對了，不在場證明呢？」

「不在場證明？」

「就是……我們不是在這裡討論過嗎？因為樓梯上有血跡，犯人應該是趁電梯在維修時下的手。既然如此，那時人在美術館的剝井小弟就不可能犯案……難道那滴血跡與這件事無關嗎？還是他說去美術館是騙人的？」

「他好像真的去了美術館，但血跡大概也是剝井小弟上樓時滴落的，要認真找的話或許有其他血跡，只是我們沒看到而已。」

「那……」

「既然前提是要讓剝井小弟自首，在這裡討論的時候，我也不希望你對剝井小弟起太大的疑心，所以並未特別否定。然而只要單純假設案發時間是在電梯開始維修之前，就能得出他的不在場證明其實並不成立。」

「……？」

別說沒有特別否定，她這根本是積極肯定好嗎？先不談這些，我還是不懂他的不在場證明為什麼不成立。如果電梯當時沒在維修，住在三十樓的剝井小弟就會搭電梯吧？

「不不不，這可不一定。不管電梯會不會動，都可以爬樓梯吧？」

「是、是這樣沒錯啦……」

畢竟樓梯又沒有拉上封鎖線，如果是重視身體健康……或是覺得爬爬樓梯可以討個好彩頭的人，也許會特地爬樓梯而不搭電梯或手扶梯吧。

問題是，我不認為剝井小弟是重視健康的人……

「沒錯。可是如果只有爬樓梯才能到，就只好爬樓梯了吧？」

「嗯……如果是這樣的話，的確。」

「身高。」今日子小姐說道。「親切先生可能從小就長很高，所以很難想到這點吧……有些小孩可是摁不到電梯裡高樓層的按鈕呢！」

「啊……！」

不，我是上了高中才開始長高的，所以我完全能明白今日子小姐的意思。因為其實沒什麼大不了的，所以人們長大之後也往往不會主動提起這樣的心結，但有些電梯的按鈕確實是安裝在小朋友怎樣都搆不到的位置。不只是我，很多人應該都有過這種不方便的經驗吧。

事實上，今日子小姐要上頂樓的時候，也得踮起腳尖才能摁到頂樓樓層的按鈕，就別說剝井小弟還是個孩子，根本碰也碰不到吧。而考慮到他那種人小鬼大的性格，相信也絕對不會向別人求助。

……假設他只能勉強碰到十七樓的按鈕呢？

可能會先搭電梯到十七樓，再從十七樓爬樓梯上樓吧？剛才說要自己一個人靜靜的剝井小弟，此時此刻是否正順著這樣的動線回房呢？

這麼一來——會在那裡留下血跡就很合理了。

我曾經想過，這種沒有無障礙設施的大樓似乎不適合年事已高的和久井老翁居住……看來對小孩來說，也絕不是棟體貼的大樓。

但也難怪，和久井老翁肯定也沒有想到，日後竟然會有個才十歲的小孩住進工房莊裡。

「那……你的意思是說，案發時間是在早上九點以前嗎？後來剝井小弟就去美術館畫圖……為自己製造不在場證明嗎？」

「不，據他所述，他似乎並沒有要製造不在場證明的意圖，只是當時陷入恐慌，一心想逃離現場才跑了出去……那孩子一旦方寸大亂，就會去畫圖來撫平自己的情緒，這點也跟我想的一樣。」

聽她這樣說，我到底該怎麼辦呢？

應該要為剝井小弟沒有故意製造不在場證明而感到高興嗎？我該怎麼看待到了那個節骨眼，卻依然除了畫圖還是只會畫圖的他呢？

「我拿那滴血跡當藉口，約他到逃生梯談判——真正目的是要在之後從樓梯上滾下來就是了——但他似乎也沒注意到自己在樓梯間留下血跡。」

實際上，若是由警方來偵辦，這案子根本不用半天，只要三個小時就能解決了吧——今日子小姐若無其事地說。

只要她有心，看到傷口之後三秒內就能解決這件事了……可是今日子小姐卻沒這麼做。不僅如此，當我開始懷疑剝井小弟，她還不著痕跡地抹去我的懷疑，誘導我一廂情願地為他設想根本不存在的不在場證明。

縱使用盡一切手段，也要讓犯人自首……今日子小姐之所以這麼做，或許不只是因為和久井老翁想包庇犯人，也因為犯人還是個孩子……但就算指出這點，她大概也不會承認吧。

對小孩也絕不手下留情的今日子小姐。

和剝井小弟一對一談判時，想必也未手下留情，鐵定是展現大人的能言善道斬斷他所有退路。儘管如此，她仍堅持要讓剝井小弟自己認罪。

比起逮捕他，更堅持要讓剝井小弟反省——我不曉得這個世上有多少偵探，但是會做這種事的偵探，肯定只有今日子小姐一人。

……這種事若不是忘卻偵探，或許還辦不到。

「我也說過了，他還是刑法無法制裁的年紀。再加上和久井先生打算包庇他，就算真的被捕，或許也不會受到任何處罰。既然如此，問題就在剝井小弟本人怎麼看待自己做的事。」

有道理……回想整件事，就是個孩子在闖下滔天大禍後，害怕得逃走，卻又無處可去，只好再回來的鬧劇……不，是今日子小姐讓整件事得以用這種方式解決落幕。

「……所以動機到底是什麼？剝井小弟為何要刺傷和久井先生呢？」

兩人之間就算起了爭執也不奇怪。該說他們物以類聚嗎？雙方的個性都很容易上火——不過應該還是有什麼導火線。

所以今日子小姐才會對這點耿耿於懷吧……果然還是與和久井老翁最後的工作有關嗎？

「是的。他已經告訴我了，或是說，就如同他之前的告白。當他猜到和久井先生要求工房莊的住戶們畫的那些畫並非煙霧彈，而是所有人都被選中的時候，就直接跑去找和久井先生談判了。我是從材料的訂購數量推敲到這一點，而剝井小弟似乎是從作畫的住戶說的話聯想到的。他或許是覺得接到和久井先生指示畫圖的住戶就算不只一人，但參與人數也實在太多，而因此起了疑心吧。」

「……」

昨天在回家路上與他不期而遇之時，剝井小弟便將撒下煙霧彈一事評為「不是老師的作風」而面露懷疑——這麼說來，他的疑慮在那時早就已經坐實了七八分。得知事情已經進展到僱用警衛的最後一步時，終於採取行動——是這麼回事嗎？

無論在什麼樣的情況下，除了畫圖還是只有畫圖的少年……

對於這樣的少年而言——明明只有幾個人落選，自己卻在落選者的陣容裡，是何等的屈辱啊。

說老實話，我不明白這種感覺。

感到屈辱多少難免，但現實中，真的會因此而出手傷人嗎？又不是自己的一切都被否定了。

對剝井小弟而言……

或許就像是一切都被否定了。

「要是和久井先生肯解釋清楚就好了。事情會演變成這樣，剝井小弟固然有錯，不過和久井先生也有責任。」

「你是指……身為監護人的責任嗎？」

「當然也包含這個意思，但要是和久井先生肯早點告訴他就好了。愛搞神祕也不是不行，但凡事都有所謂的限度。」

「……？」

雖說該早點告訴他……但就算告訴剝井小弟，或許也只會讓紛擾提前發生吧？因為不管事實有多殘酷、多苛刻，事實就是事實……嗯？

不過今日子小姐不是已經明確否定「所有人都被選中」的假設了嗎？那也是為了誤導我的謊言嗎？而她就是因為找到這個問題的解答，認為已湊齊用來交涉的王牌，才會把我留在地下室，一個人去找剝井小弟吧。

「是的。從結果來看，和久井先生最後的工作並不是直接的動機。要說到動機，就是剝井小弟的誤會一場，但是我們探索此事的真相也絕非徒勞無功。要是沒告訴他真相的話，剝井小弟應該不會下定決心自首——也無法自首吧！」

倒也是，倘若動機只是來自「明明有那麼多人雀屏中選，自己卻被排除在外」的憤怒，早在今日子小姐與剝井小弟第一次見面的時候，謎底應該就可以解開了。只是我萬萬沒想到，原來誤會也可能會成為動機。

可是，若是一切到此結束，剝井小弟一定不會反省——也不願反省吧。只會變成他與和久井老翁的意氣之爭，沒有今日子小姐介入仲裁的餘地。然而，如果他的動機只是一場誤會呢……解開這個誤會，或許就能融化剝井小弟冰凍三尺的心。

「可是……是什麼誤會呢？和久井先生到底在想什麼，怎麼會訂那麼多材料，請那麼多人作畫呢？」

我確認了一下時間，開口問道。

雖然因為剝井小弟已經主動打電話報警，應該就不需要再趕時間才是，但從今日子小姐開始解謎，已經過了四分鐘以上，警車也差不多該到了。身為整件事第一發現者，必須向警方說明的事多如牛毛，大概再也沒機會再跟今日子小姐說些什麼了。

速度最快的忘卻偵探，似乎背負著總是被時間追逐的宿命。

那麼，至少得讓我知道事實的真相吧——和久井老翁要我保護的，究竟是什麼樣的工作？傳說中的裱框師，人生最後的工作到底是什麼……

「既然和久井先生沒有打算給每張畫都裱上框，那還是只有一個人會雀屏中選吧……難道，那個人其實是剝井小弟嗎？」

雖不知這和今日子小姐至今的論述兜不兜得起來，總之我先提出一個假設。也就是說，目前所有受託作畫的住戶都是煙霧彈……

「如果是這樣的話就太美好，但是以誤會來說也太悲哀了。既然和久井先生沒有委託剝井小弟作畫，就沒有這個可能性。」

「那……果然還是他一開始講的，只有一個人的作品會被採用，其他人描繪的作品都只是煙霧彈嗎？」

要是能證明這一點，多少能安慰到剝井小弟吧……但縱使如此，「自己並非首選」這點並沒有改變，嚴格說來，這也不算誤會。

搞不懂。今日子小姐是如何融化剝井小弟的心？光用證據逼問對方的話，鑄下大錯的犯人就算會自白，也不會自首。「我幹的」這種話誰都會說，但是到底要怎麼做，才能讓人坦承「我錯了」呢？

「我不是說了嗎？而且那發想可是親切先生你告訴我的呀——只要從

外框，反過來推測內容就好。」

「你太過獎……不，就算你這麼說，事情也沒有那麼簡單啊！光是要從大量的材料想像出要做成什麼畫框就很困難了，更別說還要從畫框推測究竟是要用來裱什麼畫……」

「嗯？啊，不是，不用想得這麼複雜呀！只要單純地從材料分量來看就可以了。」

「咦……？」

分量？大量訂購的材料……等等，這麼一來，不是又繞回原點了嗎？今日子小姐之所以會覺得有異，不就是因為材料過多嗎……

假設和久井先生準備的材料全都要派上用場，那不就等於他委託工房莊住戶描繪的畫作全部都是他想要的，最後又會歸結到讓剝井小弟難以接受的結論嗎？

「不是全部都是他要的。」

今日子小姐像是強調般地又再說了一次。

「是——全部才是他要的。」

「……？等等，我不太懂你的意思……」

名偵探特地為我解謎，我卻無法舉一反三地反應過來，真是過意不去，但這卻是我的真心話。

「也就是說，和久井先生打算用上所有的材料嗎？因為要為大量的畫作製作大量的畫框，所以才訂了大量的材料……」

「不是的。他是要為大量的畫作製作一個大畫框——可以把大量的畫作全部裝進去——把大量的材料全部用上的超大型畫框。」

「超、超大型……畫框？」

「就像拼圖那樣啊！」

今日子小姐看向地面說道。她用畫板做的拼圖，還一片片散落在地上。

「和久井先生委託大家作畫的尺寸雖然大小不一，但我想只要像七巧板那樣組合起來，就會成為一個工整的長方形。和久井先生打算將其視為一塊完整的畫布，為其製作一個大畫框。」

「……！」

所以——並非全部「都」是他要的，而是全部「才」是他要的。把大量的畫作聚集起來，才能拼成一幅完整的畫……

和久井老翁企求的是一幅工房莊住戶的集體創作嗎？倘若把工房莊本身視為一項他的創作，的確是沒有比這更適合他最後的工作——人生集大成的規格。

如此也能解釋為什麼他人生最後之作，不是選擇有名氣的大師真跡來裱框，而是要採用未來畫家的作品了——甚至讓人覺得和久井老翁十年之前興建工房莊，該不會就只是為了這個吧？這個理由比什麼想報恩、想回饋、只是興趣什麼的，都更能讓人信服。

把委託的畫作全都擺上去，製作一幅宛如拼圖的畫。

的確，這樣就能把大量的材料全部用上，而且也不用怕祕密會曝光。這該稱之為分工嗎……雖說連畫的人也不知道自己畫的是哪個部分。

不過，居然真的是要做超大型畫框……他是說過最後的工作工程浩大，沒想到還真有如字面上的意思。

既然如此，也能理解和久井老翁會雇我當警衛之必然了。在這間地下室裡不可能製作這麼巨大的作品。按照今日子小姐的目測，應該就連材料都裝不進去——那麼勢必得另外租個倉庫。

所以他真正要委託我的，並非是在工房莊裡保護他，而是保護他在移動時的安全。或許還會要求看來頗耐操的我，順便幫他做些雜事吧。

「可是……不只是大小不一，就連大家描繪的主題也都不一樣吧？把那些畫擺在一起，真的能變成一幅完整的作品嗎？該說是會互有衝突，還是要說是格格不入……總覺得只會像一張大雜燴吧。」

「你聽說過馬賽克鑲嵌藝術嗎？那是一種按照顏色將大量的圖片分門別類，拼成另一幅完全不同圖畫的手法。通常都是用照片來製作就是了……我猜和久井先生是打算製作同樣的東西。」

「用照片拼出另一張照片……」

乍聽之下沒什麼概念，但仔細想想，確實好像在哪裡看過。記得我看到的不是用照片，而是用動畫截圖拼成的……總之，就是將每張照片都視為一個點，運用其畫面中的主要色系，有計畫地把這些點擺在一起，呈現出另一幅完整的畫。

依顏色分類的——拼圖。

對了。

今日子小姐或許只是為了爭取時間不讓我離開地下室，但也因此讓我翻到那本放在兩層櫃裡的雜誌，得知了和久井老翁曾經立志當畫家的過去。

對於過去放棄了畫家之夢的和久井老翁而言，這或許是最後的挑戰……他打算把繪畫本身當顏料，揮灑出一幅弘大的作品。

這般創意與規模。

我不禁佩服他的執著。但在佩服同時，也有些無言。

這種想法太天才了，平庸如我實在難以跟進——無端被捲入這個計畫的工房莊住戶，應該也會覺得很困擾吧。

要是能先取得大家同意也就算了，但這樣瞞著工房莊的住戶秘密進行，實在讓人不敢苟同……不過，比起要他們畫一堆只是用來掩人耳目的畫，這「做為拼圖用」是還好一點。

工房莊住戶的集體創作。

如果這樣能讓和久井老翁光榮退休的話，住戶他們也……不，等等。

即便如此，剝井小弟被排除在外的事實依然沒有改變。除了剝井小弟，還有其他幾位住戶也沒接到作畫的委託。

還有比這個更羞辱人的嗎？受到排擠，連參與集體創作的機會也不給，對於尊稱和久井老翁為老師的剝井小弟而言，必定是很難接受的……不，說不定這才是最難接受的事情。

縱使向他說明和久井老翁真正的用意，剝井小弟也只會更火大——

「沒這回事，他馬上就接受了，還似乎對自己的缺乏思慮感到羞恥。」

「咦……是嗎？我還以為十歲左右是最痛恨被排擠的年紀……」

「跟幾歲無關，因為他是個畫家哪。」

今日子小姐聳聳肩。

「在幫我畫肖像畫時也是……剝井小弟不是都只用黑色畫圖嗎？」

「嗯，是呀，我第一次見到他的時候，他也說色彩很髒、很噁心……」

說到這，雖然慢半拍，但我也終於恍然大悟了。

「沒錯，就是這麼回事。」今日子小姐也點點頭。「和久井先生想要畫的圖裡不會用到黑色。其他沒被指名的住戶，也多是基於這個理由。」

在畫圖的時候，難免有幾乎不太會用到的顏料……也有完全不會用到的顏料。不是畫功的問題，而是顏色的問題。

我邊聽今日子小姐解說，邊想起和久井老翁曾經要剝井小弟到美術館來臨摹有著大理石花紋的地球。但剝井小弟就連地球也只用黑白兩色來描繪——也許是我想太多了，說不定和久井老翁是想利用這個指示，促使剝井小弟運用「其他顏色」來畫圖也說不定。

「的確……畫圖的時候，黑色很難處理呢！除了會壓過其他顏色之外，嚴格說來，黑色也是自然界裡不存在的顏色……」

再怎麼說，也是顏料要配合需要，總不能配合顏料來畫畫吧。硬是要用的話，只會搞得像螢幕出現壞點，如果剝井小弟的目標是當個畫家，那麼這個真相的確會讓他只能啞口無言。

「就是說啊。所以我給了他一個建議。」

「建議？」

「沒錯。因為剝井小弟對於和久井先生的陰謀……抱歉，是對於和久井先生的計畫太驚訝也太沮喪了，所以在摔下樓以前，我稍微逾越了偵探的本分，給了他一個外行人的建議。『既然如此，你就跟其他沒被指名的住戶一起請和久井先生最後再補上一筆「工房莊全體住戶」的簽名不就好了嗎？』如果是簽名，就算是黑色也無妨吧？」

「……」

原來如此，確實是逾越偵探本分的建議……但，或許讓剝井小弟決定自首的，既不是事情的真相，也不是謎團的解答，而是這個外行人的建議。

那個覺得色彩斑爛的大理石花紋很噁心的少年，也或許能經由這五顏六色、百味雜陳的事件而有點改變吧。

此時，耳邊傳來嗚笛聲。

是警車的嗚笛聲——也是時間到的提示音。

「接下來。」今日子小姐說道。「就讓我們也來向剝井小弟學習，跟警察伯伯道歉吧！我們不但沒報警，還擅自調查，結果什麼忙也沒幫上。好好為此說聲對不起，然後好好地被警察伯伯罵到想哭吧。」

「……是呀。」

名偵探召集眾人，說聲「接下來」便開始解謎——不過看來這名偵探，非但不召集任何人，而且還是在解完謎後，才終於開口說聲「接下來」。

的確，身為大人，接下來才是重頭戲。

附記

如此這般，時光荏苒又過了半年。

即使不是忘卻偵探，這段時間也足以讓人忘記很多事，就在這個時候，我的手機接到一通電話——那是儲存在通訊錄裡的號碼，液晶螢幕上顯示著「置手紙偵探事務所」。

真奇怪。

我和今日子小姐在那以後——被警察連祖宗八代都挖出來問以後——就再也沒有見過面了，不消說，她應該已經把我和那事件都忘光了才是。

果不其然。

「你好，我叫掟上今日子。」

她一開口就自我介紹——但接著卻這麼說。

「方便的話，可以請你馬上過來我的事務所一趟嗎？我有很重要的事要跟你說，在電話裡講不清楚。」

「……？」

我滿頭霧水。會是什麼事呢？不過在那之後，我一直沒找到新的工作，時間多的是，所以也沒想太多，就答應要過去拜訪。

好久沒看到今日子小姐了，若說心裡沒有半點喜悅的情愫是騙人的……只是，對方已經忘了我，所以這應該不是約會的邀請吧。

裱框師——和久井和久與工房莊的住戶共同製作的劃時代大作，前幾天已經開始在我曾被派駐的那家美術館裡進行特別展示了，如果今日子小姐還記得發生在工房莊的事，或許是打電話來約我去看畫展，但唯獨在忘卻偵探身上，是不可能發生這種事的——算了，我也收到剝井小弟寄來的邀請函，改天再自己去吧。老實說，要我獨自前往那家開除我的美術館，真的是非常尷尬……只可惜，我也找不到願意陪我一起去的人。

之所以選擇那家美術館來展示完成的作品，大概是引起大騷動的和久井老翁想表達最起碼的歉意吧——所以，雖然我百般不想踏進那家美術館，但就連那個老人都願意放下身段了，我也得大方一點才行。

還聽說他在出院以後，還為了那天被他用手杖敲破的那幅畫的作者——同時也做為復健用——著手製作了畫框。

……雖然和久井老翁身體順利康復，也沒有留下後遺症，但聽說要是再晚一點發現，就會有生命危險，幸好今日子小姐的急救完全是醫療從業者等級的水準。也正因為如此，警方雖然把我們罵得狗血淋頭，卻也沒追究我們沒報警就自行玩起「偵探遊戲」。

然而，就連被罵到狗血淋頭的事她也應該忘得一乾二淨了。關於這點，我真的覺得今日子小姐實在是很詐。

當然，剝井小弟刺傷和久井老翁仍然是無法饒恕的行為，但因為是自首，而且本人也已經深切反省，再加上身為被害人的和久井老翁算是他的監護人，最後以接受保護管束處分了事。

不只刺傷人的有反省，被捅一刀的也檢討了，結束復健，再度展開最後的工作時，聽說和久井老翁也向工房莊的住戶坦承一切。想必也有人怒不可遏，但是看到完成的作品，最後還是達成共識了吧。

既然如此，就等看到那幅作品後，再來決定對和久井老翁及工房莊的評價吧。工房莊裡有沒有藝術家，答案肯定就在展示裡。我也很想知道剝井小弟那歪七扭八的字，究竟會變成什麼樣的簽名。

在東想西想的時候，我已經抵達置手紙偵探事務所了——第一印象是驚訝。因為她說是私人的事務所，我一直以為是坐落在住商混合大樓裡的某個斗室，沒想到是一棟自有樓房。

三層樓的簇新建築——雖然遠不及和久井老翁的工房莊，沒想到今日子小姐名下居然坐擁這樣的豪宅。

她該不會是千金大小姐吧。

這麼有錢，卻又對錢那麼錙銖必較……不過，聽說發生在工房莊那件事，她後來好像沒收到報酬。畢竟和久井老翁沒能在當天清醒過來，身為忘卻偵探，這也是莫可奈何的事。

想起今日子小姐因為做白工而懊悔到極點，比被警察罵的時候還要沮喪百倍的模樣，不禁莞爾……但或許就是因為那麼貪心，才能蓋出這種豪宅。

當我踏進那棟豪宅——好像是叫掟上公館來著，不禁對裡頭設置的最新保全設備嘆為觀止，走進二樓偌大的會客室，總算和半年不見的今日子小姐再相會。

對我而言是再相會，但對於今日子小姐而言，卻是初次見面。

絲質襯衫上有大片的刺繡，搭配緊身皮裙、褲襪、高跟鞋，打扮有些過於時髦，但是穿在今日子小姐身上，看起來顯得很柔和，真不可思議。

她的模樣的確很有女社長的派頭，與建築物相得益彰。

如她所說，除了她沒有其他員工，所以今日子小姐親自泡了兩杯咖啡，放在沙發桌上，接著如此說道。

「歡迎光臨，親切先生。今天請你過來不為別的，我就開門見山直接說了——其實是我想僱用你。」

「什麼？」

這也太直接了，直接到我聽不懂她在說什麼。今日子小姐似乎覺得我如此驚慌頗有趣，微笑著說道。

「畢竟我們做偵探的很容易招人怨恨，所以相當注重人身安全。」

對了，她不是一般的偵探，而是忘卻偵探——就算招人怨恨也會忘記，所以風險比一般偵探還要高出許多吧。可能也因為如此，這棟豪宅才會像是保全設備展售會一般……

「是的，可是把風險管理都交給機械的話，還是有些不安……所以我每天都想著要拜託信得過的人。」

「每、每天嗎？」

每天都想起，然後每天都忘記嗎……

「雖然這麼做實在很失禮，但我已經對你調查了一番，聽說親切先生現在正在找警衛的工作。」今日子小姐說道。

調查——是偵探的本行。

一想到自己待業中的身分曝光，不由得有些難為情——如果讓我找個藉口，只能說之前被當作代罪羔羊解僱的事，至今仍對我求職有負面影響。

這是個狹小的業界。

和久井老翁原本要僱用我擔任製作畫框時的警衛一事，也因為不需要再瞞著工房莊的住戶而不了了之……照這樣說來，今日子小姐的邀請不只是天上掉下來的禮物，更像溺水者想抓住的救命稻草、上天垂降到螞蟻地獄的蜘蛛絲。

「我想你已經知道了，我是個性質比較特殊的偵探……所以我開給你的條件可能有些複雜，但是這個部分我會反應在薪水上的。」

她根本是個守財奴，所以關於薪水的部分，我不敢抱太大的希望，但能從事自己想做的工作，我已經要謝天謝地了。

只是……

「感謝你願意給我這個機會，今日子小姐，但我想我可能無法勝任。」

「哦？此話怎講？」

「呃……不好意思，我沒自信能保護好你……我想你已經忘了，但我以前曾經有過一次沒有保護你周全的紀錄。」

嚴格說來，那是今日子小姐自己從樓梯上跌下去，而且還假裝昏過去，所以要推託到我身上，實在過於牽強……但就算不提這件事，我也不認為有能力保護好今日子小姐。

這個擔子太沉重了。

我不覺得自己能保護好這個人——這個視線一離開她身上，就不曉得她會闖出什麼禍，動作那麼快又自由奔放的人——而她的才華，要是沒保護好也是不可收拾的。

「是嗎？」

今日子小姐歪著頭看我。

「可是，把你推薦給我的人，似乎不這麼想呢。」

「……？推薦？誰會推薦我？」

說來，明明今日子小姐應該已經忘了我才是。我也還沒問她——她是怎麼會想到要打電話給我呢？

「請問到底是誰把我推薦給你的？」

「是我本人。」

今日子小姐拿出一張紙，放在桌上。

那張紙上，有著今日子小姐熟悉的筆跡。

「我推薦親切守先生擔任掟上公館的警衛主任。」

「……」

「我才想雇個警衛，就找到這張紙條。大概是之前的我故意將這放在一旦我想僱人的時候就能找到的地方吧。我不曉得我們一起經歷過什麼事，也不打算再追究，但你似乎很受到信任呢！」

受到那天的我信任——今日子小姐說。

「掟上今日子的推薦文……對我來說，再也沒有比自己更值得信賴的人了。你能重新考慮一下嗎？我會耐心等你的好消息。」

我受寵若驚，說不出話來。除了真的沒想到自己居然這麼受到信任，同時也因為剛才那番顯然不信任自己能耐的言行，感到很丟臉。

這張紙條想必是忘卻偵探在解決工房莊的案子後，趁著記憶還沒重置以前寫下的……我能夠拒絕這個委託嗎？我唯一能做的，就是不要辜負她的信任吧……

我如坐針氈，只想挖個地洞鑽進去。為了避開今日子小姐直視著我的視線，我望向會客室的裝潢。但就是個沒什麼特別，以白色為基調的房間，雖然很有今日子小姐的風格……忽然間，我的目光停留在牆壁的畫上。

那幅畫沒有裱框，直接用紙膠帶貼在牆上，看起來就像是從素描本上撕下來的一頁——用鉛筆以鏤空的畫法，在黑底背景裡描畫出白色的貓。

「哦，那張圖啊？不曉得是誰在哪給我的……很可愛吧！要是能在我忘記的時候增值就好了。」

「……應該會很有價值吧。」

因為那幅畫是明日天才筆下的今日天才，必會留在歷史的一頁裡的……

我心想，卻沒說出口。畢竟今日子小姐要是真的認為那幅畫會增值，就不會隨便用紙膠帶貼在牆上了。

「我也覺得是一張好圖。」

所以我只是簡短地附和了一聲。

「既是黑，也是白——分不清黑白的感覺尤其好。」

「對吧？」

今日子小姐眉飛色舞地說，彷彿是自己受到稱讚。

雖然這位忘卻偵探曾經為工房莊的事不顧一切地奔走，最後還以做白工的結局慘澹收場，打從心底懊惱不已……但結果還是得到應得的報酬了嘛。

所謂人生的轉捩點，永遠不曉得會往哪個方向轉——不過，像今日子小姐這種，無論置身何處依舊竭盡全力的人，或許就像身手輕巧的白貓一樣，不管轉往哪個方向，都能得到回報。

「所以呢？親切先生，你有結論了嗎？如果還猶豫不決的話，也能先以試用的方式工作喔！不過那段期間的薪水只能給你一半就是了。」

剛剛才說會耐心等我的好消息，回頭今日子小姐就催我立刻下決定——算了，誰叫今日子小姐只有今天呢？會急著要我做出結論也是理所當然。不過試用期只給半薪，以企業而言也太苛刻。

真是的……和這種人在同一個職場裡工作似乎會很辛苦。

說來，如果沒保護好就不可收拾，那也只有自己來守護了。

「……我可以提出一個條件嗎？」

我再度面向今日子小姐說。

「哎呀。只有一個夠嗎？既然如此，我也會盡可能滿足你的要求。」

「那麼……」

我鼓起勇氣說。

「請你現在跟我一起去美術館，有幅畫一定要讓你瞧瞧。」

裱框師——和久井老翁最後的大作。

我很好奇，今日子小姐認為那值多少錢。

寫在最後

所謂善惡的界線，或許不像我們以為的那麼明確，某人眼中的善，對他人而言是不可饒恕的惡；某人眼中的惡，對他人而言卻是值得師法的善——這種狀況實在不勝枚舉。但若認為善惡有絕對標準，我倒覺得那也蠻可怕的。不用扯到「事物皆有兩面性」那麼遠，也非「善惡端看個人解讀」這種憑感覺的見解，我想人分辨善惡的根據，只純粹取決於後天教育。簡言之，人會認定所學是善者為善，所學是惡者為惡。不過只要踏出所屬的集團或組織、文化圈一步，就會發現即便是完全不同的價值觀仍能讓世界運作，至今認定的常識根本行不通。隨時貫徹信念、永不改變志向，乍聽之下是很了不起，不禁覺得生而為人當如是，不過在你信念行不通之處貫徹始終、在志向受到輕蔑之處不改其志，也不會有人表揚你的。我們也許會覺得要從外面進入封閉空間很困難，可是被封閉的搞不好其實是外面，善惡這玩意也跟內外一樣，或許輕易就能翻轉。被人說「你搞錯了」之時，會先懷疑是對方搞錯可能是人之常情，可是當你覺得對方搞錯，卻又被他肯定之時，心情也會很複雜吧。

話雖如此，要在心中顛覆受到教養形成的價值觀，可是不容易的。雖然我認為若能培養時常反向思考的習慣，或許就能臨危不亂，但也難說哪。

本書是忘卻偵探系列的第二彈。這一系列是描寫置手紙偵探事務所所長掟上今日子小姐大展身手的作品——說是這麼說，由於今日子小姐的記憶會隨著每一本書重置，直接從這本開始看也是沒問題的（我一直很想說說看這句台詞）。雖然就連身為作者的我也不敢斷言完全掌握到今日子小姐究竟是個什麼樣的人、什麼樣的偵探，但若能邊寫邊理出頭緒，應該也不錯。只是當一切都清楚明白的時刻來臨，這系列就得結束了，所以仍希望永遠保持神祕感。這次雖以長篇呈現，但不管是短篇或中篇，還期盼讓今日子小姐都能悠遊其間。謝謝閱讀《掟上今日子的推薦文》。

感謝VOFAN為本書畫了這麼漂亮又契合內容的封面。第三集我也會用最快的速度寫好，屆時還請多多關照。文藝第三出版部的各位大德，未來也請繼續陪我走下去。

西尾維新

娛樂系 014
捉上今日子的推薦文

作者 西尾維新
譯者 緋華璃
責任編輯 林依俐
封面繪圖 VOFAN
封面設計 Veia
版型設計 POULENC
內文排版 高嫻霖

發行人 林依俐
出版 青空文化有限公司
台北市 100 中正區忠孝西路一段50號22樓之14
讀者服務信箱：service@sky-highpress.com

總經銷 大和書報圖書股份有限公司
電話 02-8990-2588
印刷 前進彩藝有限公司

出版日期 2016年5月 初版一刷
2018年4月 初版六刷
定價 280元
ISBN 978-986-92263-7-0

國家圖書館出版品預行編目(CIP)資料

捉上今日子的推薦文 / 西尾維新著；緋華璃譯.
-- 初版. -- 臺北市：青空文化, 2016.05
464面； 10.5 x 14.8公分. -- (娛樂系；14)
譯自：捉上今日子の推薦文
ISBN 978-986-92263-7-0(平裝)
861.57 105006071